广西一流学科(培育)建设项目(桂教科研[2018]12 号)：百色学院马克思主

泰国文学在中国的译介

刘俊彤 著

C1S | 湖南人民出版社

图书在版编目（CIP）数据

泰国文学在中国的译介 / 刘俊彤著. —长沙：湖南人民出版社，2022. 10

ISBN 978-7-5561-2622-4

Ⅰ. ①泰… Ⅱ. ①刘… Ⅲ. ①泰语—文学翻译—研究—泰国 Ⅳ. ①I336. 06

中国版本图书馆CIP数据核字（2020）第227788号

TAIGUO WENXUE ZAI ZHONGGUO DE YIJIE

泰国文学在中国的译介

著　　者　刘俊彤

责任编辑　曹伟明

装帧设计　王　文

出版发行　湖南人民出版社［http://www.hnppp.com］

地　　址　长沙市营盘东路3号

邮　　编　410005

经　　销　湖南省新华书店

印　　刷　长沙市井岗印刷厂

版　　次　2022年10月第1版

印　　次　2022年10月第1次印刷

开　　本　710 mm × 1000 mm　　1/16

印　　张　13.5

字　　数　195千字

书　　号　ISBN 978-7-5561-2622-4

定　　价　68.00元

营销电话：0731-82221529　　（如发现印装质量问题请与出版社调换）

序

  刘俊彤老师本科毕业于广西大学泰语专业，资质和基础本就扎实，经过研究生阶段的学习后，进步也较为明显。难得的是，工作后她仍笔耕不辍，追求上进。2020年又考取博士研究生，并获国家社科基金项目立项，令吾等为师者，颇感欣慰。

  南宋陆象山曾说，学者大约有四样：一、虽知学路而恣情纵欲不肯为；二、畏其事大且难而不为者；三、求而不得其路；四、未知路而自谓能知。①我想说，今天的不少学生也一样。

  过去十余年，我教过近三十位研究生，毕业后还能坚持治学的并不在多数，俊彤老师可谓其中之一。《泰国文学在中国的译介》可以说是她踏入学术界的一本小书，该书主要从译介学、文学社会学等视角探讨泰国文学在中国的引入、传播和受融。过去学界关注更多的是中国文学在周边的译介，周边国家文学在中国的交流情况尚未研究至佳处，从这一角度看，该书具有比较重要的参考价值。

  中泰关系源远流长，且历代均较密切。以暹罗语言文字在中国的流

---

① 梁启超.梁启超修身三书：德育鉴[M].上海：上海古籍出版社，2018：45.

传为例，明永乐五年（1407），四夷馆得以设置，当时就专门分设了暹罗馆，五百多年前的《暹罗馆译语》得以流传至今。其他领域的交流自不待言。

2013年，习近平总书记又提出与东盟国家共建中国—东盟命运共同体的伟大倡议，其中提到促进民心相通的内涵。我认为，《泰国文学在中国的译介》一书，是适应这一时代呼唤的。

尽管书稿还有些美中不足，但不完美才是一切的真相。希望她能不忘初心，坚持内外兼修、不负韶华。

是为序。

刘志强

2021年4月

目　录

第一章 导 论

第一节 选题的目的、意义及研究思路、方法等

一、选题的目的和意义

中泰两国的友好交往延续了两千多年，在此期间，文学的交流是一个亮点。18世纪末19世纪初，自曼谷王朝一世王御令翻译《三国》和《西汉》两部中国古代通俗小说起，拉开了中国文学在泰国传播的序幕。此后两百多年间，泰国陆续引进中国的历史小说、进步小说、武侠小说、现代文学作品等，对泰国文学产生了重大影响，中国文学因此被视为"泰国文学之母"。

关于中国文学在泰国传播和影响的研究成果相当丰富，有相关图书16种、期刊论文265篇、学位论文76篇，既有全景式的研究，也有针对某一类型或某一部作品的传播研究，如饶芃子主编的《中国文学在东南亚》一书中的第二章论及"中国文学在泰国"；法国学者苏尔梦主编的《中国传统小说在亚洲》①中，收录了泰国学者白拉宾·马诺麦维波的论文《泰译中国文学作品》，简单介绍了中国文学作品泰译的三个时期；

———————
① ［法］克劳婷·苏尔梦编著：《中国传统小说在亚洲》，颜保等译，北京：国际文化出版公司1989年。

戚盛中的《中国文学在泰国》①、徐佩玲的《中国文学在泰国传播与发展概况》②和她的博士论文《中国现代文学对泰国影响之研究》③、金勇的《〈三国演义〉与泰国的文学变革》等。

与中国文学在泰国传播的硕果累累相比，泰国文学在中国的译介显得格外冷清。虽然数量上达278部（篇）之多，但其中不乏大量的重译和重复收录，实际"干货"数量远小于此数据。且泰国文学对中国文学所产生的影响微乎其微，与中国文学对泰国文学的影响不可同日而语。尽管现实情况不尽如人意，但笔者认为研究泰国文学在中国译介的整体概貌是非常有必要且有意义的。不仅能够通过对泰国文学在中国译介的整体梳理，厘清中泰文化交流的历史，同时也能丰富东南亚文学、东方文学乃至外国文学在中国传播的研究材料。本研究将达到以下三个目的：

（一）整理出一份全面、详细、完整的泰国文学在中国译介作品书目，包括书（篇）名、作者、译者、出版信息、体裁、出版类型等内容，作为本研究进行的前提基础。所有书目信息均来自笔者搜集的第一手资料，并通过搜索引擎、孔夫子旧书网、亚马孙网站、中国知网、超星发现、广西民族大学电子图书馆、实体图书馆、实体书店等多种渠道反复验证。尽管力求尽善，但也难免挂一漏万。尤其是一些年代久远，或不经由正规出版社（如佛教类作品）出版，或在港澳台地区出版的译著，搜集难度较大，有些无法找到文本，通过网络也核查不到相关出版信息，因此这部分信息在书目中会留空，待日后发掘新材料后补充完整。这份详尽的泰国文学在中国译介作品书目，将为笔者的后续研究或其他研究者的相关研究提供较大帮助。

---

① 戚盛中：《中国文学在泰国》，《东南亚》，1990年第2期。
② 徐佩玲：《中国文学在泰国传播与发展概况》，《大众文艺》2012年第1期。
③ 徐佩玲：《中国现代文学对泰国影响之研究》，博士学位论文，山东大学，2014年。

（二）通过梳理译介作品书目信息，分析泰国文学在中国的引入途径、传播方式和受融情况，归纳出泰国文学在中国译介的概貌。

（三）通过比较文学视野对比四大体裁六十余部（系列）泰语原著和中文译著的书名译名与封面设计，宏观探讨译著在中国的引入策略。

二、选题的研究思路和方法

（一）研究的思路。通过搜集整理译介作品，对译介途径、体裁、主体进行分析，归纳出泰国文学在中国译介的概貌。

（二）研究的方法。从笔者掌握的资料来看，国内研究某国文学在中国译介的框架结构大致有以下两种：一是以时间为纵轴梳理各个时期的译介情况；二是以主要译者为横轴梳理其所译介的相关作品。而本文则从文学社会学和比较文学的视角出发，摒弃传统的以时间和译者为轴梳理的方法，以文学社会化过程为主线，全面梳理泰国翻译作品在中国的引入、传播和受融。其中既包含背景铺垫、作品分类、重要作品信息和原著译著比较，又论及作者、译者、读者三大文学主体。比单纯的以时间和译者为轴更为全面和深入。

三、选题的研究范围

本研究对"泰国文学在中国的译介"界定如下：

（一）"文学"在本文中的界定泛指"大文学"概念下所包含的所有文学体裁，既包括"沉思翰藻"也涵盖"缘情绮靡"。

（二）"泰国文学"指泰国作家（包括华人）用泰语创作的文学作品。

（三）"在中国的译介"指在中国境内（包括港澳台地区）出版发行的译作，不包括在泰国或其他华语地区翻译出版的作品。例如诗琳通公主的几部记录中国之行的御著均由华人翻译为中文，并在泰国出版，不属于本研究范围；沈逸文翻译的《北京会见诗·巴差》①在新加坡出版，亦不属于本研究范围。

四、选题的研究结构

全书共分为五个部分。第一章"导论"主要论述选题的目的、意义，以及研究思路、方法、范围及文章结构等，并梳理本选题的国内外学术研究史；通过分析、归纳泰国文学在中国的译介途径和体裁，形成论文的第二章"泰国文学在中国的译介述要"；通过梳理泰国文学在中国的出版背景和主要译者群，形成第三章"泰国文学在中国的引入"；通过研究泰国文学作品在中国的出版途径，和宏观比较泰文原著与中文译著的异同，形成第四章"泰国文学在中国的传播"；通过对读者群和国内泰国翻译作品的相关研究进行归纳分析，探讨泰国文学作品在中国的接受情况，形成论文的第五章"泰国文学在中国的受融"等。

第二节　国内外研究现状

不同于自然科学研究的反复试验"偶然发现"，人文社会科学研究总是抱有一定目的的，或出于自身兴趣，或出于国家需要，或出于政策导向。曹雪芹曰"不是知音不落泪"，文学研究多少有点"阳春白雪"的意味。既高冷不接地气，又不能与现行的国家战略需要直接契合，文学研究的处境难免尴尬。在文学研究中，弱国文学的境遇更为尴尬。《泰国文学史》②的编写和出版，不管在中国还是泰国都是重大的学术突破，但作者栾文华却在该书的后记中自嘲为一本"得不到资助就无法完成""永远也不会畅销的书"，由此可见一斑。

---

① 　[泰]素越·哇拉里洛等著：《北京会见诗·巴差》，沈逸文译，新加坡：万里文化企业公司，1976年。

② 　栾文华著：《泰国文学史》，北京：社会科学文献出版社，1998年。

出于提不上台面的"大国心态"，大多学者喜欢着力研究中国文学对东南亚诸国文学产生的影响。相关成果非常丰富，在前文"选题的目的和意义"中已经探讨过，此处不再赘述。中国对周边国家的文化辐射和影响是事实，对中国的影响研究和中外文化交流的研究都非常有必要，但同一个选题不同学者反复论述是否有浪费学术资源之嫌，这还有待商榷。与"中国文学在泰国"的生机勃勃相比，"泰国文学在中国"的研究就显得相当稀有了。截至目前，笔者没有找到一部专著或一篇学术论文专门论及此题。只有零星散落在"外国文学在中国""东方文学在中国""东南亚文学在中国"等研究中的只言片语，或一些不属于学术范畴的概况性介绍。国外的研究更少，论文选题多从自己国家需要出发，一个第三国学者不太会关注泰国文学在中国的传播，就如同中国学者不会在泰国文学在美国的传播着力一样。而泰国本土研究笔者只找到唯一的一篇硕士论文《〈四朝代〉两个中文译本的语言比较研究》，将在下文中详细论述。

国内关于本选题的研究，目前能找到的最详尽的材料，来自孟昭毅教授编著的《中国东方文学翻译史》[①]，下卷第四编（1979—2012）第三十四章"东南亚诸语种文学的译介"第四节"泰国作品的译介"。全文分为三个主要部分：一、高树榕、房英的译介；二、栾文华的译介；三、其他翻译家及其译作。文章以译者为横轴展开论述，较为全面地梳理了1979—2012年泰国文学作品在中国的译介情况，既有相关译者生平的介绍，也有部分译著的内容简介。优点是较为全面，缺点是还不够全面，且没有分析论述，仅仅是材料的堆砌，同时此章节还出现一些较为严重的错误。不够全面体现在译著的体裁上，只介绍了传统体裁，并没有论及新兴体裁图文文学、佛教文学等，传统体裁也还有所遗漏。

总体来说，孟昭毅教授用22页的篇幅来论述泰国文学的译介，在国内实属罕见，对泰国文学在中国译介的梳理有其积极的意义。但由于作

---

① 孟昭毅等著：《中国东方文学翻译史》，北京：昆仑出版社，2014年。

者本身没有泰语背景，在材料的核查上难免有所疏漏，作品和作者简介也多为二三手材料，因此出现了一些错误。

王向远教授的著作《东方各国文学在中国—译介与研究史述论》[1]中第一章"印度及南亚、东南亚各国文学在中国"的第七节"对南亚、东南亚其他国家文学的译介"中论及我国对泰国文学的翻译。文章首先介绍了泰国两位重要作家西巫拉帕和克立·巴莫的生平与在中国译介出版的作品，其后以译者为线索介绍了其他译著，第三部分简单梳理我国对泰国文学的评论文章，第四部分评价栾文华的专著《泰国文学史》。文中所介绍的作品仅局限于20世纪90年代以前出版的小说类作品，对同时期其他体裁的作品如诗歌、民间故事、儿童文学、佛教文学均没有涉及。在浩如烟海的东方文学作品中，泰国文学的论述占了近3页的篇幅，多矣？少矣？与其他文学传统发达国家如印度、日本、阿拉伯文学相比自然是少得可怜，与同是弱国文学的其他小国相比还是可观的。《东方各国文学在中国—译介与研究史述论》是中国第一部东方文学学科史，对于东方文学、比较文学和翻译研究领域具有重要作用。

查明建和谢天振教授著的全两卷本《中国20世纪外国文学翻译史》[2]是对中国20世纪外国文学翻译事件的全景式书写。全书分时期分析论述各个阶段的翻译状况、文化语境、翻译特征、影响因素及得失等，同时还单辟章节介绍主要翻译家。在这部近120万言的巨著中，关于泰国文学译介的论述极少，仅在第732页简短介绍了西巫拉帕的《向前看》、克开·达云的《黑暗的生活》和《泰国现代短篇小说选集》；第1412页介绍了克立·巴莫的生平和作品《四朝代》《克立·巴莫短篇讽刺小说选》和《断臂村》，及其他作家的部分译著。没有单独章节介绍泰国文学的翻译家。其中还有一些错误，如将西巫拉帕的中篇小说《画中情

---

[1] 王向远著：《东方各国文学在中国——译介与研究史述论》，南昌：江西教育出版社，2001年。

[2] 查明建、谢天振著：《中国20世纪外国文学翻译史》，武汉：湖北教育出版社，2007年。

思》归为长篇小说；将《泰国当代短篇小说选》的译者之一顾庆斗的名字误写为"顾庆年"等。全书对中国20世纪外国文学翻译史和重大翻译事件进行了全面的梳理和分析，资料丰富详尽，作为了解中国翻译史和翻译研究的基础资料有重要作用。

马祖毅等著的五卷本《中国翻译通史》①，是我国第一部详述历代翻译活动的史学巨著。其中第二卷现当代部分的"外国文学在中国篇"第17章"东南亚诸国文学"中第621—623页论及泰国文学在中国的翻译。这部分介绍了几位泰国重要作家及其作品，如西巫拉帕的《向前看》《画中情思》，社尼·骚哇蓬的《魔鬼》，克立·巴莫的《四朝代》《克立·巴莫短篇讽刺小说选》和《断臂村》，及其他小说作品和泰国华人华侨的部分译作，基本上也仅限于罗列作品出版信息。篇幅仅仅3页，但错误不少，不知是无心之过还是材料经过多次转手已无从查证。

除了以上列举的研究专著外，另有一些索引类书籍提及泰国文学在中国的译介和研究。如河北教育学院图书馆和上海教育学院图书馆联合编撰的《外国文学研究论文资料索引 1978—1985》②中"亚洲文学"部分的第九节"泰国文学"，分为"概况"和"作家与作品"两个部分，介绍了全国公开发表的相关学术论文共19篇；中国版本图书馆编的《1980—1986翻译出版 外国文学著作目录和提要》③的亚洲部分，介绍了泰国11部译著的出版信息和主要内容，包括《夕阳西下》《断臂村》《四朝代》等于1980—1986年出版的译著。

以上是国内研究专著的情况，论文方面没有直接相关的全景概况式研究，只有一篇广东外语外贸大学唐旭阳的硕士论文《翻译美学视角下

---

① 马祖毅等著：《中国翻译通史》，武汉：湖北教育出版社，2006年。

② 河北教育学院图书馆、上海教育学院图书馆：《外国文学研究论文资料索引 1978—1985》，上海：上海社会科学院出版社，1986年。

③ 中国版本图书馆：《1980—1986翻译出版 外国文学著作目录和提要》，重庆：重庆出版社，1999年。

泰国小说〈画中情思〉中译本研究》[①]，该论文从翻译美学的角度研究《画中情思》[②]的栾文华、邢慧如汉译版本，分析汉译本的语言之美并反思其不足之处。

泰国对本选题的研究只找到一篇硕士论文《〈四朝代〉两个中文译本的语言比较研究》，及两篇非学术文章《谈泰国文学翻译》和《中泰文学关系》。

《〈四朝代〉两个中文译本的语言比较研究》[③]是现任泰国法政大学艺术系教师碧亚玛·萨帕威拉翁2000年毕业于泰国朱拉隆功大学中文专业时所作的硕士毕业论文。研究分为两个部分，第一部分比较《四朝代》两个中文译本与原著之间语言使用的异同；第二部分比较两个中文译本之间语言使用的异同。研究范围局限于《四朝代》上册，即五世王时期部分反映泰国价值观、风俗习惯的用语。虽然研究仅限于语言层面，没有涉及泰国文学在中国的译介全貌，但也是泰国学者关注到中国译介泰国文学作品的开始。

---

① 唐旭阳：《翻译美学视角下泰国小说〈画中情思〉中译本研究》，硕士学位论文，广东外语外贸大学，2014年。

② ［泰］西巫拉帕著：《画中情思》，栾文华、邢慧如译，北京：外语教学与研究出版社，1982年。

③ ［泰］碧亚玛·萨帕威拉翁：《〈四朝代〉两个中文译本的语言比较研究》，硕士学位论文，泰国朱拉隆功大学，2000年。

第二章　泰国文学在中国的译介述要

　　1949年，茅盾在《人民文学》发刊词中写道："我们的最大的要求是苏联和新民主主义国家的文艺理论，群众性文艺运动的宝贵经验，以及卓越的短篇作品。"①具体到外国文学的翻译方面，表现为全方位译介苏俄文学和大量译介亚非拉文学。在世界格局风云变幻的20世纪五六十年代，随着国际关系和国际政治的变化，我国的翻译政策作出了相应的调整，注意到选择的平衡性。

　　苏俄文学的译介数量相对新中国成立初期明显减少，与此同时亚非拉国家的作品被大力译介，特别是1958年的亚非作家会议之后，数量激增。对亚非拉等弱势民族文学的译介，在政治上是出于文化交流和国际政治斗争的需要；在文化上扩大了中国读者的文学视野，丰富了外国文学题材，对我国翻译文学的发展具有深远意义。

　　在亚非拉各国中，我国与东南亚国家的关系尤为密切：山同脉，水同源，情谊悠远。在东南亚各国中，我国译介较多的依次是越南文学、印尼文学、泰国文学、缅甸文学和菲律宾文学。其中泰国文学作品译介的数量达两百余部（篇）之多，作为长期不受重视、被边缘化的弱势民族文学来说，实在可以称得上数量可观了。本章将就泰国文学在中国的译介途径和体裁进行详细论述。

　　文化自诞生之日起就开始向外传播。作为有着数千年文明史和高度

---

① 茅盾：发刊词，《人民文学》，1949年。

发达文学传统的中国近邻，泰国文学不可避免地受到中国文化的辐射和中国文学的影响。文化交流的双方之间影响本应是双向的，但由于中泰历史文化发展水平的悬殊，使得多数时候呈现出中对泰的单向影响。

新中国成立以后，由于国际政治斗争的需要和中国了解亚非拉国家的需求，中国开始大量译介亚非拉国家的文学作品，以加深相互了解，促进文化交流，增强政治互信。1958年，中国译介的第一部泰国文学作品诞生了，即由北京大学泰语专业师生集体翻译、人民文学出版社出版的《泰国现代短篇小说选》[①]。自此以后的半个多世纪，泰国经典的、有代表性的文学作品源源不断地被翻译到中国来，对中泰文化交流起到了一定的推动作用。

文学是一个水晶球，可以反射出孕育它的文化背景和社会百态；文学是一条纽带，可以拉近两个不同文化场的距离；文学是一块双面镜，照得见别人，也看得清自己。

第一节　译介途径

新中国成立至今的大半个世纪以来，中国翻译出版的泰国文学作品数量达两百余部（篇），体裁丰富，题材广泛。笔者通过对译者主体和译介渠道的分析梳理，总结出泰国文学在中国的三条主要译介途径：主动引进、主动输出和市场引进。"主动引进"即由国内通晓泰文的学者，从事泰语教学、翻译的工作者及泰语爱好者，自主选取泰国文学作品进行翻译，再联系出版社出版，介绍给国内读者；"主动输出"即由泰国华裔作家或通晓中泰两国文字的泰国译者，选择泰国文学作品翻译介绍到中国；"市场引进"即以市场为主导，由出版社根据市场需求引进作品版权，再委托译者进行翻译出版。

---

① ［泰］西巫拉帕等著：《泰国现代短篇小说选》，北京：人民文学出版社，1958年。

一、主动引进

"主动引进"途径的主体是中国译者,他们通晓中泰两国文字,有较好的文学背景和文字功底,或出于学术研究目的,或出于政治需要,或出于个人爱好,或出于宗教信仰,或出于与作者的私交等多种原因,自主选择翻译泰国文学作品。笔者将列举几个代表译者及其作品在下文中进行详细论述。

(一)学术研究型

栾文华,中国社会科学院外国文学研究所研究员,长期从事泰国文学研究工作,著有专著《泰国文学史》①《泰国现代文学史》②,译著《画中情思》③《判决》④等。王向远评价其在泰国文学研究领域的贡献和地位时曾说:"我国不懂泰文的读者,要获取泰国文学史的知识,对栾著是不能不读的。"⑤笔者曾有幸与栾文华老师进行过两次面对面的交流,了解到他在选择泰国文学作品进行翻译时主要出于自身对泰国文学的把握、欣赏以及研究的需要。他通常会在译著的前言、后记中详细介绍该作品的历史背景、主要内容和文学评价,使读者在欣赏文学的同时获得泰国文学的基本知识,这是一个严谨的学者学术精神的具体体现。

段立生,泰国历史文化研究专家,著有专著:《泰国文化艺术史》⑥《泰国通史》⑦等,译著:《有智慧的人·世界民间故事丛书·泰

---

① 栾文华著:《泰国文学史》,北京:社会科学文献出版社,1998年。
② 栾文华著:《泰国现代文学史》,北京:社会科学文献出版社,2014年。
③ [泰]西巫拉帕著:《画中情思》,栾文华、邢慧如译,北京:外语教学与研究出版社,1982年。
④ [泰]查·勾吉迪著:《判决》,栾文华译,武汉:长江文艺出版社,1988年。
⑤ 王向远:《东方各国文学在中国——译介与研究史述论》,南昌:江西教育出版社,2001年,第94页。
⑥ 段立生:《泰国文化艺术史》,北京:商务印书馆,2005年。
⑦ 段立生:《泰国通史》,上海:上海社会科学院出版社,2014年。

国篇》①《泰国当代文化名人——披耶阿努曼拉查东的生平及其著作》②。出于文化交流和学术研究的需要，中山大学的段立生和马宁在"泰国沙天哥色—卡拉巴滴基金会"主席梭·肖腊先生的建议和支持下，翻译出版了披耶阿努曼拉查东的部分著作，即《泰国当代文化名人——披耶阿努曼拉查东的生平及其著作》和《泰国传统文化与民俗》③。披耶阿努曼拉查东是泰国著名的语言学家、文学家、历史学家、民俗学家，他学术兴趣广泛，学术成果丰硕，在泰国文化界影响力巨大。译介他的生平和学术著作有助于中国读者了解他本人和泰国文化。

裴晓睿，北京大学外国语学院教授，资深泰国语言、文学、翻译研究专家。著有专著：《泰语语法新编》④《印度的罗摩故事与东南亚文学》⑤，译著：《〈帕罗赋〉翻译与研究》⑥《幻灭》⑦《泰国民间故事》⑧。其中《〈帕罗赋〉翻译与研究》是中国汉译泰国文学作品里唯一的一部古典叙事诗，作者参考了多个原著版本，将《帕罗赋》这部泰国经典名著进行全文翻译，并且从研究角度对其进行阐释和解读。《〈帕罗赋〉翻译与研究》不仅是一部优美的诗歌翻译作品，同时也是一部具有重要学术价值的著作。

（二）政治需求型

郭宣颖，1955年毕业于北京大学东语系泰语专业，前中国文化部外

---

① ［泰］约·登丹隆编：《有智慧的人·世界民间故事丛书·泰国篇》，段立生、王培璇译，上海：少年儿童出版社，1983年。

② 段立生译：《泰国当代文化名人——披耶阿努曼拉查东的生平及其著作》，广州：中山大学出版社，1987年。

③ ［泰］披耶阿努曼拉查东著：《泰国传统文化与民俗》，马宁译，广州：中山大学出版社，1987年。

④ 裴晓睿编著：《泰语语法新编》，北京：北京大学出版社，2001年。

⑤ 张玉安、裴晓睿著：《印度的罗摩故事与东南亚文学》，北京：昆仑出版社，2005年。

⑥ 裴晓睿、熊燃译著：《〈帕罗赋〉翻译与研究》，北京：北京大学出版社，2013年。

⑦ ［泰］尼米·普密他温著：《幻灭》，裴晓睿、任一雄译，贵阳：贵州人民出版社，1986年。

⑧ 裴晓睿主编：《泰国民间故事》，沈阳：辽宁少年儿童出版社，2001年。

联局参赞、对外驻泰使节。代表译著：《顽皮透顶的盖珥》[①]《淘气过人的盖珥》[②]。"盖珥系列"是泰国诗琳通公主为儿童创作的文学作品，1983年和1985年分别在中国翻译出版。从翻译、作序、装帧到印刷上都采取了高规格与高标准，体现了国家和出版社对此书的高度重视。20世纪80年代是中泰正式建交以来友好关系史上最光辉的一页，而诗琳通公主的皇族地位和中泰友谊使者身份，以及译者郭宣颖时任中国文化部对外驻泰使节的身份，都使得本来普普通通的文学翻译事件变得不普通起来，多多少少带上了政治需求的色彩。

（三）个人爱好型

蔚然，泰国清迈大学泰语系研究生，热爱文学和泰语，有志于通过自己的翻译将更多的泰国文学作品介绍给中国读者，她翻译了2010年度第二届泰国"丛满纳文学奖"非虚构类文学金奖作品《我是艾利：我在海外的经历》[③]。她在《我是艾利：我在海外的经历》中文译本的译者简介中写道：纵使泰语是如何小的一门语言/但在我内心/一直都有一个属于它的大舞台/于我而言/作为一个泰语学习者和泰语翻译/有责任把真正的泰国不为人知的一面/通过我的翻译传达给大家。通过这首小诗，不难想象译者对泰语和泰国文学的热爱程度，正是出于这种热爱，译者选择了通过翻译的方式将泰国作品推荐给中国读者。

（四）宗教信仰型

台湾法园编译群，创立于1992年，是由台湾圆光佛学院阿姜查的嫡传弟子与其学生共同组建的翻译团队。他们基于对佛教的信仰、对佛法的热爱，无偿翻译了大量泰国佛教作品，其中就包括泰国高僧阿姜查

---

① ［泰］菀盖珥著：《顽皮透顶的盖珥》，郭宣颖、张砚秋译，上海：少年儿童出版社，1983年。
② ［泰］菀盖珥著：《淘气过人的盖珥》，郭宣颖译，上海：少年儿童出版社，1985年。
③ ［泰］塔娜达·萨湾登著：《我是艾利：我在海外的经历》，蔚然译，南昌：百花洲文艺出版社，2011年。

的系列开示作品《以法为赠礼》①《森林里的一棵树》②《为何我们生于此》③《静止的流水》④等。泰国佛教文学在中国的译介，主要以法园编译群翻译的阿姜查作品为主。

早期法园编译群的佛教译著主要由圆光印经会负责刊印发行，主要以"结缘赠阅、随喜助印"的方式流通，符合阿姜查"凡其著作皆不得出售"的本意。虽然是赠阅，但版权同样受到保护，不容许随意截取内容或者翻印。基于各国法律、民情的不同，经法园编译群与泰国巴蓬寺、国际丛林寺院东西方住持的多次沟通和反复商议，最终决定在中国大陆和东南亚部分地区，首次以"非赠阅方式"发行出售阿姜查所著的佛法开示书籍。

（五）与作者相熟型

张益民，中国外交部官员、中国驻泰国大使馆首席馆员，翻译了泰国富豪邱威功的自传《做一个好人：一位福布斯富豪的创业之路》⑤。张益民与邱威功先生是忘年交，两人相识于1993年6月泰国总理川·立派访华期间，并一直保持紧密联系至今。2004年5月邱威功先生将已在泰国发行的自传《做一个好人：一位福布斯富豪的创业之路》寄给张益民指正，并表示希望中文译本能够在中国出版，以加强中泰文化交流、增进两国友谊。在张益民的沟通下，2013年3月由张益民翻译的《做一个好人：一位福布斯富豪的创业之路》得以与中国读者见面。

---

① ［泰］阿姜查著：《以法为赠礼》，法园编译群编译，北京：商务印书馆，2013年。

② ［泰］阿姜查著：《森林里的一棵树》，法园编译群编译，北京：商务印书馆，2013年。

③ ［泰］阿姜查著：《为何我们生于此》，法园编译群编译，山东：灵岩寺弘法社。

④ ［泰］阿姜查著：《静止的流水》，法园编译群编译，东方佛学文化。

⑤ ［泰］邱威功著，张益民编译：《做一个好人：一位福布斯富豪的创业之路》，法园编译群编译，北京：作家出版社，2013年。

二、主动输出

　　"主动输出"途径的主体是泰国译者，主要是活跃在泰国华文文坛的作家和翻译家。他们身处泰国社会，同时也生活在华人文化圈内，他们通过用中文创作文学作品来保持与祖籍国的血脉联系，又通过翻译泰国文学作品来增进对泰国社会和文化的了解，帮助华人更好地融入当地社会。

（一）沈森豪

　　沈森豪，泰籍华人，笔名沈逸文、沈牧、杨耕、牧翁，泰国华文文坛著名作家、翻译家。沈逸文早年家境贫困，没能接受多少教育；青年时期勤于学习，痴迷阅读，开始探索文学创作；随后思想与创作技巧日臻成熟，在泰国华文文坛崭露头角；1974年6月20日，沈逸文发表《泰华文坛透视》一文，文中对《中华日报》文学版作出了褒贬兼有的评价，遭到该版编辑在报上公开指名警告。遭受打击的沈逸文遂将主要精力转向翻译工作，他笔耕不辍，成果不菲，先后在中国大陆和港台地区，新加坡、泰国等地相继翻译出版了近十部小说集，总计百万余字。

　　沈逸文在中国大陆和港台地区共翻译出版了8本短篇小说集。他选译文章的特点是：选择严谨，绝不马虎；所译出的作品，在当代泰国文坛，大都具有一定的代表性。又因他始终忠实于原作，大部分作者都附有简历介绍，所以读了他的译作，读者不单可对泰国近代文艺创作路线有所认识，对泰国的进步作家和泰国社会的新生事物，亦能有所了解。[①]沈逸文编译的8本短篇小说分别为：《泰国短篇小说选》[②]《崇高

---

① ［泰］史青：《北京会见诗·巴差》序，新加坡：新加坡万里文化企业公司，1977年。

② ［泰］马纳·曾荣等著：《泰国短篇小说选》，沈牧译，香港：上海书局（香港），1968年。

的荣誉》①《泰国小说选》②《我不再有眼泪》③《黎明》④《在祖国土地上》⑤《泰国作家短篇小说选》⑥和《珠冠泪》⑦。

（二）林光辉

林光辉，泰籍华人，祖籍广东澄海，1932年生于泰国佛丕府，笔名徐翩，泰国华文文坛著名作家、翻译家。林光辉小学毕业后进入夜校学习，后经过自学考取华文教师资格，辗转泰国各地华文学校任教十余年，曾担任色基学校校长。他还先后担任泰国京华银行经济研究组及华人事务公共关系主任、朱拉隆功大学亚洲研究所中国问题研究员、《中华日报》经济版采访主任、《泰国风物》编辑等职。

20世纪50年代，林光辉主要从事教育工作，60年代开始辞去教职专门从事写作和新闻工作。主要泰译中译著有：《魔鬼》⑧《诺帕蓬与姬乐蒂》⑨《泰国名家短篇小说选》⑩《再会有期》⑪《泰国民间故事选》（第一册）⑫等，中译泰译著有《座山成之家》《灭亡》等。林光辉通过一杆翻译之笔，搭建起一座中泰文化交流的桥梁。

---

① ［泰］仑洛·纳那空等著：《崇高的荣誉》，杨耕译，香港：上海书局（香港），1971年。

② 《泰国小说选》，［泰］沈牧译，台湾：大江出版社，1970年。

③ ［泰］沙拉巫等著，沈逸文译：《我不再有眼泪》，香港：海洋出版社，1973年。

④ ［泰］通玛央蒂等著：《黎明》，沈逸文译，香港：万叶出版社，1973年。

⑤ 《在祖国土地上》，［泰］沈逸文译，香港：大光出版社，1976年。

⑥ ［泰］暖·尼兰隆等著：《泰国作家短篇小说选》，沈逸文译，北京：中国友谊出版公司，1986年。

⑦ 《珠冠泪》，［泰］沈逸文译，广州：花城出版社，1988年。

⑧ ［泰］社尼·骚哇蓬著：《魔鬼》，徐翩译，香港：艺美图书，1960年。

⑨ ［泰］诗武拉珀著：《诺帕蓬与姬乐蒂》，徐翩译，香港：维华出版社，1961年。

⑩ 《泰国名家短篇小说选》，［泰］徐翩译，香港：崇明出版社，1963年。

⑪ ［泰］诗武拉珀著：《再会有期》，徐翩译，香港：维华出版社，1960年。

⑫ 《泰国民间故事选》（第一册），［泰］徐翩译，香港：维华出版社，1961年。

（三）王道明

王道明，泰籍华人，笔名慈一，著名泰国华裔翻译家，擅长中泰文互译，译著多达上百部。他翻译过众多台湾知名作家的作品，如畿米、刘墉、侯文咏、九把刀、SANA、弯弯和既晴等人，还翻译了中国人气网络长篇小说《盗墓笔记》和探险小说《藏地密码》。

王道明将当下中国最流行的文学作品翻译为泰文，注重采用意译的方式保证语言的流畅性，照顾泰国读者的阅读和语言习惯，深入浅出、言简意赅，大受泰国青年读者的欢迎。此外，王道明还将泰国图文绘本《想飞的猪》[①]和绘本小说《在很久很久以前的某一个时间》[②]译介到中国来。王道明可以称得上是一个高产的、中泰文双向翻译家。

三、 市场引进

"市场引进"途径的主体是中国的出版社或出版商。他们长期从事出版事业、涉足文化市场，对市场需求具有敏锐的嗅觉和独到的眼光，能够根据市场的走向判断哪些作品能够吸引读者，哪些作品能够打开市场。于是根据市场需求引进作品版权，再委托译者进行翻译，最终通过包装、宣传和运作推向市场。

（一）西安出版社

西安出版社成立于1992年9月，是西北唯一一家综合性城市出版社。2007年10月获国家新闻出版总署批准具有音像出版权。2009年8月转制为西安出版社有限责任公司。西安出版社立足西安，面向全国，放眼世界，出版各类政治、经济、科技以及教育文化类图书和音像类产品共4000余种，形成图书和音像出版的七大特色，其中特色之五即为"少儿

---

① ［泰］翁雅·柴参奇普著，《素宽·阿他乍路喜绘》，慈一译：《想飞的猪》，北京：华夏出版社，2011年。

② ［泰］宋邢·泰宋蓬著：《在很久很久以前的某一个时间》，王道明译，长沙：湖南人民出版社，2012年。

图书的出版特色和规模效应"。西安出版社下设少儿图书分社及对外合作部，在泰国文学作品引进方面，西安出版社着力引进少儿系列图书，从泰国原版引进了泰国儿童文学作家玛妮莎·班嘎翁·纳·阿瑜陀耶的"小恐龙完美成长系列"①低龄儿童情商绘本。该系列分为情绪管理和行为管理两个系列，每个系列各有六册独立的小故事。情绪管理系列包括：《坏脾气比萨》《嫉妒虫吉米》《马丁太任性》《雪莉羞答答》《娇气包迪迪》和《胆小鬼尼克》；行为管理系列包括：《小气鬼玲珑》《温蒂最得意》《捣蛋鬼皮皮》《小邋遢亨利》《朱迪说抱歉》和《杰克不听话》。"小恐龙完美成长系列"在中国一经出版即受到中国父母青睐和追捧。

（二）湖南人民出版社

湖南人民出版社创立于1951年1月，是一家以编辑、出版、发行哲学、文学、历史、社会科学读物为主的综合性出版社。"承湖湘学脉，弘扬中华文化；以图书精品，展现时代风采"是湖南人民出版社的出版宗旨和目标。"以弘扬主旋律为中心，夺大奖为重点任务，以多样化系列化为手段，以高质量高效益为目标"是湖南人民出版社中长期出版指导思想。长期以来，湖南人民出版社面向市场、贴近读者，注重出书品位，追求大社风范，经过60多年的文化积淀，形成了自己独特的出版风格和优势，在全国享有"出版湘军旗舰社"的美誉。共有600多种图书被评为各级各类优秀图书，还有上百种图书被列入"走出去""农家书屋""向青少年推荐的百种优秀图书"等国家级工程。近年来，湖南人民出版社坚定不移地实施走出去战略，加大以"一带一路"为主题的选题策划，以"故事中国"和"中国故事"的叙述方式提升图书的可读性和感染力，务实创新，近百个品种的图书成功向美国、英国、加拿大、越南、泰国等国家和地区输出版权。在泰国文学作品引进方面，湖南人

---

① ［泰］玛妮莎著，菈抵美绘："小恐龙完美成长系列"，西安曲江培豪出版传媒译，西安：西安出版社，2013年。

民出版社从泰国原版引进了泰国绘本小说开创者宋邢·泰宋蓬的4部绘本小说：《九命猫》[①]《霹雳火头与温柔豆芽历险记——在黑暗的季节》[②]《霹雳火头与温柔豆芽历险记——无尽疯狂的旅程》[③]《在很久很久以前的某一个时间》[④]。

（三）八方出版股份有限公司

台湾八方出版股份有限公司成立于2003年，是一家年轻、活泼有朝气的出版社。八方出版股份有限公司拥有自由开放的出版空间，提供编辑最大的创意发挥，出版方向丰富多元，旗下拥有以文学、历史、哲学为主的"八方出版"，时尚美容保养的"朵琳整合行销"，生活休闲的《椅子森林》，提供手作杂货DIY的《手作生活》，以及语言生活类的"笛藤出版"等出版品牌。在泰国文学作品引进方面，八方出版股份有限公司主要着力于青少年热衷的图文绘本系列，从泰国原版引进了泰国新近疗愈系图文女作家童格拉·奈娜的多部图文励志作品，如《相信自己就对了！每一次选择，都是最好的决定！》[⑤]《不要害怕说NO！幸福的起点就是，勇敢去做你想做的事》[⑥]《你的人生没有不可能！勇敢改变，不要被自己打败》[⑦]《我的名字叫机会》[⑧]《其实没那么急！有

---

① ［泰］宋邢·泰宋蓬著，璟玟译：《九命猫》，长沙：湖南人民出版社，2011年。

② ［泰］宋邢·泰宋蓬著：《霹雳火头与温柔豆芽历险记——在黑暗的季节》，璟玟译，长沙：湖南人民出版社，2011年。

③ ［泰］宋邢·泰宋蓬著：《霹雳火头与温柔豆芽历险记——无尽疯狂的旅程》，璟玟译，长沙：湖南人民出版社，2012年。

④ ［泰］宋邢·泰宋蓬著：《在很久很久以前的某一个时间》，王道明译，长沙：湖南人民出版社，2012年。

⑤ ［泰］童格拉·奈娜：《相信自己就对了！每一次选择，都是最好的决定！》，璟玟译，台湾：八方出版股份有限公司，2011年。

⑥ ［泰］童格拉·奈娜著：《不要害怕说NO！幸福的起点就是，勇敢去做你想做的事》，璟玟译，台湾：八方出版股份有限公司，2014年。

⑦ ［泰］童格拉·奈娜著：《你的人生没有不可能！勇敢改变，不要被自己打败》，璟玟译，台湾：八方出版股份有限公司，2014年。

⑧ ［泰］童格拉·奈娜著：《我的名字叫机会》，李月婷译，台湾：八方出版股份有限公司，2012年。

一种美好，只有慢慢来，才能看见！》①《给自己一个机会》②《永远没有准备好这回事，现在就放手去做！》③《又不是世界末日，困难都会过去的！》④《只挑简单的做，你的人生当然只能这样！》⑤等，八方出版股份有限公司几乎包揽了童格拉·奈娜系列图文励志作品在中国的版权。

（四）中国铁道出版社

中国铁道出版社成立于1951年8月，是隶属于铁道部的唯一一家以出版铁道科学技术书刊为主的出版机构，是新中国最早成立的三家出版社之一，1995年以来多次被新闻出版总署评为"全国良好出版社"。中国铁道出版社以传播科技信息、促进学术交流、推广科技成果、普及科学知识为基础，以为铁路运输生产、科研教学服务，为铁路两个文明建设服务，为铁路两百多万职工服务为办社宗旨，担负着铁路大、中专教材，职工学习用书，铁路科技图书，各类规章规范，期刊，电子音像出版物及旅客列车时刻表的出版任务。除了与铁路行业相关的教材、专业书籍外，中国铁道出版社同时还兼顾经济、管理、社科、历史、文艺、生活休闲、励志成功、童书等综合图书的出版与发行。在泰国文学作品引进方面，中国铁道出版社从泰国原版引进了三套儿童绘本，分别是拉科鲁克大奖成长绘本第一辑、第二辑和家庭教育故事绘本系列。

其中拉科鲁克大奖成长绘本系列从泰国小火车童书馆原版引进，该系列绘本获得泰国重量级儿童文学奖拉科鲁克大奖及泰国基础教育委员

① ［泰］童格拉·奈娜著：《其实没那么急！有一种美好，只有慢慢来，才能看见！》，Huang TT译，台湾：八方出版股份有限公司，2013年。

② ［泰］童格拉·奈娜：《给自己一个机会（礼物盒）》，台湾：八方出版股份有限公司，2014年。

③ ［泰］童格拉· 奈娜著：《永远没有准备好这回事，现在就放手去做！》，李敏怡译，台湾：八方出版股份有限公司，2011年。

④ ［泰］童格拉·奈娜著：《又不是世界末日，困难都会过去的！》，李敏怡译，台湾：八方出版股份有限公司，2011年。

⑤ ［泰］童格拉·奈娜著：《只挑简单的做，你的人生当然只能这样！》，李敏怡译，台湾：八方出版股份有限公司，2011年。

会授予的年度最佳图书奖。第一辑于2015年6月翻译出版，包括八本独立故事绘本，分别为《我要当飞行员》《慷慨的云先生》《巴姆的煎饼》《这是谁的钱》《藏宝箱》《做最棒的我》《开心农场》《还需要什么呢》等。时隔两年，中国铁道出版社又翻译出版了拉科鲁克大奖成长绘本第二辑，包括八本独立故事绘本，分别为《粑粑的用途》《不只是第一名》《胆小的兔子》《快来帮帮鲸鱼叔叔》《我能拯救地球》《谢谢你长鼻子大象》《圆脑袋回家记》《走开怪物》等。2018年4月，中国铁道出版社翻译出版了家庭教育故事系列共六部绘本，分别是《微笑的国度》《聪聪的水灯节》《谁的骨头》《一年三季》《黑漆漆》和《鼹鼠导游记》等，该系列绘本泰国特色浓郁，小读者在阅读绘本故事本身的同时还能体会异国文化。

以市场为主导引进的作品通常成系列化倾向，"系列化"是吸引读者一再购买的重要手段。有时出版社也会因为一部译著的成功，而不断引进同类型作品，以期依附第一部作品市场的影响力而再创销售佳绩。系列化倾向在儿童文学和图文文学的译介中尤为突出，《文艺报》2016年8月15日第7版刊载的赵霞的《儿童文学作品"系列化"的是与非》一文对此有精彩的论述。

第二节　作品体裁

人类与动物最大的不同在于善于归纳总结和学习传承。当文学进一步发展，作品数量积累到一定程度时，就出现了分类。将浩如烟海的作品归纳为几个具有共性的类型，再从这些类型中梳理概括出各自的特点和规律，体裁的概念由此建立。

钱钟书先生说"盖文章之体可辨别而不堪执著"，王若虚也认为文体"定体则无，大体则有"，可见体裁也只是一个笼统的概念，不是放之四海而皆准的硬性标准。笔者认为，作者在创作的时候大抵是信马由缰的，不会将自己的思路捆绑在某一种体裁框架之内，但日常的文学积淀和生活积累会不自觉地形成一个无形的边界，将他的创作不知不觉引入某一框架之中。作者选定一种体裁进行创作，意味着选择了一种话语方式；读者选择一种体裁进行阅读，意味着一种阅读预示和期待。总而言之，分类是好事，会让一切显得井井有条，但严格的分类却是不可取的，它将扼杀作者的想象力和创造力。

中国古代历来奉行"杂文学"的观念，文史哲不分彼此，你中有我，我中有你。直至20世纪初，中国学界才开始渐渐接受西方"纯文学"的概念。兜兜转转，量体裁衣，终于在世纪之交慢慢演变成了"大文学"的概念。中国的"大文学"，是一个向其他人文学科开放的综合系统，是文史哲重新回归统一的大系统。在"大文学"的框架下，笔者将许多在"纯文学"概念中不属于文学的作品都纳入本文的研究范围之内，如图文文学、佛教文学和纪实文学。

泰国文学作品在中国的译介包含以下七种体裁：小说、诗歌散文、民间故事、儿童文学、图文文学、纪实文学和佛教文学。既然在"大文学"的框架下进行探讨，分类就不可能非常严格，有些作品可以同时划归于两三种体裁，如《小草的歌》①既是诗歌也是儿童文学；《在很久很久以前的某一个时间》②的23个短篇故事中既有诗歌又有散文，同时又能归入图文文学等。因此，在下文的论述中笔者将具体作品具体分析，原则上一个作品只归在一个体裁下进行分析。

实际上，上述七种体裁之间并没有绝对的界限，还可以进一步拆解、融合，如图文文学中包含的"绘本小说"可归为小说类；佛教文学的部分作品可归入散文类；儿童文学又可拆分为故事和小说，其中故事部分可与民间故事类合并为故事类，小说部分可归入小说类等

---

① ［泰］诗琳通公主著：《小草的歌》，王晔、邢慧如译，北京：中国少年儿童出版社，1985年，第2页。

② ［泰］宋邢·泰宋蓬著：《在很久很久以前的某一个时间》，王道明译，长沙：湖南人民出版社，2012年。

等。但为了研究需要，在下文中还是按照上述七个体裁的分类进行分析论述。

在本书写作前期准备过程中，笔者通过多种渠道和方式搜集资料，基本掌握了中国汉译泰国文学作品的必要材料，但由于种种客观原因难免有所遗漏。本书所采用的数据和资料均源于笔者搜集的第一手材料，本研究正是基于这些材料的基础上展开全文的分析和论述。

泰国文学在中国出版有四种主要方式：成书出版、散见于报纸杂志、辑录于各种外国文学选集和翻译实践报告，在下文中将成书出版的作品简称为译著，刊登于报纸杂志的作品简称为译文，辑录于各种外国文学选集的简称为选文。经笔者统计分析，1949年至2019年，在中国境内（包括港澳台地区）成书出版的泰国文学译著共有7种体裁138部；散见于报纸杂志的译文有短篇小说、中篇小说、民间故事、诗歌4种体裁共25篇；收录于各种外国文学辑录的作品110篇；翻译实践报告5篇。以上数据包括一书多译、一书多版和一书同时刊登的报纸杂志又集结成书出版的情况。各个体裁的作品数量分布情况如下表：

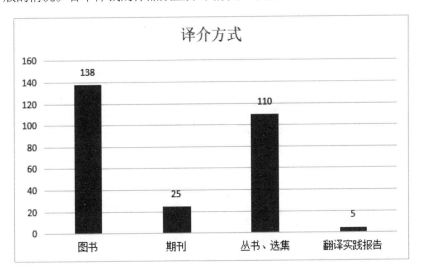

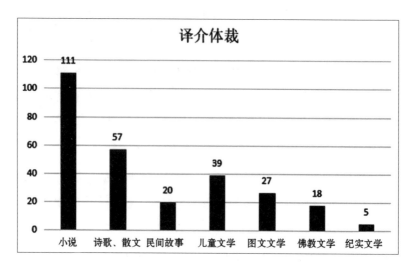

从上表中可以看出，传统文学体裁小说、诗歌、散文在数量上占绝对优势，儿童文学次之，图文文学、佛教文学、民间故事不可小觑，纪实文学数量较少。

除了传统的传播方式：图书、期刊、辑录之外，翻译实践报告不失为一种新颖的译介方式。笔者搜集到的5篇翻译实践报告均来自北京外国语大学泰语笔译专业的硕士学位论文，既有短篇小说选译，如《泰国短篇小说集〈本应如何〉（节选）翻译实践及翻译报告》①《泰国短篇小说〈假想线〉（节选）翻译实践及翻译报告》②《泰国短篇小说集〈小公主〉（节选）汉译实践及翻译报告》③；又有长篇小说节选，如：《泰国小说〈依善大地的孩子〉（节选）汉译实践和翻译报告》④和《泰国青少

---

① 李彧：《泰国短篇小说集〈本应如何〉（节选）翻译实践及翻译报告》硕士学位论文.北京外国语大学，2018年。

② 孙雪锋：《泰国短篇小说〈假想线〉（节选）翻译实践及翻译报告》硕士学位论文.北京外国语大学，2018年。

③ 曾艳：《泰国短篇小说集〈小公主〉（节选）汉译实践及翻译报告》硕士学位论文.北京外国语大学，2017年。

④ 高金连：《泰国小说〈依善大地的孩子〉（节选）汉译实践和翻译报告》硕士学位论文.北京外国语大学，2018年。

年小说〈男孩玛丽湾〉（节选）翻译实践及翻译报告》①。笔者之所以把作为硕士学位论文的翻译实践报告归为一种译介方式，是因为硕士学位论文被收录于中国知网、超星发现等学术平台，易于搜索和传播。在信息化时代，电子阅读比纸质书刊更易于传播，覆盖的范围和读者群体要更广泛。

5篇翻译实践报告的结构基本一致，均分为翻译实践和翻译报告两大部分。翻译实践部分包含译文和原文，译文和原文对照的形式在其他译介方式中实属罕见，而翻译实践报告的形式不仅为不懂泰语的读者打开了一扇了解泰国文学之门，同时也为汉泰双语读者提供了语言转换的参考。

翻译报告一般分为四大部分：文本简析、翻译理论、翻译策略和结论。文本简析部分介绍作者、作品及翻译目的；翻译理论部分重点介绍本次翻译所参考的翻译理论；翻译策略部分分析在理论指导下的翻译实践；结论部分总结翻译的经验并提出翻译存在的问题。

翻译实践报告实现了读者和译者之间、读者和作品之间的深入了解，相较其他译介方式，读者更容易走进译者的再创造过程，能够更深入地理解和欣赏作品。

由于翻译实践报告本身的学术性和非营利性，译者在选择翻译体裁上不受市场左右，可以根据个人审美及原著的文学价值、艺术价值进行选题，因此作品的文学性、艺术性、审美性都得以保证。但是，诚如《泰国短篇小说〈假想线〉（节选）翻译实践及翻译报告》的作者孙雪锋所言："对于翻译专业的学习者来说，两年时间不足以让我们成长为翻译专家，要在这个领域取得卓越的成果需要的是终生的学习、一生的修行，这让我清楚地认识到自己的学识尚浅，未来还应更加勤勉。"②

① 鲁昀菲：《泰国青少年小说〈男孩玛丽湾〉（节选）翻译实践及翻译报告》硕士学位论文.北京外国语大学，2018年。

② 孙雪锋：《泰国短篇小说〈假想线〉（节选）翻译实践及翻译报告》硕士学位论文.北京外国语大学，2018年，第III页致谢。

囿于生活经验、翻译经验的不足，翻译专业学生的作品有值得肯定的地方，同时也还存在可以打磨的空间。但是，翻译实践报告作为泰国文学在中国译介传播的方式仍然值得推崇和期待。

一、小说

泰国小说发端于19世纪中叶拉玛五世王朝时期，至20世纪20年代基本完成本土化转型，其间经历了翻译、模仿、融合西方文学作品的阶段，1928年后开始进入本土作家独立创作时期。泰国本土小说经历一个多世纪的发展，逐渐形成内容丰富、题材广泛、富有泰国特色的作品。从内容长短又可以划分出短篇小说、中篇小说、长篇小说三个类别。

（一）短篇小说

中国译介的第一部泰国短篇小说集，是1958年由北京大学东方语言系泰语专业师生集体翻译，人民文学出版社出版的《泰国现代短篇小说选》。"在这次党号召科学大跃进后，我们经过十五天的功夫翻译完成的。……我们都没有做过翻译工作，但是我们却有高度的热情……"[1]在此特殊的时代背景下，该书所收录的21篇短篇小说，"虽然艺术方面还有些缺点"[2]，但都是思想进步的作品。主题以"暴露社会黑暗""表现人民觉醒""为真理奋斗"为主。《泰国现代短篇小说选》共发行4500册，既是中国译介泰国短篇小说的创举，也是对"大跃进"时期的真实记录，有强烈的时代烙印。

中国译介的泰国短篇小说集共有译著17部，译文17篇，选文46篇，翻译实践报告3篇。其中，以泰华文坛著名作家、翻译家沈逸文先生的译介为主，中国大陆和港台地区共翻译出版了8部短篇小说集。除此之外，

---

[1] ［泰］西巫拉帕等著：《泰国现代短篇小说选》，北京：人民文学出版社，1958年，第241页。

[2] ［泰］西巫拉帕等著：《泰国现代短篇小说选》，北京：人民文学出版社，1958年，第239页。

泰华著名作家、翻译家林光辉（笔名徐翾）在香港出版了两部泰国短篇小说选，分别是《再会有期》^①和《泰国名家短篇小说选》^②。

20世纪80年代以来，泰国每年有四百余篇短篇小说刊登于报纸杂志上，中青年作家为创作主力，内容涉及社会生活的方方面面。由中国大陆译者编译的短篇小说选也大多选自20世纪80年代作品，主要有：《克立·巴莫短篇讽刺小说选》^③《泰国当代短篇小说选》^④《刑警与案犯》^⑤。其他散见于期刊的17篇短篇小说译文也都以20世纪80年代的作品为主，详情见下表：

编号	篇名	作者	译者	刊物	体裁
1	断臂村	克立·巴莫	栾文华	《译林》1980年第4期	短篇小说
2	再见吧，过去！	欧·猜耶华拉辛	邢慧如	《外国文学》1980年第6期	短篇小说
3	谁之罪	伊沙拉·阿曼达功	李自珉 龚云宝	《外国文学》1980年第6期	短篇小说
4	克立·巴莫短篇小说两篇	克立·巴莫	何芳	《外国文学》1981年第3期	短篇小说
5	一九七五年的爱情	莎蕾·希拉玛娜	栾文华	《外国文学》1981年第6期	短篇小说
6	垃圾堆里发出的声音	矮·艾差利雅功	陈健敏	《外国文学》1982年第10期	短篇小说
7	坟墓上的婚礼	奥·乌达龚	栾文华	《国外文学》1992年第1期	短篇小说
8	盛伽夫人	克里斯纳·阿所克辛	张芸 刘芊	《译林》1998年第5期	短篇小说
9	独臂村	克立·巴莫		《课外阅读》2005年第12期	短篇小说

① [泰]诗武拉珀著：《再会有期》，徐翾译，香港：维华出版社，1960年。
② 《泰国名家短篇小说选》，[泰]徐翾译，香港：崇明出版社，1963年。
③ [泰]克立·巴莫著：《克立·巴莫短篇讽刺小说选》，何方译，北京：外语教学与研究出版社，1981年。
④ [泰]西拉·沙塔巴纳瓦等著：《泰国当代短篇小说选》，栾文华、顾庆斗译，北京：外国文学出版社，1987年。
⑤ [泰]凯·纳·汪内著：《刑警与案犯》，谦光、白松译，太原：北岳文艺出版社，1987年。

续表

10	"高贵"的灾难	克立·巴莫	栾文华	《外国文学》1982年第4期	短篇小说
11	有老虎便会有狮子	楚兰达	栾文华	《花溪》1987年第9期	短篇小说
12	草叶上的露珠	楚兰达	栾文华	《花溪》1989年第4期	短篇小说
13	在解剖室里	奥·乌恭达	栾文华	《世界文学》1989年第3期	短篇小说
14	洋人与管家	玛·詹荣	栾文华	《世界文学》1999年第1期	短篇小说
15	擦皮鞋的孩子	安萨西普	张良民	《东方少年》1984年第5期	短篇小说
16	重返自由	马诺·他依西	裴晓睿	《国外文学》1981年第3期	短篇小说
17	投桃报李	察·高吉迪	谦光	《世界文学》1989年第4期	短篇小说

另外，收录于各种外国文学选集的短篇小说作品数量虽多，但重复率较高，主要有克立·巴莫的《断臂村》（又名《独臂村》）、《厨房杀人犯》（又名《饮食谋杀术》），查查林·差亚瓦的《小城轶事》等。

（二）中长篇小说

泰国中长篇小说的译介，数量上有21部译著、4篇译文、2篇选文，但实际上存在一书多个译本或同书异版的情况；从时间上看以20世纪80年代为主，其间出版的作品共13部（篇），占总数一半以上；从作者和作品的选择上看，主要有两类，一类以"文艺为人生，文艺为人民"文学运动的代表作家和代表作为主，如西巫拉帕、社尼·骚哇蓬、奥·乌达龚等；另一类以通俗文学的代表作家和代表作为主，如克立·巴莫、高·素朗卡娘等。

一书多个译本或同书异版的情况主要有以下几部译著：西巫拉帕的《画中情思》（又译《诺帕蓬与姬乐蒂》）、《向前看》；社尼·骚哇蓬的《魔鬼》；察·高吉迪的《人言可畏》（又译《判决》）；克立·巴莫的《四朝代》。中长篇小说的具体情况将在本书第四章中详细论述，在此章不再赘述。

二、诗歌散文

《毛诗》载"诗者，志之所在也。在心为志，发言为诗。"赵缺云"诗者，感其况而述其心，发乎情而施乎艺也。"诗歌，是这个世界上最古老的文学体裁，它通过丰富的意象、凝练的语言、和谐的音韵将创作者充沛的感情倾而出来，作者酣畅淋漓，读者感同身受。

泰国古典文学以诗歌、韵文为主，既有短篇的抒情诗，也有长篇叙事诗。泰国作诗的传统延续至今，这大概也与泰语抑扬顿挫、千柔百转的声调有莫大关系。泰人至今形容能说会道之人还用"เจ้าบทเจ้ากลอน"（直译为善吟诗之人）这样的比喻，可见曾经诗风之盛。

泰国文学传统重诗歌轻散文，虽然从数量上看汉译泰国散文有11篇之多，但实际上阿萨西里·探马错的《舞娘》被不断重复收录，因此在本节中不就散文这个体裁进行单独分析，只在附录中列出相关篇目。

中国译介的泰国诗歌作品较多，有2部译著，2篇译文，41篇选文，分别是古典爱情悲剧叙事诗《〈帕罗赋〉翻译与研究》①《小草的歌》②《诗九首》③和《蜗牛的道路》④。选文以诗琳通公主的诗、甘拉亚纳蓬的《诗人的誓言》和巴雍·松通的《爱之因》为主，多次反复收录。

（一）《〈帕罗赋〉翻译与研究》

《帕罗赋》是一部产生于15世纪末至16世纪初的伟大爱情悲剧叙事诗，在泰国文学历史上享有崇高的地位，被誉为泰国的"罗密欧与朱丽叶"。《帕罗赋》语言清新古朴、格律严谨、韵律优美，1914年被"泰国文学俱乐部"评为"立律体诗歌之冠"。

---

① 裴晓睿、熊燃著：《〈帕罗赋〉翻译与研究》，北京：北京大学出版社，2013年。
② ［泰］诗琳通公主著：《小草的歌》，王晔、邢慧如译，北京：中国少年儿童出版社，1985年。
③ ［泰］诗琳通公主著：《诗九首》，季难生、张青译，《外国文学》，1984年第2期。
④ ［泰］瑞瓦拉·蓬拍本著：《蜗牛的道路》，栾文华译，《世界文学》，1985年第3期。

2013年7月，北京大学出版社出版了《帕罗赋》的首部中文译本《〈帕罗赋〉翻译与研究》，也是目前为止我国译介的唯一一部泰国古典叙述诗歌作品。该书由北大泰语资深教授裴晓睿老师和她的研究生熊燃合作翻译，并以中国学者的视角进行重新解读。

除了对全诗进行翻译外，《〈帕罗赋〉翻译与研究》还从各个角度对该作品进行解读。"《帕罗赋》研究综论"部分从故事的发源地、文本历史、影响等方面进行说明；"《帕罗赋》中的'情味'"部分从泰印比较诗学角度解读；"《帕罗赋》中的象征意义"部分从修辞和文化角度阐释；"立律体与译文形式初探"部分从诗歌形式和美学角度探讨翻译策略；"泰国诗歌《立律帕罗》——罗王的故事"部分为美国威斯康辛大学罗伯特·毕克纳教授对《帕罗赋》多年研究的成果。

《〈帕罗赋〉翻译与研究》译文优美流畅，保留了《帕罗赋》的诗体结构，又兼顾中国读者的审美和阅读习惯，并通过大量的脚注解释诗歌的文化含义和社会背景，可以说是泰国古典文学翻译的精品。

（二）《小草的歌》《诗九首》

诗琳通公主的儿童诗集《小草的歌》，由中国少年儿童出版社于1985年11月出版。该诗集是诗琳通公主青少年时代的诗作，诗文明快流畅，意境含蓄深邃。公主自选了二十首，缀联成集，犹如彩线串珠，篇篇洋溢着童心童趣。①

此外，诗琳通公主的儿童诗《小草的歌》（外三首）、《跟随父亲的脚步》（外五首）也于1984年、1985年先后在《儿童文学》杂志上与读者见面，同时，包含《跟随父亲的脚步》《青草回旋诗》在内的九篇诗歌《诗九首》，由季难生、张青翻译，发表在1984年第2期的《外国文学》上。

---

① ［泰］诗琳通公主著：《小草的歌》，王晖、邢慧如译，北京：中国少年儿童出版社，1985年，第2页。

三、民间故事

民间故事是世界各民族的宝贵财富，也是民族日常生活的一部分，更是民族智慧、哲学、民风民俗、地域特色的体现。民间故事历史悠久，根基深厚，主要依靠口头传承，兼具故事性、教育性和可读性。人们对本族的起源、信仰、审美好恶、伦理规范、民族精神的认知主要来源于民间故事；对外国、外族最早的感性认识也多来源于其民间故事。民间故事的题材不外乎动物寓言、历史传说、宗教神话、魔法神迹、日常生活，虽千变万化也有迹可循，便于不同国家不同民族的读者阅读和理解。

泰国文字创立时间较晚，但口传传统历史悠久。泰国民间故事具有突出的口传性、表演性和集体性特征。泰国民间故事的传播，通常是由讲述者在各种民俗活动中口头讲述而获得艺术生命，实现自身的教化功能和传承价值。泰国民间故事题材主要包括佛本生故事、地方风物传说、鬼神故事、幻想故事、寓言故事、英雄故事、笑话故事等多种类型，题材丰富广泛，形式多种多样。

泰国的许多民俗活动都穿插有民间故事的讲述，在《民间故事研究》中作者Prakong Nimmanahaeminda精辟地总结了泰国讲故事活动的情况："在泰国，有家庭内部讲述民间故事的习俗，如爷爷奶奶或父母在睡觉以前或其他空闲时间给子孙讲述故事；有集体劳动过程中讲述故事，如种田休息吃饭时大家聚在一起一边吃饭一边听、讲故事；还有男子出家当和尚仪式以及丧事活动中，主人常常准备鲜花、烟卷或烤茶招待相帮的亲友，并请故事家为大家讲述民间故事；冷天在火塘边烤火取暖、烧竹筒饭的时候，有时也互相讲述民间故事；笑话故事和野史往往在男性的酒桌上或者行路休息时讲述。"①

---

① 刀承华：《泰国民间故事与民俗的互渗相成关系》，云南民族大学学报（哲学社会科学版），2007年第5期。

　　我国对泰国民间故事的翻译最早始于1961年，由林光辉编译《泰国民间故事选》（第一册）[①]，次年即1962年出版了续篇《泰国民间故事选》（第二册）[②]；20世纪80年代是泰国文学译介较多的年代，在此期间大陆陆续出版了4部泰国民间故事选，分别是《东南亚民间故事选》[③]《有智慧的人·世界民间故事丛书·泰国篇》[④]和《泰国民间寓言选》[⑤]。这3部民间故事都是由通晓泰语的译者从泰语原著直接翻译为中文。

　　值得注意的是，1982年福建人民出版社出版的一套《东南亚民间故事》[⑥]则是由英文版《民间故事精粹》（Favourite Stories Series）转译成中文的，其中包含《兔子的尾巴》等17个泰国民间故事。由此可见，泰国的民间故事的翻译有通过泰语直译和英语转译等多种方式。

　　进入21世纪后又陆续出版了4部泰国民间故事，分别是《槟榔花女》[⑦]《泰国民间故事》[⑧]《泰国民间故事选译》[⑨]和《神奇的丝路民间故事：泰国民间故事》[⑩]。

　　在这10部泰国民间故事译著中包含了一些相同或相似的故事，如《狐狸和狮子》《槟榔花女》等，这些故事主要人物情节相同，但表述不一，这也从侧面印证了民间故事口传性的特点。通过泰国民间

---

① 《泰国民间故事选》（第一册），[泰]徐翮译，香港：维华出版社，1961年。

② 《泰国民间故事选》（第二册），[泰]沈逸文译，香港：维华出版社，1962年。

③ 祁连休、栾文华、张志荣选编：《东南亚民间故事选》，武汉：长江文艺出版社，1982年。

④ [泰]约·登丹隆编著：《有智慧的人·世界民间故事丛书·泰国篇》，段立生、王培璇译，上海：少年儿童出版社，1983年。

⑤ 《泰国民间寓言选》，玉康译，昆明：云南少年儿童出版社，1988年。

⑥ [英]利昂·库默著：《东南亚民间故事》，姜继译，福州：福建人民出版社，1982年。

⑦ [泰]守木巴·帕拉依瑙依著：《槟榔花女》，高树榕、房英译，上海：上海译文出版社，2000年。

⑧ 《泰国民间故事》，裴晓睿译，沈阳：辽宁少年儿童出版社，2001年。

⑨ 《泰国民间故事选译》，刀承华译，北京：民族出版社，2007年。

⑩ 《神奇的丝路民间故事：泰国民间故事》，裴晓睿译，安徽：安徽文艺出版社，2018年。

故事的翻译，更多的中国读者能了解泰国的风俗习惯、价值观念、宗教信仰、生活方式等，这无疑是促进中泰文化交流和民心相通的一条捷径。

四、儿童文学

中国当代儿童文学的发展肇始于20世纪初对外国儿童文学的译介，兴盛于五四新文化运动时期。中国本土儿童文学的年轻化、边缘化，和其在发展过程中历经的数次时代大变革，使得翻译儿童文学迅速占据中国儿童文学的中心地位。

现代的中国少年儿童在文学作品的选读上享有高度的国际化，除了传统的《格林童话》《安徒生童话》《伊索寓言》和《一千零一夜》之外，各种琳琅满目的外国儿童绘本大量充斥中国儿童文学市场，以提高智商、培养情商、提升德商为名吸引父母和孩子们的眼球。这一方面说明了中国文化市场的进一步开放，一方面也体现了中国本土儿童文学的孱弱。中国人在儿童文学方面素来没有多少自信，不免有点"外国月亮比中国圆"的心理，加上现代父母生育观念、教育观念的与时俱进，更进一步促进了外国儿童文学在中国译介的繁荣兴盛。在这汹涌蓬勃的译介热潮中，泰国儿童文学分得小小一杯羹，得以进入中国读者的视野。

泰国儿童文学在中国的译介共有39部，可分为诗琳通公主的"盖珥系列"、简·薇佳吉娃的"卡娣的幸福系列"、玛妮莎的"小恐龙系列""拉科鲁克大奖成长绘本系列"和"家庭教育故事绘本系列"五大系列。

"盖珥系列"包括《顽皮透顶的盖珥》[①]和《淘气过人的盖珥》[②]，

---

① ［泰］菀盖珥著：《顽皮透顶的盖珥》，郭宣颖、张砚秋译，上海：少年儿童出版社，1983年。
② ［泰］菀盖珥著：《淘气过人的盖珥》，郭宣颖译，上海：少年儿童出版社，1985年。

是两部以讲述小主人公盖珥日常趣事为主的姐妹篇。

"卡娣的幸福系列"包括《卡娣的幸福》和续篇《卡娣的幸福之追逐月亮》，其中《卡娣的幸福》有贵州人民出版社译本《凯蒂的幸福时光》①和台湾野人出版社译本《卡娣的幸福》②，《卡娣的幸福之追逐月亮》有台湾野人出版社译本《爱的预习课》③。

"小恐龙系列"是2013年西安出版社从泰国原版引进的一套低龄儿童情商绘本，中文版译名为"小恐龙完美成长系列"④，又分为情绪管理和行为管理两个系列，每个系列各有六册独立的小故事。

"拉科鲁克大奖成长绘本系列"包括一、二两辑，第一辑于2015年6月翻译出版，包括八本独立故事绘本，分别为《我要当飞行员》《慷慨的云先生》《巴姆的煎饼》《这是谁的钱》《藏宝箱》《做最棒的我》《开心农场》《还需要什么呢》；第二辑于2017年4月翻译出版，包括八本独立故事绘本，分别为《粑粑的用途》《不只是第一名》《胆小的兔子》《快来帮帮鲸鱼叔叔》《我能拯救地球》《谢谢你长鼻子大象》《圆脑袋回家记》以及《走开怪物》等。

"家庭教育故事绘本系列"共六部绘本，分别是《微笑的国度》《聪聪的水灯节》《谁的骨头》《一年三季》《黑漆漆》和《鼹鼠导游记》。

---

① ［泰］简·薇佳吉娃著：《凯蒂的幸福时光》，殷健灵译，贵阳：贵州人民出版社，2009年。
② ［泰］Ngarmpun（Jane）Vejiajiva著：《卡娣的幸福》，王圣芬、魏婉琪译，台湾：野人出版社，2009年。
③ ［泰］Ngarmpun（Jane）Vejiajiva著：《爱的预习课》，王圣芬、魏婉琪译，台湾：野人出版社，2009年。
④ ［泰］玛妮莎著，菈抵美绘："小恐龙完美成长系列"，西安曲江培豪出版传媒译，西安：西安出版社，2013年。

五、图文文学

图文文学即图文并茂、图文并重的一种文学体裁，近年来得益于浅阅读的风靡而迅猛发展。泰国图文文学在中国的译介，在数量上以27本之多位居所有译介体裁的第四位，翻译出版时间集中于2011年以后，时间之短发展之迅速不容小觑。我国所译介的泰国图文文学，主要以童格拉·奈娜和宋邢·泰宋蓬两位作家的作品为主，另外《诗琳通公主诗文画集》①因为"画"的加入而在此算入图文之列。

童格拉·奈娜图文励志系列作品画风清新，内容励志，深受中国青少年读者的欢迎。目前已翻译成中文在我国出版的作品有：《下一步，不许认输！》②《少就是多》③《相信自己就对了！每一次选择，都是最好的决定！》④《不要害怕说NO！幸福的起点就是，勇敢去做你想做的事》⑤《你的人生没有不可能！勇敢改变，不要被自己打败》⑥《我的名字叫机会》⑦《其时没那么急！有一种美好，只有慢慢来，才能看见！》⑧《给自己一个机会》⑨《永远没有准备好这回事，现在就放手去

---

① ［泰］诗琳通著：《诗琳通公主诗文画集》，顾雅炯译，上海：生活·读书·新知三联书店，1993年。

② ［泰］童格拉·奈娜著：《下一步，不许认输！》，璟玟译，重庆：重庆出版社，2014年。

③ ［泰］童格拉·奈娜著：《少就是多》，璟玟译，重庆：重庆出版社，2014年。

④ ［泰］童格拉·奈娜著：《相信自己就对了！每一次选择，都是最好的决定！》，璟玟译，台湾：八方出版股份有限公司，2011年。

⑤ ［泰］童格拉·奈娜著：《不要害怕说NO！幸福的起点就是，勇敢去做你想做的事》，璟玟译，台湾：八方出版股份有限公司，2012年。

⑥ ［泰］童格拉·奈娜著：《你的人生没有不可能！勇敢改变，不要被自己打败》，璟玟译，台湾：八方出版股份有限公司，2014年。

⑦ ［泰］童格拉·奈娜著：《我的名字叫机会》，李月婷译，台湾：八方出版股份有限公司，2012年。［泰］童格拉·奈娜著：《我的名字叫机会》，李巧娅译，北京：中央广播电视大学出版社，2015年。

⑧ ［泰］童格拉·奈娜著：《其实没那么急！有一种美好，只有慢慢来，才能看见！》，Huang TT译，台湾：八方出版股份有限公司，2013年。

⑨ ［泰］童格拉·奈娜著：《给自己一个机会》，台湾：八方出版股份有限公司，2014年。

做！》①《又不是世界末日，困难都会过去的！》②《只挑简单的做，你的人生当然只能这样！》③《别怕！你可以的，看不到未来更要挺自己》④《换个角度看世界》⑤《靠自己成就精致人生》⑥和《一切皆有可能》⑦等15部作品。

宋邢·泰宋蓬是泰国绘本小说的开创者，擅长以细腻的笔触和复杂的构图，勾勒出绮丽的、充满东方风情的奇幻氛围。我国自2011年起陆续译介他的4部绘本小说：《九命猫》⑧《霹雳火头与温柔豆芽历险记——在黑暗的季节》⑨《霹雳火头与温柔豆芽历险记——无尽疯狂的旅程》⑩和《在很久很久以前的某一个时间》⑪。

此外译介的其他泰国图文文学作品有：《别烦！一天只有24小时，

---

① ［泰］童格拉· 奈娜著：《永远没有准备好这回事，现在就放手去做！》，李敏怡译，台湾：八方出版股份有限公司，2011年。
② ［泰］童格拉·奈娜著：《又不是世界末日，困难都会过去的！》，李敏怡译，台湾：八方出版股份有限公司，2011年。
③ ［泰］童格拉· 奈娜著：《只挑简单的做，你的人生当然只能这样！》，李敏怡译，台湾：八方出版股份有限公司，2011年。
④ ［泰］童格拉· 奈娜著：《别怕！你可以的，看不到未来更要挺自己》，李敏怡译，重庆：重庆出版社，2014年。
⑤ ［泰］童格拉·奈娜：《换个角度看世界》，北京：中央广播电视大学出版社，2015年。
⑥ ［泰］童格拉·奈娜著：《靠自己成就精致人生》，李巧娅译，北京：中央广播电视大学出版社，2015年。
⑦ ［泰］童格拉·奈娜著：《一切皆有可能》，李巧娅译，北京：中央广播电视大学出版社，2015年。
⑧ ［泰］宋邢·泰宋蓬著：《九命猫》，璟玟译，长沙：湖南人民出版社，2011年。
⑨ ［泰］宋邢·泰宋蓬著：《霹雳火头与温柔豆芽历险记——在黑暗的季节》，璟玟译，长沙：湖南人民出版社，2011年。
⑩ ［泰］宋邢·泰宋蓬著：《霹雳火头与温柔豆芽历险记——无尽疯狂的旅程》，璟玟译，长沙：湖南人民出版社，2012年。
⑪ ［泰］宋邢·泰宋蓬著：《在很久很久以前的某一个时间》，王道明译，长沙：湖南人民出版社，2012年。

何必浪费在讨厌的人身上！》①《心小小的快乐就大大的》②《想飞的猪》③《分手所需100步》④《海和你之间》（共2册）⑤以及《胡桃夹子》⑥等。

六、纪实文学

纪实文学是包含报告文学、传记文学、纪实小说、纪实散文等体裁在内的总的文学概念。纪实类作品既以真实的人和事为背景基础，又含有一定的虚构成分。纪实文学其内容的真实性、表现手法的多样性、作品的文学性和艺术性，不仅具有文学审美价值，而且具有现实意义，能引导人们关注和指导现实生活，充分有效地发挥文学的社会调节功能和宣传作用。

泰国纪实文学作品在中国的译介共有5部，笔者将这5部作品分为传记文学和纪实散文两个类型，它们分别是传记文学《泰国当代文化名人——披耶阿努曼拉查东生平及著作》⑦《莲花中的珍宝：阿姜查·须跋

---

① ［泰］努姆·塔莎那著：《别烦！一天只有24小时，何必浪费在讨厌的人身上！》，林璟玫译，重庆：重庆出版社，2013年。

② ［泰］明娇著：《心小小的快乐就大大的》，陈信源译，重庆：重庆出版社，2014年。

③ ［泰］翁雅·柴参奇普著，素宽·阿他乍路喜绘：《想飞的猪》，慈一译，北京：华夏出版社，2011年。

④ ［泰］谛帕恭·武提皮塔雅蒙空著：《分手所需100步》，李泽洋译，北京：东方出版社，2019.04，第一版。

⑤ ［泰］沐宁·塞布拉萨：《海和你之间》（共2册），广州：新世纪出版社，2014.12，第一版。

⑥ ［泰］尼鲁特·普塔皮帕特著：《胡桃夹子》，张木天译，西安：未来出版社，2016.12，第一版。

⑦ 《泰国当代文化名人——披耶阿努曼拉查东生平及著作》，段立生译，广州：中山大学出版社，1987年。

多传》①《做一个好人——一位福布斯富豪的创业之路》②和《我是艾利：我在海外的经历》③，以及纪实散文《巴门的行走》④。

七、佛教文学

泰国素有"黄袍佛国"之称，百分之九十以上的民众信奉上座部佛教，而佛教也是中国的三大宗教之一，曾盛极一时。历史上两国宗教界不乏友好往来，但从1949年新中国成立以后至1975年中泰建交以前，由于意识形态的影响，两国宗教界中断联系。1975年7月1日中泰建交，两国佛教界开始重新恢复往来，至20世纪80年代交往日益频繁和深入。

泰国佛教文学在中国的译介，主要以"法园编译群"翻译的阿姜查作品为主。阿姜查·须跋多（1918—1992）是泰国当代最有影响力的泰北森林高僧、南传佛教大师，公认的阿罗汉集大成者。阿姜查主张头陀行与禅定体验相结合的修行方式，名声日隆，追随者渐增，于1954年创立了著名的巴蓬寺。

阿姜查的开示风格直白幽默，语言浅显易懂，没有晦涩艰深的佛学专名，却能带领读者体味佛学核心思想，这是他的著作在海内外都广受欢迎和追捧的原因。台湾法园编译群是由台湾圆光佛学院阿姜查的嫡传弟子与其学生共同组建的翻译团队。他们基于对佛教的信仰、对佛法的热爱，无偿翻译了大量泰国佛教作品，其中就包括阿姜

---

① ［泰］阿姜查弟子著：《莲花中的珍宝：阿姜查·须跋多传》，捷平译，北京：商务印书馆，2013年。

② ［泰］邱威功著：《做一个好人——一位福布斯富豪的创业之路》，张益民译，北京：作家出版社，2013年。

③ ［泰］塔娜达·萨湾登著：《我是艾利：我在海外的经历》，蔚然译，南昌：百花洲文艺出版社，2011年。

④ ［泰］巴门·潘赞著：《巴门的行走》，王大荣译，海口：海南出版社，2012年。

查的系列作品《关于这颗心》①《这个世界的真相》②《无常》③《证悟·阿姜查的见到经历》④《我们真正的归宿》⑤《以法为赠礼》⑥、⑦《森林里的一棵树》⑧《阿姜查佛学文集选》⑨《宁静的森林水池》⑩《何来阿姜查》⑪《阿姜查开示录选集》⑫《为何我们生于此》⑬《静止的流水》⑭《森林中的悟法》⑮和《森林里的一棵树 我们真正的归宿》⑯共16部作品。这些作品中一部分由正规出版社出版，一部分由寺庙、宗教事务局或相关机构发行，体现了佛教作品"结缘赠阅、随喜助印"和公开出版两种方式的结合。

除了阿姜查的作品外，我国还翻译了泰国著名佛教学者W.伐札梅谛的《不生气的生活》⑰。本书以书信的方式跟弟子谈及生气的根源和本质，以及当产生愤怒的情绪时应该如何应对。该书有大陆和台湾两个译

① ［泰]阿姜查著：《关于这颗心》，赖隆彦译，海口：海南出版社，2008年。
② ［泰]阿姜查著：《这个世界的真相》，果儒译，海口：南方出版社，2010年。
③ ［泰]阿姜查著：《无常》，赖隆彦译，深圳：深圳报业集团出版社，2008年。
④ ［泰]阿姜查、保罗·布里特著：《证悟·阿姜查的见到经历》，赖隆彦译，深圳：深圳报业集团出版社，2009年。
⑤ ［泰]阿姜查著：《我们真正的归宿》，法园编译群译，北京：商务印书馆，2013年。
⑥ ［泰]阿姜查著：《以法为赠礼》，法园编译群译，北京：商务印书馆，2013年。
⑦ ［泰]阿姜查著：《以法为赠礼》，法园编译群译，北京：北京八大处，1998年。
⑧ ［泰]阿姜查著：《森林里的一棵树》，法园编译群译，北京：商务印书馆，2013年。
⑨ ［泰]阿姜查著：《阿姜查佛学文集选》，法园编译群译，成都：四川宗教事务局，1997年。
⑩ ［泰]阿姜查著：《宁静的森林水池》，法园编译群译，莆田：福建莆田广化寺，1992年。
⑪ ［泰]阿姜查著：《何来阿姜查》，法园编译群译，台湾：法耘印经会，1984年。
⑫ ［泰]阿姜查著：《阿姜查开示录选集》，法园编译群译。
⑬ ［泰]阿姜查著：《为何我们生于此》，法园编译群译，山东：灵岩寺弘法社。
⑭ ［泰]阿姜查著：《静止的流水》，法园编译群译，北京：商务印书馆，1991年。
⑮ ［泰]阿姜查著：《森林中的悟法》，法园编译群译，上海：生活·读书·新知三联书店，2002年。
⑯ ［泰]阿姜查著：《森林里的一棵树 我们真正的归宿》，法园编译群译，成都：成都文殊院。
⑰ ［泰]W.伐札梅谛著：《不生气的生活》，江翰雯译，北京：中国青年出版社，2013年。

本，大陆译本由中国青年出版社出版，台湾译本由橡树林文化发行。

佛教翻译文学的兴盛从侧面反映出中国社会在经历高速的经济发展后人们对于精神的需求逐渐增加。中泰交流的日益深入和频繁，泰国旅游的日趋火爆，泰国影视剧的热播，都不同程度地加深了中国民众对泰国的认识。泰国人谦恭温婉的态度，祥和平静的慢生活给人们留下了深刻的印象，也促成了对佛教的重新追捧。而泰国佛教文学作品的故事性、哲理性也为其在中国的畅销创造了有利条件。中泰读者将突破意识形态的限制，共享佛教之光。

小　结

本章主要从途径和体裁两方面梳理了泰国文学在中国译介的概貌。泰国文学在中国有三条主要译介途径：主动引进、主动输出和市场引进，四种出版方式：成书出版、刊登于报纸杂志、辑录于各种外国文学选集和翻译实践报告，七种体裁：小说、诗歌散文、民间故事、儿童文学、图文文学、纪实文学和佛教文学，其中译著138部，译文25篇，选文110篇，翻译实践报告5篇。

泰国文学在中国的译介和研究已有大半个世纪的历史，出版了数量可观的译著、译文、研究论文、文学评论及文学研究专著，不仅为我国读者赏析泰国文学作品、了解泰国文化开启了一扇方便之门，也为中国的泰学研究、东方学研究、外国文学研究拓宽了视野，增补了必要的材料。

笔者在搜集资料的过程中遇到两大难题：一是港台译著难寻。由于政治历史原因，港台地区与泰国的交流几乎没有中断。大量泰华作家在港台出版泰国文学译著和华文文学作品，这些作品本身具有研究价值，且属于泰国文学在中国译介的范畴，但笔者搜集到的港台译作数量或许仅为冰山一角，有更多的译著需要发现整理。第二个难题是，中国大陆译者背景难知。笔者所搜集到的各个版本的译著中，几乎都没有关于译者的简介，有些属于集体翻译的甚至没有译者的署名，这对于研究译者背景造成了一定困难。

泰国文学作为小国文学，在中国的译介数量达两百余部，可以称得上是相当可观的，但我们也必须意识到其影响力并不广泛。就笔者的亲身经历而言，在开始本研究之前并不知道泰国文学作品汉译的数量如此众多，而身边身处泰语圈子的老师同学们也跟笔者有相同感受。身处其间尚且缺乏了解和关注，可想而知其影响范围的有限。

文学作品的译介数量不能决定其在译入语环境中的文化功能。相反，中国现时的文学空间才是决定译著生命力的主要因素。纵观20世纪下半叶，中国大规模译介弱势民族文学作品，但真正产生影响的作家和文学思潮并不多，和西方文学的译介及影响相比要逊色很多。人类千万年来的发展史表明：文化的发展和传播从来不是均衡的，在政治关系中可以追求平等，但在文化上只能追求相互尊重和包容。

我国对泰国文学的译介，从一开始的政治导向、学术导向逐渐转向读者导向、市场导向。从译者的"主动引进"和"主动输出"，逐步转到读者和市场的"主动选择"和"主动接收"。泰国文学作品汉译无论数量还是类型都在逐年增多，这也从侧面印证了中泰交流的日益频繁和深入，以及全球一体化进程的加速发展。

当然，泰国文学在中国的翻译研究也面临一系列问题。最棘手的是译者的断层，和市场对新兴文学体裁的偏好、对传统文学体裁的忽视。如上文所述，泰国文学研究、翻译的主力军以老一辈学者为主，新一代译者虽已开始崭露头角，但还未形成一脉相承的翻译研究梯队。市场对作品类型的选择干预也越来越明显，传统文学尤其是小说、诗歌、民间故事等的翻译量越来越少，新兴文学体裁则劲头正盛。笔者以为，除了大文化环境的影响外，文化"市场化"对传统文学翻译也是一个不小的打击。翻译一部长篇小说可能耗时数年，千雕万琢，结果却不受出版社待见。译者的劳动得不到重视，价值得不到体现。在这个知识爆炸、物质充盈的年代，人们的价值观和世界观都在不断变化，肯坐冷板凳踏踏实实翻译的译者已不多见。从表面上来看，似乎是市场影响了读者的口味，但笔者认为，只有读者的品位越来越高，市场才能够做出相应的调整。我们无法凭空创建一个高品位的市场，但我们可以通过提高读者的素质和品位来倒推市场的改革。

第三章　泰国文学在中国的引入

　　文学行为从社会机制的角度来说，是一种人与人之间相互交际的行为，即作家创作、出版社书商传播、读者消费之间彼此关联，相互影响。因此，对文学事实社会化过程的考察应该包括生产、传播和消费三个方面。本章将主要探讨泰国文学在中国的引入，即泰国文学在中国的再生产过程。

　　一部文学作品的创作、出版、译介、传播都离不开具体的社会环境和时代背景。本章的第一节将从世界形势、国内局势、中泰关系三方面论述泰国文学在中国译介的时代背景，并结合泰国文学作品的翻译数量和类型分析具体的时代影响因素。

　　对翻译文学而言，翻译行为本身也应被纳入文学社会化过程之中，因此译者的角色至关重要。一个好的翻译可以让一部作品在译入语环境中大放异彩，迅速获得异邦读者的接受和推崇；反之，一个坏的翻译也可能导致一部优秀的作品埋没异乡，无人赏识。但长期以来，囿于社会、时代、认识等多方面的原因，译者的地位和作用长期得不到重视。其实，译者本身既可以归入文学生产环节，即视其为对原著"创造性叛逆"的新作者；同时也可以归入文学传播环节，即视其为对原著改换语言重新包装的传播中介。无论从哪方面来看，译者翻译属于文学行为无疑。泰国文学作品得以介绍到中国来，一批默默耕耘的译者功不可没。在笔者搜集资料的过程中发现一个值得玩味的现象：大多泰国文学译者都有北京大学泰语专业学习的背景。本章的第二节将就此专门介绍中国译者与泰国文学在中国译介传播的渊源。

第一节　泰国文学在中国译介的时代背景

1949年至2019年，中国境内（包括港澳台地区）共出版278部（篇）泰国文学译著（文），其中成书出版的译著138部；散见于报纸杂志的译文25篇；收录于各种外国文学辑录的选文110篇，翻译实践报告5篇。这278部（篇）译著在中国长达近70年的译介过程中并不呈平均分布：1949年至1979年数量极少，自20世纪80年代起开始激增，并一直保持增长势头，详情见下表：

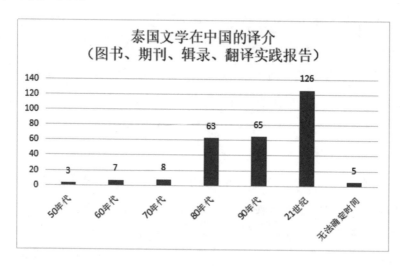

笔者认为收录于各种外国文学辑录的选文数量虽多，但大多选自先前已翻译出版的作品，新近翻译的数量比重较小，且出现较多的重复。辑录选文的数量虽然一定程度上能够反映泰国文学在中国的传播，但无法体现翻译的原创性及翻译与时代的具体关联。当剔除这110篇选文，只保留传统图书和期刊的数量统计之后发现，泰国文学作品在中国的译介与时代背景的关联呈如下关系：

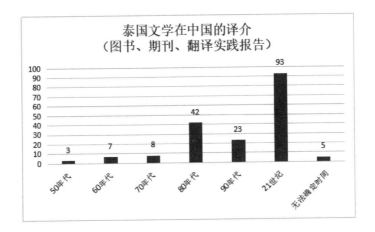

泰国文学在中国的译介
（图书、期刊、翻译实践报告）

从上两个表格的对比中可以发现，别除110篇收录于各种外国文学辑录的选文后，20世纪90年代的译介作品数量下降幅度较大。20世纪80年代和21世纪的译介数量虽然也有所下降，但在整体变化上没有20世纪90年代那么明显。说明90年代新翻译的作品较少，收录先前旧作的选集出版较多。

由于政治历史原因，港台地区与泰国的交流几乎没有中断。多数泰华作家选择在港台出版泰国文学译著和华文文学作品，如果将这两个地区的译著剔除，仅研究大陆地区的翻译情况，结果又会有所不同，详情见下表：

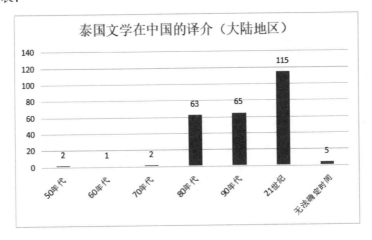

泰国文学在中国的译介（大陆地区）

　　从上表中可见，在剔除港台两地的译著之后，20世纪60、70年代译著的数量下降明显。大陆地区出版于20世纪60年代的作品《向前看》（第一部）①具体时间为1965年；出版于20世纪70年代的作品《魔鬼》②翻译于1979年。

　　为何自新中国成立到20世纪80年代以前，泰国文学作品在中国的译介数量寥寥无几，却在进入20世纪80年代以后迅猛增长？这与当时的世界格局、时代背景有无直接关联？泰国文学作品在中国的译介数量可否视为丈量中泰关系亲疏的温度计？意识形态能够影响文学作品的选译，文学作品的翻译能否反过来化解两种不同意识形态的差距？

一、世界形势

　　20世纪20年代末至1949年新中国成立以前，国共两党之间爆发两次内战。在此期间，美国对华基本政策为：敌视中国共产党，全方位支持蒋介石领导的国民党；反之，苏联则积极支持中共领导的革命，并率先承认新中国的地位。作为美日的盟国，泰国在政治上、外交上唯美国马首是瞻，对内推行泰化运动，对外奉行亲日政策。

　　新中国成立以后，美国对新中国实施敌视、封锁战略，不仅严重威胁到中国的国家安全，同时还使中国的经济利益和政治利益受到严重损害；美国对中国的遏制从二战结束一直持续到20世纪70年代。20世纪70年代以前主要从意识形态出发，遏制共产主义的扩张；20世纪70年代以后则从现实利益出发，重点遏制苏联势力范围的扩大。

　　而此时的中国不仅与苏联有相同的意识形态，且苏联在政治经济上也同样遭到美国的遏制，二者共同筑成了中国实施"联苏反美"外交战

---

① ［泰］西巫拉帕著：《向前看》（第一部），秦森杰、袁有礼译，北京：作家出版社，1965年。

② ［泰］社尼·骚哇蓬著：《魔鬼》，陈健民、郭宣颖译，北京：外国文学出版社，1979年。

略的基础。在美苏冷战背景下，中国站队以苏联为首的社会主义阵营，外交上奉行"一边倒"方针，中苏关系全面发展；而对拒绝承认新中国合法地位的美国，则开启了长达二十余年的相互隔绝。

中泰两国属于不同的意识形态阵营，披汶·颂堪政府及随后的沙立、他侬政府相继追随美国反华反共，中泰关系持续恶化直至隔绝。

1972年尼克松访华标志着中美两国关系的缓和，泰国也及时调整了对华战略。泰国出于保证国家经济、安全的考虑，趋向与中国和解。中国也同样出于联合东南亚各国的战略考虑，主动向泰国抛出橄榄枝。1975年7月1日，中泰正式建交，两国关系进入一个新的历史时期。

进入20世纪80年代后，国际国内形势发生重大变化。国内工作重点从"以阶级斗争为纲"转向"以经济建设为中心"，大力推行改革开放政策。新的国际形势和国内需求促成中国改变"一条线"战略，制定全方位外交策略：广交朋友，不当头，不扛旗，不树敌，超越社会制度和意识形态的分歧，同所有的国家都建立往来。[1]

到了20世纪90年代，苏联解体终结了冷战时期的两极格局。中国经过改革开放20年的发展和积累，经济发展势头迅猛，在多极化的世界格局中地位显著攀升。1997年，亚洲金融危机严重冲击了东南亚地区的政治和经济。在这场旷日持久的危机之中，中国通过各种直接和间接的援助措施，协助东南亚摆脱困境。泰国各界对中国负责任的大国态度、中国政府出色的表现给予高度评价，促使中泰友好和互信更进一层。

进入21世纪后，中国和平崛起，政治、经济、文化发展步入一个崭新的阶段。政治上，中国在国际和地区事务中发挥积极作用，国际地位稳步提升；经济上高速增长，已超越日本成为全球第二大经济体；文化上进一步开放，广泛吸收容纳来自世界各地区各民族的文明和智慧。

中国崛起和国门进一步开放，"一带一路"战略构想的提出，中

---

[1] 王进编：《邓小平理论与中国特色市场经济》，北京：中央文献出版社，2008年，第141页。

国-东盟国际博览会永久落户南宁，中泰高层和民间频繁互访，共同使得中泰关系日益紧密，交流日渐深入。

二、国内局势

1949年10月1日，毛泽东在北京天安门城楼向全世界宣告了中华人民共和国的成立，中国结束了近百年来备受欺凌屈辱的历史，成为真正独立自主的主权国家。但在建国初期，国际形势依然错综复杂，国民经济在长期的战乱中遭到极大破坏，千疮百孔，满目疮痍。此时中国的主要任务是巩固新政权，恢复国民经济。社会主义制度的确立使新中国逐渐建立起一元化的社会主义意识形态。在此背景下，教育、文学、艺术、科学、技术方方面面通通都要服务于政治，文艺界的风向标也逐渐偏向"政治标准第一，艺术标准第二"。

1949年新中国成立至1966年以前的十七年，我国的外国文学翻译重点在译介苏联文学作品和文艺理论，以及各个社会主义国家的进步文学上。此时我国高校还未形成完备的泰语教学系统，泰语人才稀缺，整体水平不高。

1959年，中苏关系决裂，中国政治方针发生巨变。"三个世界"的划分使中国成为世界革命中心，亚非拉诸国则为世界革命的根据地。20世纪50年代末至20世纪60年代中期，全国爆发了亚非拉文学的译介热潮，大量亚非拉地区的文学作品被译介到我国来。翻译在此时被看作是加强与第三世界国家联系的纽带，以及声援亚非拉人民反殖争独立运动的手段。在这轰轰烈烈的翻译热潮中，泰国文学的译介显得格外冷清。泰国在地理位置和经济地位上都从属于第三世界，但由于在政治上亲美亲日，历史上从未遭受西方列强的殖民，制度上保留了君主立宪制，从而缺乏反帝反封建的情感基础，因此文学作品的翻译也就没有那么积极的反馈。

1966年，"文化大革命"爆发，并迅速席卷全国。从此，中国陷入了一场长达十年之久的文化浩劫。外国文学翻译和"资本主义""修正主义"的联系千丝万缕，从而被扣以各种奇怪的名目，频遭摧残和践踏，整个外国文学的翻译和研究工作几乎全面瘫痪。

1976年，"文化大革命"结束，被禁锢了十年的人性和思想重获新生，中国进入文化转型期。改革开放至今，外国文学翻译出现三次高潮。第一次在1978年到20世纪80年代中期。此时，国门刚刚打开，国人对知识与文化极度渴求，因此，一大批因意识形态原因被封锁的外国文学作品纷纷被译介出版；第二次高潮是20世纪80年代中后期，中国进一步改革开放，中外文化、经济、科技、教育交流不断深入，国人对于现代科学知识和当代外国文学的需求量增加，大量西方现当代文学作品开始在中国翻译出版；第三次高潮出现在90年代以后，尤其在我国加入世贸组织之后。在全球化的时代背景下，中国文化市场进一步开放，文化艺术各界百家争鸣，百花齐放，出版社和译者拥有更多的选择空间与自主选择权，此时的外国文学翻译作品层出不穷，题材广泛，类型丰富多样。

三、中泰关系

据史料记载，中泰两国的经济文化交流已有两千多年的历史。西汉平帝元始年间就有航船到达泰国境内；三国时期吴国官员朱应、康泰奉命出访东南亚，著述《扶南异物志》和《吴时外国传》提及泰国地区古代国家金邻国；南北朝时期，盘盘国（泰国南部古国）三次遣使访问刘宋政权、三次遣使访问梁朝；隋朝大业三年（607）中国第一次正式遣使出访泰国地区赤土国；宋朝与泰国境内古国登流眉、罗斛、真富里交往密切；元明清三朝中泰贡赐、贸易往来频繁；19世纪后半期，伴随着世界形势的急剧变化、清朝的衰落和拉玛五世的锐意革新，中泰旧的贡赐关系难以为继，新的外交关系迟迟无法建立。20世纪以来，由于诸多方面的因素，中泰关系发展道路一波三折。

20世纪50年代，泰国在政治上、外交上唯美日马首是瞻，中国则坚持站在社会主义阵营，外交上奉行"一边倒"方针，导致中泰双方关系紧张直至相互隔绝。直到1956—1958年泰国陆续派非官方团体访华，进行几次秘密的官方接触后才就逐步建立两国关系达成谅解。

1958年末，在泰国非官方团体访华和"科学大跃进"背景的影响下，中国译介出版了第一部泰国短篇小说集《泰国现代短篇小说选》。1959年5月，香港艺美图书出版了社尼·骚哇蓬的代表作《魔鬼》（于1960年5月再版）；1959年6月，上海文艺出版社出版了西巫拉帕的最后一部作品《向前看》。本书翻译出版的背景，除了作品的意识形态"端正"，揭露社会黑暗，抨击统治阶级腐败外，还有一个重要原因是，西巫拉帕是泰国的进步作家，主张中苏友好，并翻译过毛泽东的《论人民民主专政》，同时，1958年国庆还亲自率泰国文化代表团访华①，促进中泰友好交往。

20世纪60年代中泰关系陷入冰点。主要是由于泰国支持美国对华"遏制战略"，损害了中国国家利益。在此期间，泰国文学作品的翻译出版以香港为主要阵地，共翻译出版了六部译著。泰国华裔作家徐翩陆续译介了《再会有期》《诺帕蓬与姬乐蒂》《泰国民间故事选》（第一册）、《泰国名家短篇小说选》，华裔作家沈逸文翻译《泰国民间故事选》（第二册）、《泰国短篇小说选》。而中国大陆，仅由作家出版社再版了西巫拉帕的《向前看》一部作品。

20世纪70年代初，中美关系出现缓和，进而影响到泰国的对华外交策略。中泰双方开始逐步调整战略，关系逐渐走向正常化。1975年中泰正式建交，直到1978年两国总理互访后，两国才真正进入友好合作时期。而此时中国大陆爆发的"文化大革命"使得整个外国文学

---

① ［泰］西巫拉帕著：《向前看》，秦森杰、袁有礼译，上海：上海文艺出版社，1959年，第177页。

译介工作几乎完全停滞。在此期间，译介泰国文学仍以港台为主要阵地，香港翻译出版了《崇高的荣誉》《我不再有眼泪》《黎明》《在祖国土地上》等四部短篇小说，台湾大江出版社出版了沈逸文翻译的《泰国小说选》。1979年中国大陆在"文革"结束后即中泰建交之后的四年，才翻译出版了建交后的第一部泰国文学作品，泰国著名作家社尼·骚哇蓬的代表作《魔鬼》。

20世纪80年代

20世纪80年代，中国开始改革开放，整个中国社会处于崭新的历史阶段。历经冷战时期社会主义、资本主义两大意识形态的长期对立后，中国重新回归理性。中国的知识分子得以逐渐摆脱意识形态束缚，在文化、艺术、科技、教育各行各业大展拳脚。

与此同时，1979—1989年也是中泰关系史上最友好最光辉的时期。其间，两国政府加深理解和互信，高层和民间的友好往来日益频繁，中泰的团结与合作日益增进和发展。在这段日子里，两国部长级以上官员的互访达20多次，其中国家领导人的互访不下15次。①

中泰两国友好关系的发展，历经冷战对抗、"文化大革命"禁锢后出现的文化井喷，共同促成了译介泰国小说的热潮。20世纪80年代中国大陆共翻译出版泰国文学译著23部、译文19篇、选文21篇。其中有诗琳通公主的《顽皮透顶的盖玛》《淘气过人的盖玛》，泰国优秀作家察·高吉迪的《人言可畏》，泰国皇族、政治家、著名作家克立·巴莫的代表作《四朝代》，泰国著名女作家吉莎娜·阿索信的《夕阳西下》，高·素朗卡娘的成名作《风尘少女》等。在此期间翻译的作品，选题具有代表性，翻译质量上乘。

20世纪90年代

冷战结束后，东南亚在美国全球战略中的地位逐渐下降，长于外交的泰国出于自身利益考虑不得不另作他谋，将眼光瞄准逐步崛起的中

① 张锡镇：《中泰关系四十年》，《东南亚研究》，1990年第2期。

国。中国拥有的巨大市场潜力、丰富的劳动力市场及优惠的贸易政策，处处吸引着泰国，中国已然成为泰国最理想的合作伙伴。这一时期柬埔寨问题的解决为中泰关系创造了良好的政治环境，而亚洲金融危机中中国负责任的大国担当更平添了泰国对中国的好印象，于是中泰两国开启了全方位合作。

在此期间，中国译介出版了65部（篇）泰国作品，其中译著8部，译文3篇，选文54篇。虽然在总数上超越了20世纪80年代的译介数量，但因为选文占到54篇，其中大部分为重译或重复收录，缺乏原创性和创新性。原因与1992年中国正式加入国际版权公约，外国作品版权受到限制有关。再加上英、日等传统强势语言的冲击，及国内小语种人才的青黄不接，导致这一时期亚非拉文学的翻译出版总量整体出现萎缩。

20世纪90年代只有三部小说作品问世，分别是佛山作家协会1991年组织翻译的《泰国中篇小说两篇》、中国工人出版社1991年8月出版的《曼谷生死缘》，以及上海译文出版社1998年1月出版的《向前看》。除此之外，还从台湾引进了泰国泰北森林僧阿姜查的一系列作品，包括《静止的流水》《宁静的森林水池》《阿姜查佛学文集选》《以法为赠礼》共四部。1993年，生活·读书·新知三联书店出版了顾雅炯编译的《诗琳通公主诗文画集》。

21世纪

进入21世纪以来，泰国文学译介数量激增，总量达126部（篇），其中译著90部，译文3篇，选文33篇。除了传统体裁小说、诗歌、散文、民间故事以外，还增加了图文文学、纪实文学、绘本儿童文学等多种体裁。形式丰富，题材广泛，涉及的作家和作品类型愈加多样化。

其中译著包括，泰国图文文学27部，翻译出版时间集中于2011—2014年前后，时间之短发展之迅速不容小觑；泰国佛教文学10部（不包括台湾地区），包括《以法为赠礼》《森林里的一棵树》《为何我们生于此》《静止的流水》等；纪实文学4部，包括《我是艾利：我在海外的经历》《做一个好人：一位福布斯富豪的创业之路》《莲花中的珍宝：阿姜查·须跋多传》和《巴门的行走》；儿童文学37部，包括"凯蒂的幸福时光系列""小恐龙完美成长系列""拉科鲁克大奖成长绘本系列"和"家庭教育故事绘本系列"；古典诗歌1部包括《〈帕罗赋〉翻译与研究》。

　　泰国文学在中国的译介和研究已有近80年的历史，出版了数量可观的译著、研究论文、文学评论及文学研究专著，为我国读者了解泰国文学，促进中泰文化交流做出了重要贡献。汉译泰国文学数量的逐年上升，取材的日益广泛，翻译质量不断提高，从侧面印证了中泰关系的友好发展。

第二节　泰国文学翻译的桥梁

一、北大学人

在笔者搜集中国汉译泰国文学书目的过程中发现一个有意思的现象，大多数泰国文学译者拥有北京大学东语系泰语专业的教育背景。2015年4月4日至5日，笔者有幸参与在北京大学召开的"泰学研究在中国——开拓、发展与创新"学术研讨会，在研讨会闭幕式上段立生教授即兴谈道："泰学在中国的研究，无论文学、史学、语言学，主力军都是北大人，这源于北大赋予我们的丰富知识结构，以及作为北大人的学术责任感。"诚然，北京大学在中国首屈一指，是一所以文理基础教学和研究为主的综合性大学，为国家培养了一大批高素质人才。据不完全统计，北大校友和教师有400多位两院院士，中国人文社科界有影响的人物相当多也出自北大。

北京大学东语系是中国高校中开设东方语言专业最多、历史最悠久的教学及科研单位，既是教育部"非通用语本科人才培养基地"之一，也是教育部人文学科重点研究基地"北京大学东方文学研究中心"的主体部分。北京大学东语系创办于1946 年，为季羡林、马坚、金克木等老一辈东方学大家一手创办起来的。教学与科研并重是北大东语系的最主要特色。其中泰国语言文化专业创建于1946年，其前身是"南京东方语言专科学校"泰语科，1949年合并到北京大学东语系。北大东语系为国家培养了大批泰语外事工作者、科研骨干和高校教师，创办至今共招收20届本科学生，4届硕士研究生，1届博士研究生，为国家培养泰语人才230余名。

北京大学泰语专业在培养学生的过程中长期注重语言和文学教育，并兼重其他学科领域。中国社会科学院外国文学研究所泰国文学研究专家栾文华研究员向笔者介绍说，他在北大念书的时候，除了学习泰语听说读写外，还修了多门文学课程，如中国文学史、西方文学史、文学理论等，为他今后从事泰国文学研究打下坚实的理论基础。

由于时代背景和个人原因，在笔者搜集到的泰国文学译著中鲜少有译者简介，但大部分附有译者的序言或后记，能够从中得知译者翻译该作品的初衷及心得，但缺乏对译者的直观了解。经笔者多方问询和搜集整理，掌握了一部分译者的资料，但还不够全面。在笔者的学习和工作中也有机会接触到其中的一部分译者，如栾文华研究员、裴晓睿教授、段立生教授等，他们学识渊博，态度和蔼，乐于提携后学，笔者的部分资料来自对他们的直接采访和邮件访谈。因资料有限，有的译者也许只有一两笔简单的介绍，有些译者经过笔者访谈掌握较多资料的会展开叙述，在下文中难免篇幅起伏较大，并非厚此薄彼，实乃"巧妇难为无米之炊"。以笔者能力所及，现按毕业先后排序将泰国文学汉译译者介绍如下：

王大荣，1955年毕业于北京大学东语系泰语专业。毕业后曾留在北大东语系任教。1963年调入外文局工作，先后在外文出版社泰文组、人民画报社泰文编译室担任泰文翻译。1989年退休，后到泰国从事汉语教学和翻译。荣获中国翻译协会"资深翻译家"称号。代表译著有《巴门的行走》。

郭宣颖，1955年毕业于北京大学东语系泰语专业，曾任文化部外联局参赞、译审。代表译著有《淘气过人的盖玛》《顽皮透顶的盖玛》和《魔鬼》。

陈建敏，泰国曼谷人，祖籍广东澄海县樟林乡。曾用名陈健敏、陈健民，笔名耳东。1956年毕业于北京大学东语系泰语专业。1991年退休后返回泰国曼谷，1995年起在泰国华侨崇圣大学教书。代表译著有《魔鬼》《向前看》。

张砚秋，北京大学外国语学院英语教授，泰国诗琳通公主的首位中国教师。代表译著有：《顽皮透顶的盖珥》。

高树榕，原名高树荣，山东菏泽人，1957年毕业于北京大学东方语言文学系泰语专业，毕业后分配至人民解放军总参谋部工作。1947年入读四川绵阳国立六中时即展现出文学天赋，与同学一起创办"七星文学壁报社"。1953年考入北大，原打算选日语专业，后在季羡林等师长的游说下改选泰语专业。在学习专业知识之余还同时博览古今中外文学名著，为日后的翻译打下坚实基础。1958年在芜湖师专中文系教书至1995年。1992年加入中国作家协会。1978年—1979年，高树榕被抽调到广州外国语学院参与编写《泰汉词典》，重拾旧业泰语，并结识时任广西民族大学泰语教师的房英老师。高树榕老师的译著颇丰，与房英教授合作翻译出版了译著《四朝代》《曼谷死生缘》《克隆人》《槟榔花女》等，另已完成《占德拉的故事》的翻译工作，但由于种种原因未出版。两人合作翻译的过程中，一般由高树榕主译并统筹全文。此外高树榕还参与编辑《泰汉词典》《中国当代文学》等书。近年来，高树榕又独自译出了泰国作家维蒙·赛尼暖的《剥夺者》，目前正等待出版中。高树榕的累累翻译硕果也获得了学术界的广泛关注，《中国翻译通史》《中国20世纪外国文学翻译史》《中泰关系史》《中国东方文学翻译史》等著作中均收录了高树榕翻译泰国文学的成就，肯定了他为两国文化交流与繁荣所做出的非凡贡献。①

李自珉，泰籍华人，祖籍湖南长沙，1961年毕业于北京大学东方语言文学系泰语专业，精通泰语、老挝语，曾任教于北京外国语大学老挝语专业。后回到泰国发展，历任三所华文学院的院长、泰中文联副主席、泰国留中大学校友会理事等职。②2002年投资创建"中华语文学

① 吴长海著：《高树榕：中泰文学交流田野上的拓荒者》，《安徽工人日报》，2017年6月15日02版。
② 孟昭毅等著：《中国东方文学翻译史》（下），北京：昆仑出版社，2014年，第995页。

院"，主编汉语教材《汉语高速路》系列，代表译著有《甘医生》。

栾文华，吉林人，1965年毕业于北京大学东方语言文学系泰语专业，中国社会科学院外国文学研究所研究员、中国作家协会会员、北京外国语大学亚非学院客座教授。曾任教于泰国法政大学文学院（1993—1996，1998—2004）。栾文华最先作为留苏后备生学习了一年的俄文，后因中苏交恶而停止。当时中国急需研究泰国的人才，在"国家的需要就是我的志愿"的信念下，转入北大泰语专业学习。此后长期从事泰国文学的研究和翻译工作，其代表著作《泰国文学史》堪称第一部完整的、学术意义上的泰国文学史，在泰国文学研究领域具有里程碑的意义。王向远评价其在泰国文学研究领域的贡献和地位时曾说"我国不懂泰文的读者，要获取泰国文学史的知识，对栾著是不能不读的。"①另外，他还翻译了大量的泰国文学作品，如《画中情思》《判决》，其他众多的短篇小说被收录于各种外国文学丛书之中。

栾文华在选译作品时看重的主要是作品质量，即这部作品在泰国文学史或文坛上的地位，可读性如何，审美价值怎样，有无泰国特色，中国读者的接受程度如何。他不太看重作品在泰国是否获奖，主张在文学的评判上中国人要有自己的眼睛。在与他人合作翻译作品时采取取长补短，能者多劳，不斤斤计较，不贬低合作者的原则，但为保证译文质量和风格统一最终由一人统筹定稿。对于泰国文学研究方面，栾文华认为研究者既要具备西方文学、印度文学、中国文学的基础，还要有良好的中文表达能力，另外还必须耐得住清贫和寂寞，甘于为这永远不会出名和发家的事业默默奉献。

谦光（路丕忠、王文枰合用笔名），二人以笔名"谦光"发表的代表译著有《四朝代》《人言可畏》《刑警与案犯》。谦光之名在中国的泰国文学翻译界如雷贯耳，但又让人感觉神秘莫测。笔者在多方询问下

① 王向远著：《东方各国文学在中国——译介与研究史述论》，南昌：江西教育出版社，2001年，第94页。

才获知二位老师的零星信息。因二位老师深居简出，低调，笔者无法获取更多资料，有待其他学者做进一步研究。

路丕忠，山东招远人，最初在黑龙江大学学习了三年俄语，中苏关系决裂后被选送到北京大学学习泰语。1965年毕业于北京大学东方语言文学系泰语专业，毕业后进入中国外文出版社发行事业局从事翻译工作，后调入人民画报社泰文编译室任译审。路丕忠利用业余时间先后翻译了《四朝代》《人言可畏》《刑警与案犯》和《贴金石像》（未出版）等作品。他选译作品的原则是首先要能够感动自己，读过之后觉得自己有能力翻译好它，才去着手翻译。路丕忠认为好的文学必须能够反映一个民族的历史、文化、风俗、信仰等。

在他现有的翻译作品中，《四朝代》举足轻重，在中国一经出版就受到了《人民日报》《光明日报》的撰文推荐和好评。为了翻译《四朝代》，他耗费了两三年的时间准备，并用了一年多时间将全文翻译完成，后王文枰负责此书的校对工作。在翻译过程中最艰难的是脚注部分，因为涉及大量的泰国历史文化、风俗习惯等知识，而当时中国的泰国相关资料非常匮乏，只能写信向泰国朋友求助询问，一来一回耗时不少，因此影响了翻译的进度和流畅性。但他认为做好这个工作很重要，因为《四朝代》不是一部普通的消遣读物，它承载了大量关于泰国历史文化、风俗习惯、价值观、信仰的信息，翻译好了解释清楚了，能够增进中国读者对泰国的了解和认识。《四朝代》翻译并校对完成后，路丕忠将内容简介和作品的相关信息一起寄到出版社，引起了山西人民出版社的兴趣，最终以6000元人民币的价格买下版权。

《人言可畏》是1982年访问泰国时泰国朋友坤彻·松兴推荐给路丕忠的，当时此书还没有获得东盟文学奖，但坤彻·松兴介绍说这是本好书，值得一读，并应该把它翻译推广给广大读者。路丕忠阅读过后觉得这本书很有吸引力，并给作者察·高吉迪写信表达想要翻译此书的心愿，得到作者许可翻译的回复后开始着手翻译。这本书于1988年由北岳文艺出版社出版。

《贴金石像》是一部描写爱情、家庭和人生的作品，作者以真善美为价值尺度，重新审视了爱情与婚姻、家庭与社会的关系。路丕忠在作者吉莎娜·阿索信来访中国时见过她，大家都说她长得很像邓颖超。《贴金石像》已由路丕忠完成翻译，但没有出版。因为当时的时代环境不同于该书的成书年代，经过市场调查，家庭问题类的作品恐难以吸引到读者，因此就不了了之了，但译者还是希望有朝一日能够出版，让中国读者了解泰国的家庭和社会问题。①

王文枰，1965年毕业于北京大学东方语言文学系泰语专业，北京外国语大学泰语专业教授。代表译著有《四朝代》《人言可畏》《刑警与案犯》。

邢慧如，1965年毕业于北京大学东方语言文学系泰语专业，北京外国语大学泰语专业创始人。代表译著有《画中情思》《小草的歌》。

顾庆斗，1965年毕业于北京大学东方语言文学系泰语专业，曾在中国社会科学院外国文学研究所从事泰国文学研究、翻译工作，20世纪80年代集中发表了多篇介绍泰国文坛动态、泰国作家、中泰互译文学作品的研究文章。代表译著有《泰国当代短篇小说选》。

段立生，云南昆明人，1967年毕业于北京大学东方语言文学系泰语专业，1983年毕业于中山大学东南亚研究所获东南亚历史硕士学位并留校任教。季羡林先生在就读北大期间对他的帮助很大，报考中山大学研究生时也多受到季先生的推荐和鼓励。20世纪80年代中期先后应邀到泰国清迈大学历史系、泰国艺术大学历史系任教，还兼任泰国朱拉隆功大学亚洲研究所客座研究员。1987年—1992年在美国康奈尔大学东南亚研究中心、哥伦比亚大学东亚研究所当访问学者。1994年—2000年任泰国

---

① 以上关于路丕忠的资料，来源于泰国记者查玛刊登在1999年251-252期泰国《一周评论基地》杂志上的一篇访谈，题目为《路丕忠：将〈四朝代〉和〈人言可畏〉翻译成中文的优秀译者》。转引自碧亚玛·萨帕威拉翁的硕士论文《〈四朝代〉两个汉译版本的语言比较研究》。

华侨崇圣大学中国研究院院长。先后担任过厦门大学客座教授、广东外语外贸大学客座教授、西安外国语大学客座教授、暨南大学华侨研究所学术委员。2012年出任云南大学泰国研究中心学术委员会主任。专著有《泰国文化艺术史》《泰国史散论》《郑午楼传》《泰国通史》等。代表译著有：《有智慧的人》《泰国当代文化名人——披耶阿努曼拉查东的生平及著作》。笔者在两次学术会议中与段老师有过短暂的交流，又从之后的邮件来往中了解到一些信息。段老师的翻译作品不多，只有一部民间故事集《有智慧的人》，和一部半学术、半人物传记《泰国当代文化名人——披耶阿努曼拉查东的生平及著作》，段老师称之为"遵命文学"，大概最初的翻译目的并非出于自身兴趣。译稿翻译完成后也直接"丢给出版社打理"，没有参与译作的封面设计和装帧排版。他认为中国的泰国文学翻译作品还不多，希冀后辈学者能在此方面有所建树。

裴晓睿，1970年毕业于北京大学东方语言文学系并留校任教，2011年退休。历任北京大学外国语学院教授、博士生导师、学位委员会委员、泰国语言文化教研室主任、泰国研究所所长、东南亚研究所所长、北京大学诗琳通科技文化交流中心副主任、中国非通用语教学研究会泰语分会会长。1984年—1986年在泰国朱拉隆功大学研修泰国语言文学，1989年—1993年、1996年—1998年担任泰国法政大学人文学院汉语专家及东亚研究所中国研究中心理事，兼任泰国东方文化书院副院长。现任北京大学诗琳通泰学讲席教授、教育部人文社会科学重点研究基地北京大学东方文学研究中心教授。学术兼职：《东方文化集成东南亚编》主编、中华炎黄文化研究会理事。专著有《泰语语法新编》《印度的罗摩故事与东南亚文学》；代表译著有《〈帕罗赋〉翻译与研究》《幻灭》《泰国民间故事》。

翻译选择标准：古代经典文学作品；现当代著名小说、诗歌；优秀民间文学（传说、故事、歌谣、箴言等）。首先是泰国文学界公认，有代表性；继而考虑中国读者可能的接受度；有益于中泰文化交流，有益于两国人民之间的相互了解。

裴教授对新中国成立以来泰国文学在中国的译介情况概况如下：简单地说，泰国文学在中国的译介历史还相当短，20世纪80年代算是一个高潮。就已经翻译出版的作品来看，因为译者熟悉泰语和泰国国情、泰国文化，对译本的选择非常到位，应该说都是泰国古今优秀文学名著，多数是获奖作品。这与中国文学最初在国外的译介和传播迥然不同。译文大多具有较高的可读性，少数体现了作品的文学性，为丰富中国的翻译文学、帮助中国读者了解泰国文化做出了重要贡献。总体来看，20世纪80年代以来虽然仍有泰国文学翻译作品问世，但翻译数量锐减，这与我国学术评价导向——翻译作品不纳入学术成果——大有关系。期望这种状况今后能够逐步得到改善，把文学翻译从单纯功利目的中解放出来，从而促使更多的翻译文学作品（包括泰国文学作品）进入中国读者的视野。[1]

任一雄，山西文水人，1976年毕业于北京大学东方语言文学系泰语专业。历任北京大学东方学研究院副教授、副院长，泰国研究所所长。专著有《东亚模式中的威权政治：泰国个案研究》，代表译著有《幻灭》。

张益民，毕业于北京大学东方语言文学系泰语专业。毕业后进入外交部工作，曾派驻巴基斯坦、纳米比亚、泰国等，现任中国驻泰国大使馆公参。代表译著有《做一个好人——一个福布斯富豪的创业之路》。

熊燃，湖北武汉人，2013年毕业于北京大学东方语言文学系泰语专业，师从裴晓睿教授，获博士学位，毕业后留校任教。代表译著有《〈帕罗赋〉翻译与研究》。

春华秋实，经过一代代北大人的辛勤耕耘、薪火相传，泰国文学在中国的译介硕果累累、生机盎然。

---

① 以上材料整理自笔者对裴晓睿教授的邮件访谈。

二、华人华侨

华人华侨是将泰国文学作品翻译成中文的先驱，他们一方面服务于在泰生活的华人，一方面沟通中泰文学交流。其中先期的代表人物有：肖佛成、陈棠花、许云樵、翁寒光、落叶谷等老一辈作家、学者。但由于他们的译作大多刊登于泰国报刊或在泰国境内出版，因此不属于本研究的范围。真正意义上将泰国文学作品译介到中国来的华人华侨译者有：陈春陆、陈小民、林光辉（徐翩）、龚云宝、沈逸文、李自珉、陈建敏（耳东）、房英、王道明等。其中，李自珉和陈建敏（耳东）有北大泰语专业的教育背景，在上文中已经介绍过，在此不再赘述。

陈春陆，泰国北柳府人，祖籍广东顺丰，笔名春陆。1946年就读于泰国曼谷中华中学。同年便在曼谷《光华报》发表处女作《逃》。1947年回国就读于汕头觉光中学。1949年参加中国人民解放军，任闽粤赣边区纵队随军记者。1962年毕业于中山大学函授专修科。历任广东佛山市文联副秘书长、广东省作家协会会员、广东省归侨作家联谊会荣誉会长、广东省民间文艺家协会会员、中国华侨文学艺术家协会会员、中国民间文艺家协会会员、中国通俗文艺研究会会员等职。1992年退休。主要著作有《陈春陆选集》《痕》《泰国华文文学初探》《海外华人传说故事选》等，代表译著有《叻耀书简》《泰国中篇小说两篇》《断臂村》等。

陈小民，泰籍华人，祖籍广东普宁，笔名小民、觉民。在泰国念小学，后进入越南南侨中学、汕头觉光中学学习，并在厦门大学海外函授班主修文学创作。现任泰国华文作家协会理事。主业经商，业余从事写作。代表译著有：《叻耀书简》《泰国中篇小说两篇》《断臂村》等。

林光辉，泰籍华人，祖籍广东澄海，笔名徐翩，泰华文坛著名作家、翻译家。林光辉小学毕业后进入夜校学习，后经过自学考取华文教师资格，辗转泰国各地华文学校任教十余年，曾担任色基学校校长。他还先后担任泰国京华银行经济研究组及华人事务公共关系主任、朱拉隆功大学亚洲研究所中国问题研究员、《中华日报》经济版采访主任、《泰国风物》编辑等职。20世纪50年代，林光辉主要从事教育工作，60年代开始辞去教职专门从事写作和新闻工作。主要泰译中译著有：《魔鬼》《诺帕蓬与姬乐蒂》《泰国名家短篇小说选》《再会有期》[①]《泰国民间故事选》（第一册）、《十面威风》《踏上龙的国土》等，中译泰译著有《座山成之家》《灭亡》等。林光辉先生通过一杆翻译之笔，搭建起一座中泰文学、文化交流的桥梁。1988年10月20日在泰国艺术大学主办的"泰—泰艺术与文化研究研讨会"上，林光辉先生以泰文发表了题为《我对泰国—泰中文学作品互译之观点》的专题讲演，详细阐述了他对于泰国—泰中文学作品互译的重要观点，此演讲稿的中文版于1998年刊登于《泰中学刊》。

龚云宝，泰国华侨，广东外语外贸大学泰语专业创始人，曾于1971年—1975年担任广东外语外贸大学三系（东语系前身）副主任、1975年—1977年任三系主任。代表译著有《甘医生》《谁之罪》。

房英，泰国华侨，祖籍广东大埔。在20世纪五六十年代的华侨归国热潮中回到中国进行深造，1964年毕业于广西师范大学中文专业。毕业后在广西民族大学新创立的泰语专业任教。"文革"时期教学工作受到冲击，同期创立广西民族大学小语种专业的八位华侨中只有房英一人坚守下来。1992年房英提出中泰联合培养的构想并开启3+1教学模式，将泰语学生送到泰国留学一年，与泰国高校共同培养语言人才。除了专注教学，编写大量教材、词典外，房英教授还利用业余时间与高树榕老师合作翻译泰国文学作品。她编写的教材有：《泰语应用文写作》《泰语语音教程》《新编泰语语音教程》，参与编写《汉泰词典》，代表译著有：《四朝代》《曼谷死生缘》《克隆人》《槟榔花女》等。

---

① ［泰］诗武拉珀著：《再会有期》，徐翩译，香港：维华出版社，1960年。

小 结

翻译文学的引入离不开天时、地利、人和。大时代背景是天时，译入语环境是地利，作者和译者是人和，三者相辅相成缺一不可。本章通过时代背景、中国译者与泰国文学翻译两个小节，系统地梳理了泰国文学在中国译介的引入环节。

文学可以是"无动机"的，但翻译文学必定是有目的的。为什么在某个时代选择翻译这个国家而不是那个国家的文学作品？为什么选择某个作家而不是另一个作家？为什么选择一个作家的这部作品而不是那部作品？这些选择都包含着明确的目的。古代的佛经翻译，是为了引入佛教控制和麻痹民众的精神思想；明清时期翻译满汉蒙藏诸文字是为了操控国家机器，统一意识形态；清末民初翻译西方著作是为了救亡图存，睁眼看世界；新中国成立初期大量译介苏俄文学是为了宣传意识形态，站队共产主义阵营；20世纪六七十年代译介亚非拉文学是为了统一革命战线，声援革命战友；凡此种种，皆有果有因。可见，翻译这个东西是最没有血性、最不独立的，极易依附于政治，或者说须臾离不开政治。

文学是被动的，产生于特定的历史条件，能否得以传播还要看是否符合当时的"政治正确"。作家只管写，哪怕只有一个读者欣赏就可视为成功了。翻译文学比文学被动百倍，且译者的地位也比作者低得多。一部外国文学作品若受欢迎定是作者本身写得妙趣横生，若被冷落那必是译者水平有限，翻译不出原著的神韵。但翻译这个活并不比创作要来得容易。译者必须戴着手铐脚镣来劳动。纵使有十八般武艺，在一个限定的框架内也未必施展得开。在地位上低人一等便罢了，在经济上还占不到什么便宜。现如今的翻译市场越来越混乱，译者的劳动没有得到对等的价值体现，于是愿意埋头坐冷板凳的人越来越少，优秀的译著也越来越稀缺。

第四章　泰国文学在中国的传播

　　文学产生的本质就是传播，通过不同的手段（手抄、印刷、影印等等）使作者的话得到一再重复并流传开来，接受读者的评论。那么，翻译文学作品在异文化场中是如何传播的？译著需要经过怎样的改头换面才得以融入新文化场？作者所要表达的思想在异文化读者中将造成多大程度的曲解？读者所阅读的译著与原著到底存在多少差距？

　　如果说作者是作品的生母，那么译者就是赋予作品新生的再生父母，而出版商则担当作品的助产士、产前医生、保健医生甚至生死判官等职。三者的关系既微妙又密不可分，他们共同决定了一部作品的面貌和生命力。

　　文学是文化交流的重要手段，书籍、报纸、杂志及新兴电子媒介都是承载文学事实的主要平台。一部文学作品能否吸引读者，书名和封面设计起着至关重要的作用。书名涵盖作品的思想、主题和内容，封面帮助读者建立对作品的第一印象，二者共同构成了文学作品的外在表现。

　　本章将全面梳理泰国文学作品在中国的出版途径，并就泰文原著与中文译著在书名和封面设计上进行宏观对比，以探索同一作品在不同文化场内、面对不同文化背景的读者时，将采取哪些不同的策略来吸引读者眼球，增加作品卖点，从而达到传播的目的。

第一节　泰国文学作品在中国的出版途径

泰国文学在中国译介出版有四种主要方式：成书出版、散见于报纸杂志、辑录于各种外国文学选集和翻译实践报告。以笔者目力所及，1949年至2019年，在中国境内（包括港澳台地区在内）成书出版的泰国文学译著共有7种体裁278部（篇）泰国文学译著（文），其中成书出版的译著138部；散见于报纸杂志的译文25篇；收录于各种外国文学辑录的选文110篇，翻译实践报告5篇。甚至有部分作品既见诸报端又结集成书出版，方式多种多样。其中图书与外国文学辑录的选文数量相当，但图书在体裁上更广泛，选文则局限于短篇小说、诗歌、散文、民间故事等内容短小的体裁，选择上也多有重复，四种方式在数量上的比重见下图：

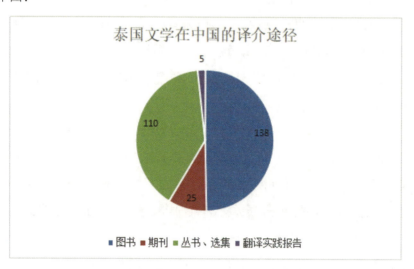

这些外国文学选集在选译的时候考虑到全面性和代表性，选择收录了泰国的部分经典作品，因此出现大量重复。但从泰国文学作品在中国的传播角度来看是可喜的：对泰国文学知之甚少的普通读者也许不会专门搜罗一部泰国作品进行阅读，但通过外国文学作品选集能够了解到泰

国经典作品，从而进一步激发对泰国文学的兴趣，对泰国文学的传播是有益的。

在引进方式上无论是"主动引进""主动输出"还是"市场引进"，在出版方式上无论是成书出版、散见于报端、辑录于各种外国文学选集还是翻译实践报告，泰国文学作品在中国翻译的作用和结果都是泰国文学在中国的传播日渐广泛，影响日渐深远，从而增进中国读者和从事泰国研究的相关人员对泰国的了解，丰富中国文化市场的翻译类型和题材，促进中泰文化交流。

第二节　泰文原著与中文译著的宏观比较

泰国文学作品在中国的译介大致囊括以下七个体裁：小说、图文文学、佛教文学、儿童文学、民间故事、纪实文学和诗歌散文。其中，诗歌散文、短篇小说集、民间故事和佛教文学多为译者根据创作需要而整理、选译自不同媒介，如报纸、杂志、集刊、专著、演讲、口传等，难以找到与现行中文译著直接对应的泰文原著，因此在本章原著与译著的宏观比较中，原则上将剔除上述体裁。

此外，古典叙事诗译著《〈帕罗赋〉翻译与研究》①的翻译参考了原著的多个版本，且翻译内容只占其中的一部分，还有一部分是从研究角度对《帕罗赋》进行说明和解读，因此不在本章的研究范围之内；另外还有部分作品由于年代久远或笔者没有搜集到原著或译著版本，而无从进行对比。因此本章将主要讨论中长篇小说、儿童文学、图文文学和纪实文学四类作品的原著与译著在书名和封面设计上的宏观比较。

---

① 裴晓睿、熊燃著：《〈帕罗赋〉翻译与研究》，北京：北京大学出版社，2013年。

一、 中长篇小说

《汉书·艺文志》中道："小说家者流，盖出于稗官。街谈巷语，道听途说者之所造也。孔子曰：'虽小道，必有可观者焉，致远恐泥，是以君子弗为也。'然亦弗灭也。闾里小知者之所及，亦使缀而不忘。如或一言可采，此亦刍荛狂夫之议也。"以上是中国史家对小说的解释和评价。班固认为小说是"街谈巷语，道听途说者之所造也"，虽然小说仍被认为是小知小道，不过从另一侧面反映了小说内容虚构、来源于生活的特点。综上所述，小说即通过人物塑造、故事叙述和环境描写来反映生活内涵、表达作者思想的一种文学体裁。

泰国小说肇始于其本土古典叙事诗的衰落，发端于19世纪中叶至20世纪初国外翻译小说的盛行。[1]泰国第一篇短篇小说《沙奴的回忆》发表于1886年，源于对一篇英国小说直接的模仿借鉴。第一部长篇小说《并非仇敌》问世于1913年左右，是对《仇敌》的反其意戏作。由于泰民族固有的喜好故事的倾向和重叙事的文学传统，使小说一经发表，不久便成为文学主流。[2]下文将详细介绍15部汉译泰国中长篇小说作品。

（一）《画中情思》

泰文原版ข้างหลังภาพ（直译为《一幅画的背后》）初版于1937年，是西巫拉帕创作中期的一部重要作品。该书在中国有两个版本，一个是由泰华作家林光辉翻译的《诺帕蓬与姬乐蒂》[3]，另一个版本是由栾文华、邢慧如翻译的《画中情思》[4]。

ข้างหลังภาพ讲述了一个爱情悲剧：一幅栩栩如生的山水画出现在故事

---

① 李欧：《泰国小说发展历程及其特征》，《当代外国文学》，2013年第1期。

② 李欧、黄丽莎：《泰国现当代小说发展述评》，《外国文学研究》，2001年第1期。

③ ［泰］诗武拉珀著：《诺帕蓬与姬乐蒂》，徐翻译，香港：维华出版社，1961年。

④ ［泰］西巫拉帕著：《画中情思》，栾文华、邢慧如译，北京：外语教学与研究出版社，1982年。

的开头，男主人公诺帕蓬通过对画的回忆，将他与姬乐蒂夫人在日本坠入爱河的故事向读者娓娓道来。由于封建礼教的束缚，他们的爱情没有开花结果，最终以姬乐蒂夫人生命的消逝而终结。一幅画串联起整个故事，既描绘了男女主人公共处的甜蜜时光，同时也为最后的爱情悲剧埋下伏笔。

原著书名ข้างหลังภาพ（一幅画的背后）是一个开放式的命名，吸引读者去探求画背后的故事，既是对作品的高度概括和总结，同时也是全书的点睛之笔。林光辉版《诺帕蓬与姬乐蒂》，以男女主人公名字来命名，少了探求的意味，对普通读者来说这个译名也让人摸不着头脑，不知道这本书要讲述一个什么样的故事，缺乏吸引力。相比之下栾文华、邢慧如版的《画中情思》就更贴近原著要表达的意象，译名简洁凝练，意蕴深远。但不足的是将原来开放式的命名变成一个完整的封闭结构，比起原名来少了一点想象的空间。

从封面设计上来看，原著的三个版本各有特色。原著1的封面背景为雪山，象征故事的发生地日本；柔和的暖色调配合一幅风景画，呼应书名一幅画的背后；

原著1　　　　　　　原著2　　　　　　　原著3

原著2的封面以淡紫色为基色，用一个美丽优雅的贵族少妇的侧影填充整个封面，少妇着装得体，妆容精致，目光坚定，但依然难掩其愁容，暗示了女主人公惨剧的结局；原著3色彩对比强烈，男女主人公面带愁容相拥，突出一半的黑色树影，预示着这将是一个爱情悲剧。

《画中情思》　　　　《诺帕蓬与姬乐蒂》

译本《画中情思》的封面设计以玫红色为底色，配上一副黑白简笔风景画，画中一对情人相拥树下，既呼应了书名，又表现了爱情题材。但总体上用色保守，显得有些单薄，吸引力不如相同类型的原著1的设计。而译本《诺帕蓬与姬乐蒂》的封面右半侧饰以绿色花边，左上半部交代书名、作者和译者，总体来看既不能表现爱情悲剧的主题，也无法体现画在此书中的点睛作用，且突兀的红绿配色、抽象的纹饰和书名的设计也略显不协调。

（二）《向前看》

泰文原版แลไปข้างหน้า（直译为向前看）是西巫拉帕公开出版的最后一部作品，作者通过主人公青年学生詹它的遭遇，表现出泰国底层社会对统治阶级的不满。《向前看》的第一部《童年》由秦杰森、袁有礼根据曼谷君子出版社版本翻译，并分别于1959年[①]和1965年[②]出版。第一、第二部合集《向前看》[③]由秦杰森校订、部分重译第一部，耳东根据曼谷1957年《良友》杂志翻译第二部。译著的书名《向前看》由

[①] ［泰］西巫拉帕著：《向前看》，秦森杰、袁有礼译，上海：上海文艺出版社，1959年。

[②] ［泰］西巫拉帕著：《向前看》（第一部童年），秦森杰、袁有礼译，北京：作家出版社，1965年。

[③] ［泰］西巫拉帕著：《向前看》，秦森杰、袁有礼、耳东译，上海：上海译文出版社，1998年。

原著书名แลไปข้างหน้า直译而来，表现了青年人对自由美好生活的向往，充满正能量。

原著1

原著2

原著3

在原著封面设计上，原著1以日出曙光为基色，三只海鸥向东飞翔，象征对自由美好生活的向往，呼应故事基调；原著2以红色做天幕，表现出作品左倾的基调，左上角漂浮几片白云，左下角一个孩童目光坚定的看向前方，呼应书名；原著3以忧郁的蓝色做背景，一个青年正目光坚定地注视前方，他挺起的胸膛、古铜色的皮肤、年轻的脸庞象征着勃勃生机和对信念的无比坚定。

上海文艺出版社

作家出版社

上海译文出版社

上海文艺出版社版的译本封面以黄色做底色，配以绿色文饰，象征勃勃生机，版面简洁大方，凸显书名，但不能体现出向前看的力量。作家出版社版的译本以象征知识的学校大楼为背景，三个身着传统泰装的青年男子并肩前行，表现出要求进步的时代感，既突出了主题向前看，同时也传递出满满的正能量。比较三个译本的封面设计，上海译文出版社版的封面以绿色为基色，码头上三个年轻人登高远眺，前方船来船往，把向前看这个主题表现得深邃悠远。

（三）《四朝代》

长篇小说 สี่แผ่นดิน（直译为四朝代）是泰国著名作家、政治家克立·巴莫的代表作。这部洋洋洒洒的百万言巨著，以细腻的笔触描绘出近代泰国四个波澜壮阔的朝代，生动形象地记录了泰国近半个世纪以来的历史进程，成功塑造了一批深入人心的人物形象，堪称用作品人物性格史写就的一部形象化的泰国断代史。

我国对 สี่แผ่นดิน 的译介有两个版本，一个版本是谦光译本《四朝代》①，由山西人民出版社于1984年4月出版；另一个版本是高树榕、房英译本《四朝代》②，由上海译文出版社于1985年1月第一次印刷、1994年12月第二次印刷。百万长篇小说出现两个中文译本，两次重印，各发行两万四千多册，引起了评论界的广泛关注，足见《四朝代》的影响力之大。

原著书名 สี่แผ่นดิน 直译为四朝代，是对小说内容的高度概括：女主人公帕洛伊一生经历了拉玛五世至拉玛八世四个朝代，在此期间泰国发生了重大的社会变革和一系列历史事件。故事以此为背景，通过把帕洛伊及其他形形色色的人物的经历、所见所闻、生活、思想观念的变化一一记录下来，向读者呈现出一幅汇集四个朝代系列历史事件的巨幅卷轴。因此四朝代这个书名用得极好，与我国的《三国演义》有异曲同工之妙。而我国两个版本译著的书名都采取了直译的方法，既尊重原著，也让读者对故事内容一目了然。

《四朝代》在泰国家喻户晓，广受欢迎，自成书以来多次再版，因此

---

① ［泰］蒙拉查翁克立·巴莫著：《四朝代》，谦光译，太原：山西人民出版社，1984年。

② ［泰］克立·巴莫著：《四朝代》，高树榕、房英译，上海：上海译文出版社，1994.年。

出现了众多版本。由于书的篇幅过大，一般分为上下两册出版，上册为第一朝代即拉玛五世，下册集中余下三个朝代即拉玛六世至拉玛八世。笔者选取了其中两个有代表性的原著版本与我国的两个译本在封面设计上进行对比。

原著1   原著2

原著1的封面以黑色为基色，左边装订位置饰以泰国传统花纹，上下两册均以女主人公帕洛伊的形象为中心。上册的帕洛伊年轻美丽，身着泰国传统服饰绊尾幔盘腿侧坐，娴静端庄。发型和穿着都突出了五世王时期的时代特点，既有泰国特色又富有时代特征；下册的帕洛伊已美人迟暮，身着现代服装手拿礼帽，以一个忧郁的侧影示人，服装和礼帽都显现了六、七世王时期泰国的时代特征。总体来说原著1的封面设计比较成功，既用黑色突出了作品的庄重感，又通过女主人公容貌、姿态、着装的变化突出了泰国特色和时代变迁，符合四朝代的故事定位和内涵。

原著2的封面以墨绿色为基色，配以金色的书名，在配色上显得庄重大气。中心图案是一幅王宫旧照，嵌上精致的画框，显现出沧桑的时代感。这个设计在整体上既庄重大方，又不失历史的严肃。

高树榕 房英版   谦光版

相比之下，译著两个版本的封面设计都显得差强人意。上海译文出版社版《四朝代》的封面以白色为底色，用象征稻作文化的粉蓝色抽象稻穗花纹装点书名。中心画以两个长形陶罐分立两侧，内侧为稻穗花纹，核心部分为泰式建筑和一个正在起舞的泰国女子形象。黑色、粉红色、灰蓝色的搭配无法凸显小说的历史感和庄重感，整个构图元素过多过杂，整体显得凌乱不堪，与书名和主题都无法呼应，单就封面设计来说很难吸引读者。

山西人民出版社版《四朝代》的封面以紫色为基色，用紫色作为整个封面的边框，中心是一幅泰式建筑的剪影，单就这两个元素来说既能体现泰国特色，又能凸显庄重的时代感。但是，偏偏还多出了三片粉色的云彩，实在是画蛇添足，多此一举。黄色的书名也显得比较突兀，若换成黑色或与边框一致的紫色会比较协调。

（四）《判决》

察·高吉迪的长篇小说คำพิพากษา（直译为判词）1981年一经发表便轰动泰国文坛，获推1981年最佳长篇小说，次年又斩获1982年度东南亚联盟文学奖。คำพิพากษา为察·高吉迪带来了空前的荣誉，不仅赢得读者的广泛好评，也受到了评论界格外的重视，短短两年七次再版，还被译为英文、德文在国外出版，一时洛阳纸贵。

我国对คำพิพากษา的译介有两个版本，一是由谦光翻译的《人言可畏》①，另一个版本是由栾文华翻译的《判决》②。一部作品在同年翻译出版两个中文译版，一是由于作品本身的优秀，二是得益于泰国作家代表团1982年来访北京，并向中国朋友赠送一部分优秀的泰国文学作品，其中就有察·高吉迪的คำพิพากษา。

คำพิพากษา讲述的是主人公法在父亲去世后，自愿照顾疯癫继母的生活起居，却因此引起小镇居民的猜测和嘲弄，丢了工作、被校长掳去了仅存的血汗钱。终于，法被小镇居民的流言蜚语击倒，终日酗酒，自暴自弃，最终走向灭亡。

原著书名คำพิพากษา以流言蜚语作为社会对法的最终裁决，发人深省，法是"唾沫星子淹死人"的现实写照，书名与内容相呼应，读罢让人唏嘘不已。栾文华版的《判决》将原著的名词形式"判词"译为动词形式"判决"，既与原著书名相契合，同时动词判决更能突出力量感，给读者以悬念和想象空间。谦光版《人言可畏》的译名既高度凝练了故事内容，也更好地传递了故事的思想内涵，兹以为此书名优于原著的คำพิพากษา。

在封面设计上，原著1以四个主要人物的形象为封面，表现校长的狡黠、继母的无知无畏、法的迷茫无助、搬尸工的善良无奈，作者名字字体大于书名，大概也是因为察·高吉迪名噪一时，读者容易被他的名字所吸引。原著2以一个顶着爆炸头、眼神怪异的女人为封面，作者名字字体与书名相当。但相比于前者，这个版本的封面与书名和内容都没有直接对应关系。原著3以黑色为基色，一个抽象化的脸正张开血盆大口，面目狰狞。嘴巴是老鼠夹的异化，视觉冲击力极强，同时也很好地体现了主题：人言可畏，兹以为此设计最佳。

---

① [泰]察·高吉迪著：《人言可畏》，谦光译，太原：北岳文艺出版社，1988年。
② [泰]查·构吉迪著：《判决》，栾文华译，武汉：长江文艺出版社，1988年。

原著1　　　　　　　　原著2　　　　　　　　原著3

　　与原著的封面设计相比，译著的封面可谓中规中矩，表现平平。《人言可畏》以绿色为底色，饰以简单的纹饰，整体清新简约的风格与充满张力的内容反差较大，读者难以被封面所吸引。《判决》的封面设计略好于《人言可畏》，以褚红色为基色，突出主题的沉重感，左上角的继母形象幽怨邋遢，与之对应的左下角的法因于囚笼欲出而不得，旁边还画着一根锁链，两者结合表现出故事主线。右上角的蓝色村庄显得有些多余，三幅图在构图和配色上总体不太协调。

《人言可畏》　　　　　　　　《判决》

（五）《魔鬼》

　　ปีศาจ（直译为魔鬼）是20世纪40年代泰国杰出青年作家社尼·骚

哇蓬的代表作，代表了泰国"文艺为人生，文艺为人民"运动的最高成就。我国对ปีศาจ的译介有两个版本，一个是由泰华作家林光辉翻译的《魔鬼》[1]，另一个版本是由陈健民、郭宣颖翻译的《魔鬼》[2]，是一部兼有"主动引进"和"主动输出"的重要作品。

《魔鬼》以主人公乃赛和叻差妮曲折动人的爱情故事为主线，深刻揭露了泰国社会各个阶层的矛盾，同时塑造了一批敢于反抗旧制度、旧社会的叛逆者形象。这些以乃赛为代表的叛逆者，勇于反抗压迫，敢于向旧制度发起挑战，他们被视为"魔鬼"，是封建卫道士的眼中钉肉中刺。甲之砒霜，乙之蜜糖，这些封建卫道士眼中的"魔鬼"恰恰是人民大众所敬仰和热爱的人物。

以"魔鬼"为书名贴合故事主题，同时能起到攫取眼球的作用。另外还可以理解为一语双关：叛逆者是封建卫道士眼中的"魔鬼"，同时封建卫道士也是叛逆者眼中的"魔鬼"。两个中文译本的书名都采取了直译的策略，不再赘述。

由于找不到港版林光辉译本，因此下文只比较三本原著和陈健民、郭宣颖版本的《魔鬼》在封面设计上区别。

原版1　　　　原版2　　　　原版3　　　　译版

原著1的封面红色书名与绿色沙漏形成强烈色彩反差：沙漏上半部分画着一个握紧的拳头、一只握着镰刀的手和一只握着锤头的手，象征着

① ［泰］社尼·骚哇蓬著：《魔鬼》，徐翩译，香港：艺美图书，1960年。
② ［泰］社尼·骚哇蓬著：《魔鬼》，陈健民、郭宣颖译，北京：外国文学出版社，1979年。

社会底层的劳动人民；下半部分是一双张开的手和散落的钱币，象征封建权贵阶级。沙漏上半部的绿沙正源源不断地被下面的双手攫取，象征着封建统治阶级对劳动人民的剥削。整个封面设计向读者传递了阶级对抗的信息，反映了故事内涵。

原著2的封面以白色和红色为基色，反映了故事左倾的色彩。白色的背景上是两个青年并肩眺望远方的背影：男青年书生意气，挥斥方遒，女青年看向他所指的方向，目标坚定。整个封面的设计突出了主人公乃赛和叻差妮曲折动人的爱情故事主线，与黑色书名"魔鬼"形成强烈反差，吸引读者去探索这个原本应该讲述爱情的故事中谁才是魔鬼。

原著3的封面以铁锈红为基色，粉红色作者名字、绿色书名和黑色插画在视觉上层层递进。一具抽象化的面孔占据了封面的中心位置，面孔的右眼是另外一张脸，与书名相结合表现了一类人将另一类人视为魔鬼的意象。

外国文学出版社版的封面设计以棕色为基色，右下角是一个目光坚毅的男青年的素描脸庞；左边是一片黑色的树林正迎面抵抗强风的侵袭，表现了故事激烈的冲突。从整体上看，译本封面设计更匠心独运，既突出主题又反映故事基调，笔者以为在上述四个设计中此设计最佳，最能引起读者共鸣。

（六）《风尘少女》

หญิงคนชั่ว（直译为妓女）是泰国现实主义女作家高·素朗卡娘的成名作。1937年，长篇小说หญิงคนชั่ว一经发表便在社会上引起了强烈的反响，先后多次再版，并被改编成电影，高·素朗卡娘因此一举成名。

หญิงคนชั่ว讲述了一个催人泪下的悲剧故事：乡村少女甜（后改名为乐）受人拐骗被卖到曼谷烟花巷，经历了饱受纨绔子弟欺凌、高利贷威逼和老鸨打骂的坎坷人生，揭露社会的丑恶和黑暗，表达了作者对社会底层人民的深切同情和改变现状的愿望。我国的译本由李健根据曼谷卡森班吉出版社1953年第5版译出，译名定为《风尘少女》①。

原著书名《妓女》和译著书名《风尘少女》都是对女主人公流落烟花巷经历和身份的再现，一方面通过书名吸引读者思考：什么人沦为妓女？为什么她会堕入红尘？另一方面，书名也是对黑暗现实的辛辣讽刺：原本纯洁善良的乡村少女是如何被一步步逼上绝路。原著名《妓女》的表达赤裸直接，译著名《风尘少女》包含了些许同情和温情，还主人公以本来面目。笔者以为译名《风尘少女》优于原名《妓女》。

原著1   原著2   原著3   译著

在封面设计上，笔者选取了三个原著版本与陕西人民出版社版译本进行比较。原著1的封面以斑驳的蓝黑色为背景，中间一块撕裂的空间显现出一对男女青年相拥的画面。从动作的亲密程度上看二者的关系非同一般，但女子的表情若有所思，男子侧身看向远方，从神态和姿势来看并不是一对正常的情侣。女子的着装不似一般妓女的暴露，面容也无媚态，此设计能够吸引读者思考：画中女子是不是书名所说的妓女？她为何会沦为妓女？笔者认为这是一个较好的引导式的设计。

原著2的封面以清新的淡绿色为底色，中心画是一束盛开的君子兰。君子兰以高洁著称，与书名《妓女》形成鲜明的对比，从而吸引读者思考：为什么一部以妓女为题的小说会以象征高洁的君子兰做封面？此妓女与其他妓女有何不同？这也是一个较好的引导式的设计。

---

① ［泰］高·素朗卡娘：《风尘少女》著，李健译，西安：陕西人民出版社，1986年。

原著3的封面以细腻的灰色花纹为背景，中间是一张被撕开一角的女子照片。女子被大大的帽檐遮住了脸，只露出嘴巴和下巴，仅从这露出的一小部分也能看出这是一个美丽动人的女子。照片撕裂的处理让人感受到它的不完整，也可暗示主人公现在与过去生活的割裂。大帽檐遮脸的设计也体现了妓女这个行业的羞赧与不可告人。美中不足的是红黄色的文字设计与这个版面不太融洽，显得很突兀，是此设计的一大败笔。整体上看呼应书名和故事内容，有较大的吸引力。

陕西人民出版社版的封面背景的四分之三为白色、四分之一为黑色，黑白对比反差强烈。中心画是三个抽象的、不同颜色的不规则图形和一双眼睛，其中左眼还流着泪，预示着这是一个悲剧的故事。封面设计从整体上看没有太多的亮点，唯一值得一提的是流泪的眼睛的设计。

（七）《幻灭》

สร้อยทอง（直译为金项链）是20世纪年代泰国文坛颇具影响力的中年作家尼米·普密他温的获奖小说。สร้อยทอง曾于1975年、1977年两度获得泰国优秀作品奖，并入选泰国文学教科书。1986年สร้อยทอง由裴晓睿、任一雄翻译成汉语，译名定为《幻灭》①。

小说讲述了一个既荒谬又可悲的故事：主人公罗伊是一个朴实的农村人，他早年丧妻，独自一人抚养七岁的儿子阿瑞。罗伊有一只漂亮的鹈鸪，名叫金项链，副县长为了讨好爱鸟的上司，责令罗伊为他捕鸟，若捕不到比金项链好看的鸟便要强行夺走金项链。罗伊为了捕鸟费尽心机，最后还搭上了儿子阿瑞的一条命，但还是没保住金项链，最后金项链死在了副县长家，副县长也没能靠着金项链巴结上司、飞黄腾达。

原著以贯穿全文的引线鹈鸪鸟的名字"金项链"来命名，算是中规中矩，没有太多特色。而译著以"幻灭"为名，一方面表现了罗伊为了保护金项链费尽心尽力同时还赔上儿子的一条命，但最终金项链还是被

---

① ［泰］尼米·普密他温著：《幻灭》，裴晓睿、任一雄译，贵阳：贵州人民出版社，1986年。

迫交给副县长，罗伊的理想幻灭；另一方面也表现了副县长借金项链向上 司献媚以换取前程的幻想的幻灭。笔者以为，译著《幻灭》比原著《金项链》在命名上更深刻，更具吸引力。

原著1   原著2   原著3   译著

在封面设计上，原著1的封面以夕阳西下天空的火烧云为基色，凸显苍凉悲壮。一个年轻的农民肩挑两捆稻草迈步向前，表现小说是乡土题材，但很难与题目和内容联系起来，可以说是一个不太成功的封面设计。

原著2的封面以暖色调的粉红、鹅黄、淡绿相结合，呈现出一种浪漫、清新的基调，与小说悲凉荒诞的主题不符。柔和的花草形象占据整个封面的三分之二，从色彩到图画整体上既不能表现主题也不能联系书名，笔者以为这是一个不能吸引读者的设计。

原著3的封面以沉重的棕色、黑色为基色，用白色的交叉线条填充画面，与冷色的背景形成视觉反差，表现作品悲剧的结局。上半部分描绘一个成年人盘坐在一个平躺在地面的孩子身旁，联系书中主人公丧子的情节。下半部分描绘一个男人手握鸟笼，神情悲怆，既可联想到罗伊失鸟也可理解为副县长希望落空，是一个双关的设计。从整体上来看，此设计既表现了悲剧的色彩，又与书中的主要情节相呼应，笔者认为这是一个能吸引读者的成功的封面设计。

贵州人民出版社版《幻灭》在封面设计上与原版3的封面有异曲同工之妙。都以棕色为基色，都含有鸟笼、男人的元素，但与原著3的封面相比译著太过具体细致，少了些许艺术的韵味。译版封面画着一个男人手捧一只白色的鸟，背景是一个大大的鸟笼。男人在穿着和形象上都不像一个农村男青年，神情坚毅，看不出是一个乡村悲剧故事。另外，那只通体白色的鸟也与原文描述不符，故事中的鹁鸪鸟"金项链"因脖子上有一圈黑白褐三色相间的漂亮羽毛而得名。整体上看，译著的封面设计表现出这是一个与鸟有关的故事，比起原著1和原著2偏离故事主题的封面的设计要好些，但比起原著3的封面的艺术性和关联性来说又稍逊一筹。

（八）《甘医生》

เขาชื่อกานต์（直译为他叫甘）是泰国著名女作家素婉妮·素坤泰最具代表性的作品，一经发表便轰动文坛、一版再版，并于1970年获得东南亚条约组织最佳文学奖。1980年，由龚云宝、李自珉翻译成中文《甘医生》出版[1]。

เขาชื่อกานต์描写了出生农村贫苦家庭的男主人公甘在医学院毕业后，放弃了大城市舒适的生活和优厚的待遇，带着新婚妻子哈勒泰回到穷乡僻壤的卫生所，为缺医少药的乡民奉献自己的力量。但甘医生的崇高理想却与现实格格不入，受到来自各方的层层阻挠，最终悲惨收场。甘医生的殉道最终唤起了人们对理想和人道的追求。

原著书名《他叫甘》，以引荐的方式引起读者的好奇，引发读者去思考：谁是甘？从而通过阅读本书得到答案。"他叫ＸＸ"的命名方式能起到吸引读者、突出主人公的效果，如：有个诗人，他叫北岛[2]、他叫陈凯歌[3]、他叫梁三多[4]等等。中文版译名《甘医生》，突出了主人公的职业，让读者一目了然：这是一个关于医生的故事。但相比于原著在吸引读者注意、进而引发思考上还略逊一筹。

---

① ［泰］素婉妮·素坤泰著：《甘医生》，龚云宝、李自珉译，北京：外语教学与研究出版社，1980年。

② 李羽丰：《有个诗人 他叫北岛》，《安徽文学》（下半月），2011年第6期。

③ 谢园：《他叫陈凯歌》，《当代电影》，1993年第1期。

④ 彭展，黄梅：《他叫"梁三多"》，《中国石油石化》，2015年第Z1期。

泰文原著《甘医生》的问世受到空前的欢迎,第一版一个月内迅速售罄,三年内三次再版,在此仅选取两个有代表性的版本与译著做封面设计上的比较。

原著1   原著2   译著

原著1的封面以柔和的黄色作为基色,背景是金黄的稻田和文字碎片,金黄的稻田表现男主人公甘出生农村、扎根农村的人生轨迹。主图是一个男青年的侧面头像,他年轻的脸庞上写满深沉,目光笃定地眺望远方,脖子上的听诊器表明了他的医生身份。整体来看配色协调,主题突出,是个不错的设计。

原著2的封面以黑色的夜空为背景,左下角是一个男子的侧影,他靠着墙低头若有所思;右边是一张女子的脸庞,她端庄典雅,正深情地凝望男子。从封面设计可以看出这是一个以爱情为主题的故事,黑夜的背景和女子朦胧的脸庞似乎预示着男女主人公的天人永隔。笔者认为故事虽然穿插着爱情这条线,但更侧重的应该是主人公甘的进步理想和信念,因此单以爱情为主题的封面不能很好地诠释本书的主题和思想内涵。

中文译本《甘医生》的封面以淡淡的棕黄色为基色,右上角是一个女子的简笔侧脸,主图是一个男子在河边踉跄欲坠的画面,表现了主人公甘最后中弹身亡的殉道时刻。整体来看,淡淡的棕黄色背景、棕色女子剪影和文字、黑色主画三者配色融洽，既体现了主人公殉道的场景，又表现了爱情这条主线，总体简约和谐，主题突出，笔者以为比上述两本原著的封面设计更贴近主题，更能吸引读者。

（九）《夕阳西下》

ตะวันตกดิน（直译为夕阳西下）是泰国著名女作家吉莎娜·阿索信的代表作。吉莎娜·阿索信是泰国第一位获得东南亚条约组织最佳文学奖的作家，《夕阳西下》的问世使她再度斩获此奖，为她赢得了广泛的声誉。《夕阳西下》①的中文译本由烝民翻译，外语教学与研究出版社于1982年12月初版、1988年再版。

《夕阳西下》讲述了出生微寒的男主人公索拉万，在母亲含辛茹苦的养育下勉强念完大学，进入社会后，索拉万一心向上攀爬，不惜深藏自己的爱憎好恶游走于名利场中，开始一帆风顺，最终一败涂地的故事。

夕阳虽然表面上温馨柔和，却预示着一切美好的衰微和消逝，大到国家命运小到个人前途，都即将沉入黑夜。原著、译著都以"夕阳西下"为名，揭示了索拉万对美好未来憧憬的最终破灭，大势已去，犹如夕阳笼罩，前途渺茫。

在封面设计上，两部原著和两部译著都含有夕阳的元素。原著1的封面以黑色为基色，红色的线条勾勒出抽象化的两片云彩和一个已落到地平线以下的夕阳，云彩和夕阳当中夹着黑底白字的书名和作者名字。黑白红三色的搭配视觉冲击力极强，突出作品沉重的现实主义主题。整个封面布局合理，简约明了，切合主题，是一个比较成功的设计方案。

---

① ［泰］吉莎娜·阿索信著：《夕阳西下》，烝民译，北京：外语教学与研究出版社，1982年。

原著1　　　　　原著2　　　　外研社1980年版　　外研社1988年版

原著2的封面以橘黄色为基色，配合一幅海上夕阳西下的图景，虽然与书名很好的呼应，但整体上看中规中矩，没有太多新意。

译著《夕阳西下》外研社1980年版的封面设计以淡棕黄色为基色，主图是一座泰式寺庙的抽象画，一轮夕阳落到两座建筑之间，既有夕阳呼应主题，又突出了泰国特色；而外研社1988年版以橘黄色为基色，主画是一片泰式建筑的剪影，夕阳的部分落入一座高耸的佛塔之下，倒映在波光粼粼的河水之中。两者相较，后者的整体画面更为和谐和富有艺术气息，既很好地呼应了书名《夕阳西下》，又向读者展示了浓郁的泰国特色，一箭双雕。

（十）《曼谷死生缘》

ปูนปิดทอง（直译为贴金石像）荣获1985年度东南亚创作奖（全名"亚洲最佳文艺创作奖"），是泰国著名女作家吉莎娜·阿索信的又一力作。该书于1991年由高树榕、房英翻译成中文《曼谷死生缘》[①]与中国读者见面。

ปูนปิดทอง是一部描写爱情、家庭和人生的作品，作者以真善美为价值尺度，重新审视了爱情与婚姻、家庭与社会的关系。故事的男女主人公双孟和芭丽出生于两个相似的家庭：家境殷实，但父母离异，对孩子的成长缺乏关爱和教育，物质生活丰富而精神生活空虚。双孟和芭丽的

① ［泰］吉莎娜·阿索信著：《曼谷死生缘》，高树榕、房英译，北京：中国工人出版社，1991年。

心灵自幼受到巨大的创伤，他们俩组建家庭之后遇到种种矛盾和挫折，但为了不让自己的孩子再受缺乏家庭关爱的伤害，他们最终克服了心理创伤的影响，走上追求幸福生活的道路。

泰国是一个传统的佛教国家，为佛像贴金是善众的日常礼佛行为，由此习俗引申出一系列俗语，如：在佛像后背贴金（意为做好事不留名）、贴金的石像（意为金玉其外，败絮其中）等。原著以泰国人耳熟能详的俗语"贴金石像"为题，表明了主人公双孟和芭丽决心成为一对称职的父母，给孩子完整的家和爱，而不是"金玉其外，败絮其中"的"贴金石像"父母。以《贴金石像》为题，既能引起泰国读者的共鸣，又暗含了佛教思想的背景，一举两得。

中文译本若直译为《贴金石像》，则无法吸引中国读者的注意。因为中国没有类似的习俗和佛教背景，读者无法通过书名获得小说的主要信息。译者以故事的爱情主线为题重新拟定了书名《曼谷死生缘》："曼谷"表明了此书的异域特征，"死生缘"表现了爱情主题，两者的结合既切合主题又能让读者一目了然，是对原题较为成功的转换。但笔者认为，"死生缘"的表述过于悲壮，毕竟故事是以一个积极向上的、美好的结局收场，若改为曼谷爱情或曼谷情缘、曼谷家庭或许更贴近题旨。

在封面设计上，笔者选取了三个原著版本与中国工人出版社版译本进行比较。原著1的封面以油画笔触的斑驳金色为底色，主画是一张安详闭目的佛面，呼应书名贴金石像；左上角是东南亚创作奖的标志，显示本书曾获此殊荣，既能抬高作品身价又能吸引读者眼球。整体来看配色协调，个性鲜明，艺术性强，是个较好的设计。

原著1　　　　　原著2　　　　　原著3　　　　中国工人出版社版

原著2的封面顶端以金黄色为基色，配上紫色书名，颜色搭配显眼，同时呼应"贴金"一词；主图以油画质感的灰色为底色，右半部分是简笔佛像的侧脸，二者相结合呼应"石像"一名。左下角是东南亚创作奖的标志和白色作者签名，整个设计信息完整，重点突出，吸引眼球，是个成功的封面设计。

原著3的封面以绿色为基色，文字占整个封面的五分之三，介绍了作品的获奖情况、出版次数、作者和书名；主图是一个白衣女子的侧影，从穿着和发型上看颇具20世纪80年代的流行特征。但整体来看，此设计与书名和内容的相关性不大，配色上也稍显突兀，是个不太成功的封面设计。

中文译本《曼谷死生缘》的封面以乳白色为底色，左上角用一金黄色文本框介绍作品的获奖情况和作者姓名。左下角主图描绘一对情侣正并肩走向一片建筑群，高耸的椰树、尖塔圆顶都展现了浓郁的异域风情，天际的一片彩霞更增加了图片的立体感和层次感。总体来看，整个封面简洁大方，又充满泰国风情，笔者以为是一个能够吸引读者的设计。

原著和译著的封面都突出了作品获奖信息这一内容，以增加小说的卖点。不同的是三本原著都采用东南亚创作奖的标志，而译本的封面则采取文字介绍的方式，主要原因是泰国读者对东南亚创作奖的标志较为熟悉，而中国读者则相对陌生，用文字表述更为直接。

（十一）《克隆人》

อมตะ（直译为不朽）是泰国作家维蒙·赛尼暖的代表作品，小说因其新颖的视角和书中处处彰显的人文关怀而荣获2000年度东南亚创作奖。2002年由高树榕、房英译为中文《克隆人》①在中国出版。

อมตะ是一部充满悲剧色彩的科幻小说：贪婪自私的富翁坡楼敏联合科学家斯宾塞，利用自己的身体细胞培育出克隆人傲拉春和启万，以期在自己年老后移植他们的器官使自己获得新生。启万被坡楼敏抚养成人，并残忍地一步步移植他的器官。傲拉春则自幼被代孕母亲带走逃跑，却在最关键的时刻挺身而出，用自己的生命换回启万的生命。傲拉春是佛教的殉道者，作者通过他的牺牲凸显了克隆人的悲剧，抨击社会的黑暗与不平等。

原著书名《不朽》，意指坡楼敏欲用克隆人的器官延长自己的生命，使己不朽；同时也可指书中人物莎茜布拉帕、傲拉春、玛娜察钮等善良的人们良知、博爱、善行的不朽。以不朽为名立意深远，一语双关。

"克隆"是一个既新颖又敏感的话题，自1966年7月克隆羊多利问世以来，克隆技术在伦理和科学层面的争论愈演愈烈，中文译本直接以《克隆人》为名，直入主题，吸引读者眼球，不失为一个成功的译名。

原著1　　　　　　原著2　　　　　　上海译文出版社版

在封面设计上，笔者选取两个原著版本与上海译文出版社版《克隆

---

① ［泰］维蒙·赛尼暖著：《克隆人》，高树榕、房英译，上海：上海译文出版社，2002年。

人》进行对比。原著1的封面以浅棕色为底色，封面上半部分用文字介绍小说的相关信息：印刷次数、书名、已获奖项、作者，中间是一个东南亚创作奖的标志，突出作品的地位。下半部分是一个人张开双臂的抽象半身像：蓝色的头和脊柱，红黄各一色的耳朵，黑白对称的身体，象征着器官移植。总体而言原著1的封面设计很好地突出了主题和获奖信息，有力地吸引了读者眼球。

原著2的封面以绿色为背景，象征生命。书名用红绿色、带倒影的字体，显得庄重有力，表现出作品的主题：生命和血腥。主画是两个人重叠的身体，模糊处理的面孔和旋转的方式呼应故事主线——克隆，也预示着人伦和是非黑白的颠倒。主画的右上角同样有一个东南亚创作奖的标志，以突出小说的地位。整体来说，原著2的封面用色大胆，视觉感染力极强，文字和图片的配合度高，在有限的版面里传达了更多关于故事的信息，兹以为是三个版本中最佳的封面设计。

上海译文出版社版《克隆人》的封面以白色为基色，红色的"克隆"二字张扬醒目，白色镂空的"人"字略高于"克隆"，体现出人伦道德应高于科学技术的理念。右上角是一个东南亚创作奖的标志和文字，突出作品地位。标志底下是作者和译者名称。主图描绘三个完全相同的上身赤裸、下身穿着裹裙的男子，充满异域风情，也暗含了克隆的意象。左下角的小图是三个同样的男子，背景为古老的印度建筑。从肤色、穿着和小图背景上看，这三个男子给读者的第一印象是印度人无疑，一部依托泰国社会为背景的科幻小说以印度人作为封面，无论如何都说不过去，这是此封面设计最大的败笔。

（十二）《南风吹梦》

จดหมายจากเมืองไทย（直译为泰国来信）发表于1969年，是泰国第一部反映泰国华人社会生活的小说。小说的作者是泰国著名华裔女作家牡丹。จดหมายจากเมืองไทย荣获1969年东南亚条约组织优秀文学奖，1984年由中国友谊出版公司翻译为中文出版，译名《南风吹梦》①。小说通过漂泊在泰的游子曾璇有，寄给留居中国的母亲的100封信，记录了海外华人白手起家，艰苦创业，历经坎坷不断融入当泰国社会的过程。

จดหมายจากเมืองไทย是长篇书信体小说，原著以此为名，简洁明了，既突出了泰国的地域特征，又表明了以书信为主体的写作方式，能够帮助读者迅速获得小说的主要信息。

中文译本以《南风吹梦》为名，更富文艺色彩。我们通常将中国普通老百姓因战乱和贫困而移居东南亚的迁徙行为称为"下南洋"，即书名《南风吹梦》的"南"。中国是传统的农耕社会，讲究安土重迁，自古以来有"父母在，不远游，游必有方"的古训。主人公曾璇有留居中国的老母亲，时刻思念在外漂泊的游子，他的来信乘着南风来到母亲的手上，暂缓母亲思子之苦。将"寄"喻为吹，将"信"喻为梦，这漂洋过海来自泰国的信恰似南风吹来的梦飘入母亲心中。笔者以为，此翻译既符合中文含蓄的表达方式，又富含文艺的气息，是一个优于原名的成功译名。

原著1　　　　　　　　原著2　　　　　中国友谊出版公司版

笔者选取了两本原著与中文译本《南风吹梦》的封面设计进行比较。原著1的封面设计以含有红白蓝相间条纹的经典信封为背景，书名也

---

① ［泰］牡丹著：《南风吹梦》，××译，北京：中国友谊出版公司，1984年。

分别用红蓝两色呼应信封条纹，加上邮戳，共同构成了一封"信"的样子。主图是一扇微微开启的门，门口悬挂的一对红灯笼表明了这是一个传统的中国家庭。封面中"信"和"中国"元素很好地诠释了《泰国来信》的内涵，是一个较为成功的设计。

原著2的封面设计较为复杂，以多个复制的邮局和邮筒作为背景，整个封面含有邮票、钢笔、信纸等与"信"相关的元素，呼应关键词"来信"；红色的邮筒、含有泰国字眼的邮票都表明了信来自于"泰国"，很好地呼应了书名《泰国来信》。但整体上看元素过多过于杂乱，配色也显得有些突兀，不如原著1那么简洁大方。

中文译本《南风吹梦》的封面以灰色为基色，主图为蓝色条纹构成的抽象的天幕。天幕上一轮高悬的明月寓意思乡之情，右下角的一条小舟指代漂洋过海到异国讨生活的游子们。整个设计温和又惆怅，与书名《南风吹梦》相得益彰，是一个切合主题和书名的成功的封面设计。

（十三）《出逃的公主》

เลือดขัตติยา（直译为将帅之血）是泰国著名女作家维蒙·诗丽帕布夫人的著作。维蒙·诗丽帕布夫人著作等身，在泰国家喻户晓，其多部作品多次再版并多次被翻拍成电影、电视剧、舞台剧。

เลือดขัตติยา是长篇宫廷题材小说，讲述了主人公娜拉公主如何一步步在宫廷斗争中成长为女王的故事。娜拉公主是一个活泼、天性自由的女孩，因为一次偶然的出逃经历，她与阿诺泰结识，两人产生纯洁爱情。在耶梭吞王国皇宫里，不仅两位娘娘为国君的位置展开激烈竞争，也将其他王位继承人西提王子、查亚公主以及邻国王子差让卷入复杂的政治纷争中。身为皇宫侍卫官的阿诺泰和王储娜拉之间的爱情无法跨越身份的鸿沟，阿诺泰转而施展自己的政治抱负，助年幼的王储娜拉一步步成长为耶梭吞国的女王。

2003年泰国Exact公司出品由维蒙·诗丽帕布夫人经典小说เลือดขัตติยา改编的泰剧《出逃的公主》，导演汕·西里乔，编剧拉沙那瓦迪，迪·杰西达邦·福尔迪和拼塔安分别担当男女主演。该剧一经泰国电视5台播出，收视迅速爆红。2007年香港和台湾地区引进并播出该剧；2008年4月22日，该剧在湖南卫视金鹰独播剧场播出，首日播出便取得了2.89%的收视份额，位居同时段中国大陆收视率第三位。播出仅两日就以3.33%的收视份额位居中国大陆同时段收视率第二。①时隔四年，安徽卫视于2012年3月26日上星播出该剧。

《出逃的公主》在中国的热播直接促成了原著在中国的翻译和出版。《出逃的公主》汉译工作由"杰西达邦中国影迷会（成立于2008年4月）"下属"《将帅之血》翻译组"承担，历时近两年时间，翻译小组成员包括Jane_xyp、Xxiuzi、Lily_zl、Vichida等。其中Lily主要负责翻译统筹、总校对以及泰国版权的协商；Jane负责主要翻译任务；Xxiuzi和Vichida负责中文译文的初步校对和完善。

原著书名เลือดขัตติยา直译为将帅之血，既有表现娜拉公主成王之路靠阿诺泰辅佐、抛洒鲜血铺就之意，也有阿诺泰作为军人血气方刚，甘愿为所爱之人牺牲自我之意。而中文版书名根据故事的前半段情节（娜拉公主偶然出逃结识阿诺泰并产生纯洁爱情）命名为《出逃的公主》，就翻译本身而言，这显然削弱了原著基于等级森严、情感不融于王权的厚重感以及人物的思想性。但就传播而言效果却事半功倍，因为电视剧的热播，"出逃的公主"已被广大观众所熟知，对看完电视剧还意犹未尽想借此阅读原著的读者来说，"出逃的公主"标签本身可以快速地吸引读者。

---

① 新浪娱乐讯：《出逃的公主》湖南首播中泰合作见证国际战略，新浪网站娱乐新闻板块，2008-04-23。

原著1　　　　　　　　　　　　　　　　　原著2

　　原著เลือดขัตติยา在泰国再版十余次，笔者仅选取其中三本原著的封面设计与中文译本《出逃的公主》的封面设计进行比较。

　　原著1分为上、下两部，封面的基色分别以黄、粉两种暖色为主，主图为一扇鲜花环绕的窗户形状，中间是一个繁复的花瓶以及花瓶中盛开的鲜花，象征着主人公娜拉公主从单纯的公主到手握重权的女王的成长过程。花瓶之下是一个地球仪，象征着对权力和威望；鲜花窗户之下是作者和书名信息。总体而言，原著1的封面设计偏小清新，与原著丰富的内涵并不相称。

　　原著2分为上、下册，封面以天蓝色、玫瑰粉为底色，主图为一个珠光宝气、眼神犀利的女子侧颜，表情、眼神与她的年龄不符，隐喻主人公命运的不同寻常；背景为城堡形象，暗示主人公的身份地位；左上角为作者笔名ลักษณวดี（拉萨娜娃蒂），封面正下方为书名。原著2的封面设计既能突出大女主的主题，同时宫廷题材也得到了体现。

原著3　　　　　　　　吉林大学出版社版

原著3也分为上、下册，封面以冷色系蓝色、紫色、黑色为底色，主图为一双犀利、坚韧、笃定的眼睛。上册书名为红绿色，下册书名为红黄色，与底色形成鲜明对比。原著3的封面设计与原著题材、内容都不太相符，容易让读者误以为是恐怖或侦探题材。

吉林大学出版社版译本《出逃的公主》的封面主图是泰国王宫形象，很容易令读者联想到小说的内容与泰国、宫廷元素相关；封面有大片鲜红色，甚至覆盖了一部分王宫建筑，此处设计既呼应了原著《将帅之血》"血"的意象，又造成了强烈的视觉冲击，可以想见宫廷斗争的激烈程度；书名的设计也比较讨巧，将"公主"二字进行艺术加工，虽没有人物形象出现在封面上，但主人公娜拉公主的形象已跃然纸上。

小　结

自新中国成立以来至2019年，中国（包括港澳台地区在内）成书出版的泰国小说中文译本，有短篇、中篇、长篇3种体裁共39本；散见于报纸杂志的译文有共21篇，翻译实践报告5篇，刊登时间大都集中在20世纪80年代。

20世纪80年代是中国经历"文化大革命"浩劫后劫后重生、百废待兴的时期。"文化大革命"十年对文学本质的异化、对人性的扭曲、对传统文化的摧残，促使中国文化界、文学界开始反思"人"和"文学"。出于对中国文学变革和转型的需要，这一时期开始大规模翻译国外的现当代文学。

与此同时，80年代也是中泰正式建交以来友好关系史上最光辉的一页。中泰两国的友好关系，国际政治斗争的需要，中国历经冷战、"文化大革命"后出现的文化井喷，三者共同促成了译介泰国文学作品的热潮。

但是，十年的伤痕不可能一朝痊愈。在"文化大革命"刚刚结束的几年，极左的意识形态依然操控文化界，文学作品的"思想政治关"

仍被紧紧把守。为避免与"正统"的意识形态发生冲突，从而招来政治迫害，当时的翻译家们战战兢兢，如履薄冰。在政治意识形态与中国完全相悖的泰国的文学翻译领域上更是如此。译者常在前言后记中批判自己的译作，强调对作品所表现的"黑暗腐朽的资本主义"的抨击和揭露。这种既批判又翻译的矛盾举措，是在当时特殊的时代语境下产生的"怪胎"。

上文提到的13部泰国中长篇小说中，带有左倾色彩的现实主义文学作品或抨击、描述社会黑暗，歌颂人民反抗的作品占大多数，这是意识形态左右翻译选择的后果。从封面设计上看，译著相对原著都显得过于呆板和保守，这与当时大的文化语境和时代背景都脱不了干系。另一方面，也与封面设计者不了解作品内容和思想内涵，仅根据书名或其他的了解途径就进行设计也有一定关系。

无论如何，从无到有，从少到多，从单一到丰富，从过意识形态"思想政治关"到过读者"审美关"，总归是越变越好的。

二、 儿童文学

提到儿童文学，我们脑海中首先反映的不外乎是《安徒生童话》《格林童话》《伊索寓言》等世界性儿童读物。反观中国这个有着数千年文字发展史和深厚文学传统的国度，其儿童文学被世人所熟知并成为经典者寥寥无几，在这背后包含着深层次的思想意识形态："三纲五常"。

"君为臣纲，父为子纲，夫为妻纲"是中国古代封建社会中君臣、父子、夫妻间的特殊伦理道德关系，要求为臣、为子、为妻者必须绝对服从其君、其父、其夫。在"三纲五常"的意识形态下，古代中国儿童被视为没有独立人格和社会地位的家庭附属品，这种从属地位进而造成儿童文学作品的匮乏。儿童只能享用成人文学的缩小版、以教化为主的蒙学课本和以口头传承为主的民间故事。

中国当代儿童文学的发展肇始于20世纪初对外国儿童文学的译介，兴盛于五四新文化运动时期。中国本土儿童文学的年轻化、边缘化，和其在发展过程中历经的数次时代大变革，以及发达强势的西方儿童文学的鱼贯而入，使得外国儿童文学迅速占据中国儿童文学的中心地位。在这汹涌蓬勃的翻译热潮中，泰国儿童文学分得小小一杯羹，进入了中国读者的视野。

泰国地处自然资源丰富的中南半岛，终年气候炎热，物质生活资料易得，加上长期以来佛教文化的熏陶，造就了泰民族平和安逸的性格，及喜好故事、重视叙事的文学传统。优越的自然生态环境，包容的文化接受心态，丰富的想象力，使得泰国民间故事宝藏异常丰富，从而奠定了泰国儿童文学的发展基础。

儿童文学的定义属于一个模糊集，因为"儿童"（年龄阶段）和"文学"(审美艺术)本身都是很难界定的模糊词，因此笔者在本文中所探讨的儿童文学仅限于童话、童谣、儿童小说、儿童诗歌、儿童绘本等体裁，不包括民间故事和神话故事等同样适于儿童阅读的体裁。

泰国儿童文学在中国的译介，在数量上有39部之多，可分为诗琳通公主的"盖珥系列"、简·薇佳吉娃的"卡娣的幸福系列"、玛妮莎的"小恐龙系列"、"拉科鲁克大奖成长绘本系列"（包括一、二两辑）以及"家庭教育故事绘本系列"五大系列。

（一）"盖珥系列"

盖珥系列แก้วจอมแก่น（直译为《顽皮透顶的盖珥》）和แก้วจอมซน（直译为《淘气过人的盖珥》）是泰国诗琳通公主以"菀盖珥"为笔名创作的儿童文学作品，因其本身浓郁的泰国特色、生动活泼又贴近生活的故事、个性鲜明的人物形象，而受到一代代泰国小读者的追捧。当然，"盖珥系列"的风靡也与诗琳通公主的皇族身份和她本身在泰国的影响力不无关系。

我国少年儿童出版社在1983年和1985年分别翻译出版了《顽皮透顶

的盖玛》①和《淘气过人的盖玛》②，各刊行平装本5000册、布面精装本1500册。其中《顽皮透顶的盖玛》由郭宣颖、张砚秋翻译，诗琳通公主亲笔撰写中文前言，著名儿童文学作家、中国儿童文学一代宗师陈伯吹作序——《闪光美妙的画卷》。1983年8月，该作品的中文翻译版由少年儿童出版社发行，属于"外国儿童文学丛书"系列之一。印制首版5000册，其余50本样本转交给诗琳通公主。1983年10月16日，文化部在人民大会堂举行赠书仪式，向泰国政府赠送《顽皮透顶的盖玛》的中译本，时任文化部副部长吕志先、文化部出版局局长边春光和泰国驻华公使攀·吉吉拉侬，以及北京、上海出版界一百多人出席了此次赠书仪式。③目前中文版《顽皮透顶的盖玛》已绝版，但泰文原版在泰国仍有印制发行。

文化部向泰国政府赠送诗琳通公主的儿童文学作品的中译本

新华社北京十月十六日电　文化部今天下午在人民大会堂举行赠书仪式，向泰国政府赠送诗琳通公主的儿童文学作品《顽皮透顶的盖玛》的中译本。

诗琳通公主是泰国杰出的文学家和艺术家。她创作的《顽皮透顶的盖玛》以自己儿时的生活为蓝本，通过二十三篇故事描述了一群泰国小朋友在聪明伶俐的小女孩盖玛的带动下，进行富有创造性和想象力的历险活动。诗琳通公主在中译本的前言中写道："我很高兴有人将我向泰国小朋友讲述的儿童时代的生活故事译成中文，使中国儿童也能够了解泰国小朋友，让我们两国的友谊代代相传。"

《顽皮透顶的盖玛》中译本是郭宣颖、张砚秋翻译的，已由上海少年儿童出版社出版。文化部出版局局长边春光和泰国驻华使馆公使衔参赞攀·吉吉拉侬在赠书仪式上先后讲话，共同希望中泰两国政府和人民之间文化交流取得的这一新成果。

文化部副部长吕志先和北京、上海出版界一百多人出席了赠书仪式和随后举行的酒会。

24　　　　　　　　　　　　　　　　　　　　　1983年10月31日

　　《顽皮透顶的盖玛》的姊妹篇《淘气过人的盖玛》，同样由文化部对外驻泰使节郭宣颖翻译，诗琳通公主亲笔撰写中文前言，上海少年儿童出版社副总编辑、中国作家协会上海分会理事郑马作序——《一本有趣透顶的书》。

---

① [泰]菀盖玛著：《顽皮透顶的盖玛》，郭宣颖、张砚秋译，上海：少年儿童出版社，1983年。

② [泰]菀盖玛著：《淘气过人的盖玛》，郭宣颖译，上海：少年儿童出版社，1985年。

③ 新华书新闻稿，1983年10月31日，5023期第24页。

　　"盖珥系列"有布面精装和平装两种规格，以当时中国最好的印刷工艺和纸张印制出版，体现了当时儿童图书出版的最高水准。有读者说他家的《顽皮透顶的盖珥》精装本，纸张很厚实，是20世纪80年代在装帧和印刷上都很上档次的图书。用最好的纸张和工艺进行印刷出版，体现了出版社对"盖珥系列"的重视，原因一方面是出于发行销售的考虑，另一方面也是因为诗琳通公主的特殊身份，以及当时中泰建交不久、关系亟须巩固的大背景的考量。

　　盖珥系列的主人公盖珥是个聪明伶俐，古灵精怪的小女孩，她时常有奇奇怪怪的想法，并喜欢将这些奇怪的念头付诸实践，闹出许多笑话。通过盖珥和她的小伙伴凯姐、蕾妹、欧恩等几个活泼可爱、天真烂漫的泰国小朋友的日常生活和游戏，将读者带入了一个充满童真童趣和泰国风情的世界。

　　《顽皮透顶的盖珥》包含23个生动有趣的小故事，故事题材既有表现儿童游戏生活的捕鱼捞虾、放风筝、摘荷花、过家家等，也有体现泰国传统观念和习俗的请鬼神、月蚀、老公公鬼，还有带有教育意义的责任感等篇章。通过这23个小故事，盖珥和她的小伙伴们的形象渐渐生动和丰满起来，为后续的姊妹篇《淘气过人的盖珥》奠定了读者基础。

　　《淘气过人的盖珥》依然围绕盖珥和她的小伙伴们发生的趣事展开。全书包含18个小故事，这些盖珥淘气的趣闻，加深了读者对盖珥的认识，也看到了盖珥的成长和变化。

　　原著书名《顽皮透顶的盖珥》和《淘气过人的盖珥》都采用了定中结构，突出表现故事主角盖珥鲜明的性格特征，开门见山，一目了然，既考虑到儿童的语言习惯和认知水平，又能照顾儿童的审美趣味和价值取向，是一个很有吸引力的书名。中文译本在书名的翻译上采取直译的策略，效果与原著相同。

　　在封面设计上，译著也采取了与原著保持一致的策略，仅将书名和作者由泰文改为中文。《顽皮透顶的盖珥》的封面以白色为底色，两个小朋友手拉手面带微笑地向我们走来。梳着两个小辫、身穿白色衬衫、蓝色吊带裙、黑色小皮鞋、提着书包的小女孩就是主人公盖珥，留着锅盖头、穿着小裤、提着饭盒的是盖珥的堂弟瑙伊，叼着书本的小黄狗是盖珥家的哀乌，书名旁边还有一只驮着书本的乌龟和开着小车的小狗。封面整体色彩鲜艳，人物突出，画风充满童趣，能够很好地吸引读者眼球。

原著   原著   译著   译著
《顽皮透顶的盖珥》 《淘气过人的盖珥》 《顽皮透顶的盖珥》 《淘气过人的盖珥》

《淘气过人的盖珥》的封面的封面同样以白色为底色，背景是一间普通的泰式房屋和一个花团锦簇的院子，蓝色的天空、成群的飞鸟、五颜六色的鲜花表现了自然环境的美好和谐。左下角是两个穿着相同的小女孩，她们正笑盈盈地谈论着什么。左边扎着两个小辫的是我们的老朋友盖珥，右边扎马尾的是盖珥的妹妹蕾妹，盖珥递给蕾妹一封信，表现了书中《连环信》的情节。整体配色和谐，充满童趣。

（二）"卡娣的幸福"系列

ความสุขของกะทิ（直译为《卡娣的幸福》）是泰国著名女作家、翻译家简·薇佳吉娃的处女作，2003年一经发表便广受好评，被译为英、德、法、日、中等多国语言出版。《卡娣的幸福》荣获2006年度东南亚创作奖，同时还获得美国USBBY-CBC杰出国际图书奖、美国青少年图书馆协会选书、法国优秀青少年小说奖提名、2009年林格伦儿童文学奖提名等多项荣誉。《卡娣的幸福》有两个中文译本，一是贵州人民出版社译本，译名为《凯蒂的幸福时光》①；另一部是台湾野人出版社译本，译名为《卡娣的幸福》②。

简·薇佳吉娃(Jane Vejjajiva)最初被人们所熟知的身份是泰国第27任总理阿披实的胞姐，其次才是翻译家、作家。简·薇佳吉娃出生于殷实的中产阶级家庭，父母都是医学教授，不幸的是她一出生就患上脑麻痹，行动离不开轮椅。但她身残志坚，坚持学习，不仅取得了泰国法政大学法文学士学位，还在比利时布鲁塞尔进修英、法翻译课程，并于1999年获得法国文化部授予的骑士勋章。简回国后主要从事翻译、创作和出版工作，代表译作有《哈利波特与火焰杯》《天鹅的喇叭》等20余部作品。

《卡娣的幸福》全书分为水上之家、海边之家和城里之家三个部分。"水上之家"描绘了卡娣和外公外婆简单宁静的生活；"海边之家"讲述了卡娣与时日无多的母亲在一起生活的最后时光；在"城里之家"卡娣将了解到妈妈离开自己的原因，并且自己决定是否要见从未谋面的爸爸。书中描绘了大量泰国日常琐碎生活的图景，语言生动活泼，让人忍俊不禁，如：凯蒂洗脸穿衣时间极短，外公开玩笑说她只是路过洗脸池，跟它潦草地打个招呼而已；外婆很少笑，也很少搭理凯蒂，外公说，外婆的笑容这么难得，得储存起来做成罐头出口，就像那些顶级商品一样；凯蒂爱吃各式的鸡蛋饭，外公干脆叫她"蛋总管"等等。

《卡娣的幸福》是一个关于爱、希望和重生的故事，透过故事深刻的主题和生动的文字，作者给读者留下了一个值得深思的问题：生活到底有没有答案？我们应该如何选择？

原著书名《卡娣的幸福》是一个偏正结构短语，既涵盖了故事的题眼"幸福"，又包括了故事的主人公"卡娣"。书名通过偏正结构突

---

① ［泰］简·薇佳吉娃著：《凯蒂的幸福时光》，殷健灵译，贵阳：贵州人民出版社，2009年。

② ［泰］Ngarmpun(Jane)Vejiajiva著：《卡娣的幸福》，王圣芬、魏婉琪译，台湾：野人出版社，2009年。

出中心语"幸福"，从而引导读者去关注和思考卡娣的幸福是什么。台湾野人出版社译本采取了直译的策略，效果与原著相同。而贵州人民出版社译本的译名为《凯蒂的幸福时光》，增加了"时光"二字。时光意为时间、光阴，在这里把"幸福"这个抽象的大概念具体化了，限定到某一段具体的时间里，笔者以为颇有些画蛇添足的意味，不如原著书名精练。

在封面设计上，原著和台湾野人出版社译本的风格比较接近，都有一点朦胧和悲伤的基调，而贵州人民出版社译本则色彩鲜艳明快。

原著的封面以抽象化的天空和沙滩为背景，用白色剪影表现出一个短发的小女孩正伸出双手想要捧住天空飘落的鸡蛋花。沙滩和鸡蛋花象征着卡娣在海边之家与母亲共处的最后时光。鸡蛋花掉落一地，但卡娣还有希望接住那即将飘落的一朵，暗示了虽然母亲不久于人世，但卡娣还拥有很多人的爱，她会抓得住幸福。左下角是一个银色的东南亚创作奖标志，表示此书曾获此殊荣。整个封面的色调偏向冷色，含有悲凉之意，但沙滩的黄色犹如阳光的颜色，让人重拾希望。在整体颜色搭配上协调融洽，文字与图画的配合也恰到好处，是一个能够突出主题和内涵，并吸引读者的设计。

台湾野人出版社译本《卡娣的幸福》的封面以白色为底色，一对穿着黑白亲子装的母女正牵手走在雪地中，在阳光的映衬下她们的影子被拉得很长很长。画面中的母亲只显现出胸口以下的下半身，暗示了她在女儿今后生活中的缺位。整体感觉既充满温情又难免包藏遗憾。表现了故事虽然不完美但又充满希望的结局。封面上除了有中文译名外，还有此书的泰文原名和英文译名，以方便读者找到原著和英文译本，是个十分贴心的小设计。这个封面在整体配色和感觉上都很贴近原著的思想内涵，唯一遗憾的是图中母女二人厚实的穿着和雪地的设计显现出故事的背景在寒冷的冬天，而没有考虑到泰国终年炎热，没有冬季的实际背景，这是整个封面设计最大的不足。

贵州人民出版社译本《凯蒂的幸福时光》的封面颜色鲜艳明快，很容易吸引儿童读者的注意。在一片开满鲜花的草地上，一个身穿白色上衣、红色短裤的小女孩正站在小板凳上晾衣服，晾衣绳上五颜六色的衣服和小女孩的短发正随风飘舞，她满脸灿烂的笑容表现了幸福的主题，不失为一个中规中矩的设计。但笔者以为，这鲜艳明快的色调和画风不能很深刻地体现书中所要表达的"幸福"的含义，也没有表现出丧母的悲凉情感，较之原著的设计还有较大差距。

| 原著 | 台湾野人出版社译本 | 贵州人民出版社译本 |

ความสุขของกะทิ ตามหาพระจันทร์（直译为《卡娣的幸福之追逐月亮》）是《卡娣的幸福》的续编，故事的讲述也延续了《卡娣的幸福》温情的风格。《卡娣的幸福之追逐月亮》的故事发生在暑假：拉蒂老师在庙会上捡到一个弃婴，并收养了他。卡娣的东舅舅因为弃婴秋弟的关系跟拉蒂老师越走越近，最后结为夫妇。秋弟的到来使卡娣觉得自己不再受重视，此时她还失去了心爱的小狗发罗，愈发心情郁结，于是大人们决定让卡娣到城里的家散散心。在城里，卡娣受到了妈妈生前好友的悉心照顾，过着快活的日子，但她常常梦到妈妈在奔跑着追逐月亮。一天卡娣发现妈妈留下的一盒录音带。妈妈通过录音带向卡娣讲述了她和爸爸的过去，并提到一个叫瓦山的老友，他曾在爸妈分手后向妈妈求婚，但她一直未曾答应，是心中一件憾事。妈妈请求卡娣将盒子里的一封信和这录音带一起交到瓦山叔叔手中。临近开学，卡娣回到了水上之家。一天

黄昏，瓦山叔叔到访，在河边的小码头他和卡娣聊了很多关于她妈妈的事，临走前他轻轻地亲吻了卡娣的额头，卡娣旋即明白这就是母亲所追逐的月光。

原著中反复提到妈妈留下的月亮形钥匙，和卡娣多次梦到妈妈追逐月亮，从故事的结局我们可以知道月亮在这里意味着幸福和快乐。书名《卡娣的幸福之追逐月亮》将故事的题眼"月亮"放到书名当中，既能表现故事的主题，同时也能吸引读者思考：她所追逐的月光到底是什么？台湾野人出版社译本将译名定为《爱的预习课》[①]，单从书名上体现不出与《卡娣的幸福》的承接关系，不能很好地利用前作的读者基础和影响力，另外也忽略了题眼"月亮"贯穿故事始终的重要性。"爱的预习课"指卡娣在成长的过程中慢慢学会懂得爱、接受爱和付出爱，也在一定程度上观照作品主题，但笔者认为始终不如原著书名浪漫温情和富有想象力。

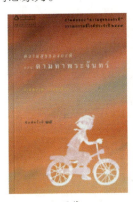

原著 1

原著 2

爱的预习课

在封面设计上，笔者选取两个原著版本与台湾野人出版社译本《爱的预习课》的封面进行比较。原著1与上文原版《卡娣的幸福》属同一系列，设计风格近似：以灰色、橙色、粉色掺杂渐变，象征黑夜和月光。小女孩骑着自行车的白色剪影象征追逐。含蓄地体现了书名《卡娣的幸

① ［泰］Ngarmpun（Jane）Vejiajiva：《爱的预习课》，王圣芬、魏婉琪译，台湾：野人出版社，2009年。

福之追逐月亮》的意义。在设计上既体现了与《卡娣的幸福》的关联，又表现了故事的内涵，是个成功的封面设计。

原著2的封面以粉白色为底色，身穿蓝色娃娃衣的小女孩手捧月亮形钥匙，抬头望向蓝色的月亮，月亮上还有一只小白兔。整个画面清新自然，充满想象力，呼应书名和书中反复出现的月亮形钥匙，是较为成功的设计。

台湾野人出版社译本《爱的预习课》的封面以红色为基色，右半边隐约有黑色阴影。主图是一个小女孩站在一扇门前张望门外的世界，外面的光线将小女孩的身影拉长，映在书名的[爱]字上。一扇门将小女孩和门外分隔成两个世界，她在盼望、等待、寻求出路。在文字设计上同样附有英文书名，以方便读者查找。但整体来看，封面既没有表现出故事主题，也与书名《爱的预习课》不相关联，是个不太成功的设计。

（三）"小恐龙完全成长系列"

ชุดไดโนน้อยพัฒนา EQ และนิสัย（直译为"小恐龙情商和行为开发系列"）是泰国儿童文学作家玛妮莎·班嘎翁·纳·阿瑜陀耶的系列作品之一[①]。2013年西安出版社从泰国原版引进了这套低龄儿童情商绘本，中文版译名为"小恐龙完美成长系列"[②]，一经出版即受到中国父母青睐和追捧。"小恐龙完美成长系列"又分为情绪管理和行为管理两个系列，每个系列各有六册独立的小故事。情绪管理系列包括：《坏脾气比萨》《嫉妒虫吉米》《马丁太任性》《雪莉羞答答》《娇气包迪迪》和《胆小鬼尼克》；"行为管理系列"包括：《小气鬼玲珑》《温蒂最得意》《捣蛋鬼皮皮》《小邋遢亨利》《朱迪说抱歉》和《杰克不听话》。

"小恐龙完美成长系列"根据0至6岁儿童的心理发育程度和年龄特征进行编写，故事简单易懂，温馨幽默，画风充满童真童趣，使小读者

---

① 玛妮莎的儿童文学系列作品包括：小恐龙情商和行为开发系列、德商开发系列、泰国古典文学人物故事系列、泰国韵文故事系列等——笔者注。

② [泰]玛妮莎著，菈抵美绘："小恐龙完美成长系列"，西安：西安出版社，2013年。

在阅读的过程中感受到成长的力量。该系列讲述了12只性格各异的小恐龙的成长故事，小读者将身临其境的感受到不良情绪和行为所带来的恶果，从而达到学会管理情绪，纠正不良习惯，完善人格的目的。

由于是原版引进的绘本，因此封面设计和插图均直接使用原版绘画，用色鲜艳，形象喜人，生动活泼；而儿童故事的内容和语言都相对简单短小，因此文本翻译也基本遵循原著的语言风格和形式。以下是"小恐龙系列"的封面设计对比表：

（小恐龙完美成长系列：情绪管理）

（小恐龙完美成长系列：行为管理）

值得一提的是，在翻译"小恐龙完美成长系列"过程中书名翻译所体现的中泰两国文化差异。原著书名以每个故事的主人公小恐龙的名字+性格描述（或事件描述）的形式进行命名，如นิ่งหน่องขี้หวง（直译为《宁农吝啬》）和โต๊ะเต๊ะขอโทษ（直译为《朵叠说抱歉》）等，中文译版也基本上沿用了这个命名模式（有些会按照中文习惯适当调整顺序），但中文译本的小恐龙名字的翻译几乎没有采取音译也没有采取意译，而是重新给这12只小恐龙取了新名字。详情见下表：

原著书名	原人物名字释义	音译	意译	译著书名
บั๊กซ่าขี้โมโห	意为调皮捣蛋，脾气倔强，通常用作男孩名	本萨爱生气	皮皮爱生气	坏脾气比萨
จี๊ดจ๊าดขี้อิจฉา	意为能说会道，伶牙俐齿，通常用作女孩名	叽喳爱妒忌	阿灵爱嫉妒	嫉妒虫吉米
ปุ๊บปั๊บขี้งอน	意为动作迅速，思维敏捷，心急，男女孩皆可	布巴爱任性	阿捷太任性	马丁太任性
หนุงหนิงขี้อาย	意为爱撒娇，弱不禁风，通常用作女孩名	农宁羞答答	娇娇羞答答	雪莉羞答答
ตี๊ดตี๋ขี้แย	意为弟弟，指年纪小或排行靠后，只用男孩名	弟弟爱哭	小宝太娇气	娇气包迪迪
เปิ่อเหลอขี้กลัว	意为呆头呆脑，反应迟缓，通常用作男孩名	勃乐胆小	小呆胆小鬼	胆小鬼尼克
นิ่งหน่องขี้หวง	意为乖巧可爱，爱撒娇，只用作女孩名	宁农吝啬	小可小气鬼	小气鬼玲珑
แจ๋วแหววอวดเก่ง	意为眼睛明亮，声音悦耳动听，只用作女孩名	娇维吹牛皮	悦悦吹牛皮	温蒂最得意
โป้งเหน่งเกเร	意为大脑袋或光头、秃头，一般用作男孩名	伯尼淘气	小光淘气包	捣蛋鬼皮皮
ก๊อบแก๊บมอมแมม	意为可爱、任性，男女孩皆可用	果给邋遢	牛牛邋遢鬼	小邋遢亨利
โด๊ะเต๋อขอโทษ	意为散漫、拖拉，做事不积极，一般用作男孩名	朵叠说抱歉	阿慢说抱歉	朱迪说抱歉
เป๊บป๊าบไม่มีระเบียบ	意为胖嘟嘟，说话神经大条，一般用作男孩名	本巴没规矩	小胖没规矩	杰克不听话

　　现实生活中人名是用于指代特定人物的具体符号，而文学作品中的人名往往还承载了更多的艺术功能和价值取向。作家是赋予文学人物生命和灵魂的人，对人物的命名往往反复斟酌，以期通过名字反映人物个性、暗示人物命运，使人物名字成为解读作品的钥匙和表现主题的关

键①。因此，文学作品中的人物名字往往超出具体符号的范畴，而被赋予了更多的文化内涵，在翻译的过程中也就不应该简单地音译，而要根据具体名字所对应的文化内涵采取灵活的翻译方法，尽可能地还原原著作者所赋予的含义。

具体到"小恐龙完美成长系列"的书名也是如此，原著作者玛妮莎在赋予12只小恐龙鲜明性格特点的同时，也赋予了他们与性格相映衬的名字，并且这些名字都是泰国儿童的常用名，读者通过名字就能对人物性格和特点有个大致的判断。如一个中国小孩的诨名叫"小胖"，我们立刻能判断这个小孩一定是肉乎乎、胖嘟嘟的样子；如叫"小黑"，那这孩子大概不会太白净，诸如此类。

在"小恐龙完美成长系列"中每只小恐龙都有一个饱满突出的人物性格，以及与之相适应的名字，如：《坏脾气比萨》的主人公三角龙比萨，泰文原名叫作**บึ้กซ่า**，意为调皮捣蛋，脾气倔强，基本与小三角龙在故事中的表现相符；《捣蛋鬼皮皮》的主人公皮皮是一只秃顶的盔头龙，他的泰文原名叫作**โป๊ะเหน่ง**，意为大脑袋、光头、秃头，正好对应了他秃头的外貌特征；《胆小鬼尼克》的主人公尼克，是一只呆头呆脑、体形硕大的剑龙，他的泰文原名叫作**เปิ๋อเหลอ**，意为呆头呆脑，反应迟缓，很贴近人物形象；《杰克不听话》的主人公杰克是一只活泼开朗、伶牙俐齿的翼龙，他的泰文原名叫作**เป็นป๊าบ**，意为神经大条、性格开朗，与故事中所体现的性格特点也很类似；《雪莉羞答答》中的雪莉是一只娇羞的霸王龙，她的泰文原名叫作**หนูงหนิง**，意为爱撒娇，弱不禁风，通常用作女孩名，名字与她娇滴滴的形象能很好地联系起来。综上所述，作者玛妮莎在创作这12只小恐龙和为他们命名的时候，颇费了一番心思。

中文版"小恐龙完美成长系列"中，除了比萨、玲珑和迪迪采取音译外，其余的小恐龙名字几乎与原文无关，而是换上了杰克、尼克、亨

---

① 如《红楼梦》中的甄士隐（真事隐）、贾雨村（假语村言），贾政（假正经）等——笔者注。

利、马丁等外国名字。初看觉得富有外国特色，可以判断这是一套外国儿童绘本，但实际上却忽略了绘本本身的泰国文化背景，以及名字与人物性格的对应关系。

儿童文学是一种读者意识最强烈的文学类别，它的读者群既有儿童也有成人。儿童读者是儿童文学的主体，因此儿童文学的翻译应该尽量考虑儿童的心理特点、年龄特征和语言习惯。随着全球化和信息化的深入，中国小读者对杰克、亨利、温蒂等外国名字并不陌生，但以他们的年龄和知识结构还不能从这些名字中提取相关的文化信息，仅能理解为代指书中人物的符号。这与原著想要传达的名字与人物性格特征的相关性相悖。

笔者以为，在儿童文学的翻译中不要以成人的眼光来看儿童读物，应该少一些随意性，多探求原作者的意图，多追溯原文内涵，多从小读者的语言习惯和认知水平上去考虑，那么翻译的效果也许会更好，更能吸引读者。

回到"小恐龙完美成长系列"，若能够考虑到中国小读者的审美和认知，将杰克、亨利、温蒂等外国名字换成小胖、牛牛、悦悦等他们能够理解和感知、并与人物性格相契合的名字，就能帮助他们更好地接受这个故事和故事中的人物。

（四）"拉科鲁克大奖成长绘本系列"

"拉科鲁克大奖成长系列"绘本共一、二两辑16本，该系列图书荣获泰国拉科鲁克大奖、南明图书奖（泰国重量级儿童文学奖项）、泰国基础教育委员会年度最佳图书奖，是泰国最受欢迎的儿童成长绘本之一。由多位泰国知名儿童作家、画家联合打造。第一辑于2015年6月翻译出版，包括八本独立故事绘本，分别为《我要当飞行员》《慷慨的云先生》《巴姆的煎饼》《这是谁的钱》《藏宝箱》《做最棒的我》《开心农场》《还需要什么呢》；第二辑于2017年4月翻译出版，包括八本独立故事绘本，分别为《粑粑的用途》《不只是第一名》《胆小的兔子》《快来帮帮鲸鱼叔叔》《我能拯救地球》《谢谢你长鼻子大象》《圆脑袋回家记》《走开怪物》等。

　　"拉科鲁克大奖成长绘本系列"从泰国小火车童书馆原版引进，因此封面设计和插图均直接使用原版绘画，用色鲜艳，形象讨喜，生动活泼，各独立绘本创作风格迥异；儿童故事的内容和语言都相对简短，因此文本翻译也基本遵循原著的语言风格和形式。以下是"拉科鲁克大奖成长绘本系列"第一辑的封面设计对比表：

我要当飞行员	巴姆的煎饼	这是谁的钱	慷慨的云先生
藏宝箱	开心农场	做最棒的我	还需要什么呢

　　ผมอยากเป็นนักบิน（直译为我想当飞行员），译名《我要当飞行员》基本按照原名直译。

　　แพนเค้กของบุ๋มบิ๋ม（直译为博丙的煎饼），译名《巴姆的煎饼》中

"巴姆"既非音译也非直译，且听起来像一个男孩名，而书中主人公บุ๋มบิ๋ม是一个可爱的小女孩。บุ๋มบิ๋ม用于女孩名，意为图图，译本《巴姆的煎饼》的译名欠妥当。

สตางค์ของใครครับ（直译为谁的钱呀），译名《这是谁的钱》基本按照原名直译。

ก้อนเมฆมีน้ำใจ（直译为好心的云朵），译名《慷慨的云先生》中把"云先生"进行拟人化处理，比原名"云朵"更生动形象，更贴近小读者的认知水平。

กล่องสุดถนอม（直译为最宝贵的箱子），译名为《藏宝箱》。书中"กล่องสุดถนอม"贯穿于整个故事的发展过程过程：一辆卡车驶过鼹鼠三兄弟的家门，掉下一个神秘的箱子，兄弟三人拾金不昧，历尽千辛万苦把箱子物归原主，箱子中装着满满一箱秧苗，箱子主人熊叔叔为感谢鼹鼠三兄弟也送给了他们一个装满秧苗和种子的"宝箱"，三兄弟将宝箱带回家，用宝藏将原本贫瘠荒芜的蓬能山改造得生机盎然。译名《藏宝箱》保留了贯穿故事情节的重要物品"箱"的信息，同时"藏宝箱"比原名"最宝贵的箱子"更具吸引力，所藏之宝既是生机和希望，又是鼹鼠三兄弟拾金不昧的真心。

บ้านไร่สามัคคี（直译为团结农舍），译名为《开心农场》。บ้านไร่สามัคคี讲述了农舍中男女主人公因不满各自的分工而发生争执，农舍中的雌雄动物也各自站队，都不再认真履行自己的职责。消极怠工的农舍被大灰狼趁虚而入偷走了一群母鸡，大家才意识到对方的工作都是有意义有价值的，于是大家团结一心终于救回了母鸡。译名《开心农场》与故事内容大相径庭。

ต้องดีขึ้น(อีกนิดหนึ่ง)（直译为要更好一点），译名为《做最棒的我》。故事讲述了主人公小鸡吉布因为晋升为哥哥各方面表现都越来越好，早起、上学不迟到、专心听讲、吃平时不爱吃的蔬菜、锻炼身体、节约用钱……只为成为弟弟们的榜样。译名"做最棒的我"与原名"要更好一点"程度上有一定出入，小鸡吉布的行为是在原来顽劣的基础上慢慢改进，慢慢变得越来越好，对小读者而言"要更好一点"会比"做最棒的我"更容易做到，原名能比译名起到更好的引导效果。

เอ๊ะ…ขาดอะไรนะ（直译为呃……还差什么呢），译名为《还需要什么呢》。故事讲述了主人公迪伊主动思考并帮助大人做力所能及的事，如看到爸爸在刷牙，主动递牙膏，看到爷爷在院子里修剪花草，主动为爷爷找帽子，等等。原名《呃……还差什么呢》中的"呃"为拟声词，表现了主人公迪伊在帮忙之前的思考过程，"还差什么呢"与译名"还需要什么呢"含义基本相同，但作为一本儿童绘本的书名，原名《呃……还差什么呢》更接近小读者的认知水平。

接下来是"拉科鲁克大奖成长绘本系列"第二辑的封面设计对比表：

快来帮帮鲸鱼叔叔	谢谢你长鼻子大象	耙耙的用途	不只是第一名
我能拯救地球	走开怪物	圆脑袋回家记	胆小的兔子

โอ๋ยโอย…ด้วย——ส่งเสริมให้เด็กรักษาความสะอาดในช่องปาก（直译为噢哦……帮帮忙——促进孩子保持口腔卫生），译名为《快来帮帮鲸鱼叔叔——注意牙齿健康 每天洗刷牙齿》。译名主标题"快来帮帮鲸鱼叔叔"比原名"噢哦……帮帮忙"更具象，鲸鱼叔叔也采用了拟人化处理，更能吸引小读者的注意力，译名副标题"注意牙齿健康 每天洗刷牙齿"也比原文副标题"促进孩子保持口腔卫生"更贴近儿童认知水平。

ขอบคุณนะช้างตุ้ย（直译为谢谢象小墩），译名为《谢谢你长鼻子大象》。绘本讲述了主人公象小墩常常用他孔武有力的长鼻子帮助大家，有一天小象生病了，经常受到他关心和帮助的朋友们此刻也纷纷带着食物前来照顾他，他心里充满快乐和感激。ตุ้ย为主人公小象的名字，音同"墩"，译名《谢谢你长鼻子大象》将小象名字去掉改为描述大象特征的"长鼻子"，既突出了大象的特征，又呼应了故事内容，不失为一个成功的翻译。

อึกเธอ…ฉันขอนะ（直译为你的粑粑……可以给我吗），译名为《粑粑的用途》。故事讲述了五个富有好奇心的主人公——小猪、小鸡、小牛、小马和小水牛——通过探索发现粑粑可以转化为沼气。原名《你的粑粑……可以给我吗》为疑问句式，能够吸引读者进一步探求"要粑粑来干吗？""谁要粑粑？""要谁的粑粑？"而译名《粑粑的用途》把问题简化，直接揭示故事主题，笔者认为作为儿童绘本书名，原名比译名更具吸引力。

ยิ่งกว่าชนะเลิศ（直译为比冠军更……），译名为《不只是第一名》。绘本讲述了主人公小象因为身患残疾不能剧烈运动，因此没法参加学校组织的运动会项目，但小象参加了拉拉队，为小伙伴加油助威。虽然没有争夺冠军的机会，但小象认为拉拉队也很重要，运动员们需要拉拉队加油打气。原著书名《比冠军更……》是一个半开放的题名，即可理解为比自己获得冠军更开心，还可以理解为拉拉队的工作比获得冠军更重要，译名《不只是第一名》则有点文不对题。

หนูทำได้（直译为我可以），译名为《我能拯救地球》。绘本教给孩子们阻止全球变暖的方法，如：节约用电、多植树、变废为宝、绿色出行等，举手之劳就能从变暖危机中拯救地球。原名《我可以》的含义比较广泛，语焉不详，而译名《我能拯救地球》格局宏大，也能引发读者思考"我为什么能够拯救地球""怎样拯救地球"，笔者以为此译名比原名更佳。

ออกไปนะเจ้าปีศาจ（直译为走开怪物），译名为《走开怪物》，直译完全忠实原著。

หัวกลมหาบ้าน（直译为圆脑袋找家），译名为《圆脑袋回家记》。绘本讲述了主人公圆脑袋在一个大雨磅礴的日子从山上滚到了池塘边，先后去鲶鱼的池塘、乌龟的沼泽、螃蟹的岩石、花丛、鸟巢，发现都不适合它，最终它从鸟窝滚到土地里慢慢发芽生长为一棵大树，大地才是它的家。译名《圆脑袋回家记》比原名《圆脑袋找家》更为完整。

กระต่ายขี้อาย（直译为害羞的兔子），译名为《胆小的兔子》。绘本讲述了主人公小兔子因为害羞不敢跟人说话、交朋友，总是躲在妈妈的身后，一天下起了暴风雨，小兔子跟妈妈走散了，她鼓起勇气向他人寻求帮助，最终回到家中与妈妈团聚。故事中的小兔子既害羞又胆小，但作者似乎更侧重于表现她的害羞，不敢与人交流。而ขี้อาย一词在泰语中只有害羞、腼腆之意，译名《胆小的兔子》不如原名《害羞的兔子》更能表达主题。

（五）"家庭教育故事绘本系列"

"家庭教育故事绘本系列"不仅关注日常知识，更关注孩子的内心世界。嫉妒、贪心、害怕……在成长的重重阻力面前，应该怎样克服困难？本系列绘本共六部，分别从日常知识、良好品质、美好理想、烦人恐惧和绿色环保五方面出发，增加小朋友的百科知识，培养优良品质，它们分别是《微笑的国度》《聪聪的水灯节》《谁的骨头》《一年三季》《黑漆漆》和《鼹鼠导游记》。

由于"家庭教育故事绘本系列"从泰国原版引进，因此封面设计和插图均直接使用原版绘画，用色鲜艳，形象讨喜，生动活泼，各独立绘本创作风格迥异；儿童故事的内容和语言都相对简短，因此文本翻译也基本遵循原著的语言风格和形式。以下为封面设计对比表：

| 微笑的国度 | 鼹鼠导游记 | 黑漆漆 |

เมืองแห่งรอยยิ้ม（直译为微笑的国度），译名《微笑的国度》；ตุ่นพาเที่ยว（直译为鼹鼠导游），译名《鼹鼠导游记》；มืดตึ๊ดตื๋อ（直译为黑漆漆），译名《黑漆漆》。此三本译名均为原名直译。

| 一年三季 | 聪聪的水灯节 | 谁的骨头 |

สยามสามฤดู（直译为暹罗三季），译名《一年三季》。该绘本介绍了泰国的三个季节：夏季、雨季和冬季，以及泰国独特的文化、饮食和重大节日，原名《暹罗三季》的地域感比较强烈，译名《一年三季》隐去地域信息，只保留季节信息，由于读者是中国小朋友，都熟知"一年四季"，因此"一年三季"的标题能够引起读者的阅读兴趣，去思考和探究"为什么一年只有三季""什么地方是一年三季"。由于原著和译著所面向的受众不同，两个书名都分别适应各自不同的受众，各有千秋；

ต้นหอมไปลอยกระทง（直译为葱花去放水灯），译名《聪聪的水灯节》。"葱花"作为小名在泰国非常常见，但在中国很少用于名字，译名将其处理为"聪聪"，更符合中国人的命名习惯。绘本讲述了聪聪和奶奶一起制作水灯、放水灯的故事，在制作水灯过程中聪聪发现一只小青蛙被泡沫板困住，奶奶告诉她做水灯应该用天然的材料，香蕉树干、树叶、鲜花，用塑料、泡沫等材料会影响生态平衡。原名"去放水灯"只能表现放水灯这一个行为，而译名《聪聪的水灯节》既说明了"水灯节"是一个节日，又包含了制作水灯、放水灯等一系列信息。

ตะล็อกก๊อกแก๊ก（直译为哒啰咯嘎，是一串拟声词，源于泰国的一种民间儿童游戏），译名《谁的骨头》。绘本主人公是充满好奇心的女孩罗丽，她听到人们谈论骨头，就忍不住想知道骨头是什么，在哪可以找到它们。于是，她和动物朋友大象、乌龟、鸟、鱼，一起踏上了寻找答案的旅程。最后，她发现许多生物包括人类体内都有骨头。原名《哒啰咯嘎》这一串拟声词会让读者不知所云，而译名《谁的骨头》为疑问句式，既点明主题跟"骨头"相关，又能引起读者兴趣。

小　结

泰国儿童文学在中国的译介数量，与其他以西方为主的强势文化国家的数量相比微乎其微，但也聊胜于无。作为泰国文学的研究者，我们不应为此沾沾自喜，也不必妄自菲薄，而应该通过这个现象去探求背后的本质和动因。

20世纪80年代是中泰正式建交以来友好关系史上最光辉的一页。中泰两国的友好关系，国际政治斗争的需要，中国历经冷战、"文化大革命"后出现的文化井喷，三者共同促成了译介泰国文学作品的热潮。1979年—1989年，中国大陆共翻译出版泰国文学作品63部（篇），其中就包括诗琳通公主的《顽皮透顶的盖珥》《淘气过人的盖珥》两部作品。

"盖珥系列"从翻译、作序、装帧到印刷上的高规格，都体现了国家和出版社对此的高度重视，这与诗琳通公主的皇族地位和中泰友谊使者身份不无关系。中国出于对国家战略和中泰关系的考量，有必要树立一个中泰亲善的形象，而诗琳通公主以其影响力和本身对中国文化的热爱当仁不让地承担起这一角色。翻译她的儿童文学作品，既避免了意识形态上可能出现的冲突，又为中泰友好交流的宣传添上浓墨重彩的一笔，可谓一举多得。

进入21世纪以来，中国的文化市场进一步开放，儿童文学的译介和出版也经历了市场化过程。由于儿童文学出版的门槛较低，市场空间广阔，使得原本不以儿童文学为主业的出版社纷纷涉足儿童出版领域，由此引发了新世纪儿童文学的大规模翻译活动。"卡娣的幸福系列""小恐龙完美成长系列""拉科鲁克大奖成长绘本系列"（包括一、二两辑）以及"家庭教育故事绘本系列"就是在这样的背景下进入中国市场，成为中国小读者文学盛宴上的一道"泰国菜"。

苏轼诗云："雪沫乳花浮午盏，蓼茸蒿笋试春盘。人间有味是清欢。"品过中国茶，再尝尝泰国原生态野菜，百味调和，自是人间清欢。在文学上，何尝不可借鉴这样的智慧呢？

三、图文文学

图文文学即图文并茂、图文并重的一种文学体裁，最早起源于9世纪的中国，近年来得益于浅阅读的风靡而迅猛发展。"浅阅读"是一种新型的快餐式阅读方式，其"浅"主要体现在阅读内容的深度之浅，阅读体验的思考之浅和阅读时间的长度之浅三个方面。现代社会正处于信息大爆炸时代，人们在日益增长的信息和日益压缩的阅读时间之间，有时不得不通过放弃内容的深度，来满足阅读的速度及广度，以最大限度地获取资讯。

图文文本是一种相对纯文本而言的文本类型，古已有之，并不是今日的创举。范景中在《插图中的世界名著》序言中提到：插图最早的实例大约产生于9世纪时的中国，西方自15世纪起才出现插图的形式，并得到丰富的发展。[①]插图的出现最早是为了辅助文字的理解，最先用于医书、药典等，后来渐渐发展为儿童文学的主要形式，因为儿童对文字的认识和理解有限，图形可以帮助理解故事内容。

生动的图片先天就比抽象的文字更具吸引力。图文文本中大量的、鲜活的图片以一种醒目的方式吸引了读者的注意，在这种情况下，文字通常会被忽略。时至今日，图文文本已不再是儿童书籍和专业书籍的专利，一部分青少年和成年人也被这种轻松愉悦的浅阅读方式所吸引。因为翻开图文文本不要求前后连贯，不需要过多的背景铺垫，也不需要太多的感情投入，从而使得阅读从思想深度的神坛落入大众狂欢的广场，将思考和想象变成娱乐和接受。在阅读方式浅显化、传播途径多样化、信息技术科学化、作者群体平民化等多种因素的推动下，图文文本呈现出领域不断扩大、数量不断增多、影响不断扩张的基本态势。

泰民族自古以来有喜好故事的传统，而诗歌韵文也一直是泰国古

---

① 范景中：《插图中的世界名著》，上海：上海古籍出版社，2002年，"序言"，第7页。

典文学的主要形式。诗歌的短小凝练，韵文的朗朗上口，对故事大团圆结局的偏好，奠定了泰民族偏爱浅阅读的基础，而现代泰国图文文学的蓬勃发展正是基于这样的民众基础，近年来有不断扩大市场和读者群的势头。

泰国图文文学在中国的译介，在数量上以19本之多位居所有译介体裁的第二位，翻译出版时间集中于2011年以后，时间之短发展之迅速不容小觑。中国所译介的泰国图文文学，主要以童格拉·奈娜和宋邢·泰宋蓬两位作家的作品为主，另外《诗琳通公主诗文画集》因为"画"的加入而在此算入图文之列。

（一）童格拉·奈娜图文励志系列

童格拉·奈娜是泰国新近疗愈系图文女作家，同时也是一个性格开朗的单身母亲。她自幼爱好艺术，拥有经济贸易的学科背景。作为一位全职单亲母亲，她主要靠稿费维持生计，至今已出版近30本书，并长期担任多个专栏的撰稿人。因为写作和与读者交流的需要，她每天花费很多时间在网络上，是一个资深网民。童格拉追求简单舒适的生活，对物质条件的需求并不高，她的生活重心主要放在陪伴孩子、阅读、写作和旅行上。

童格拉·奈娜能写能画，性格乐观开朗，对人生、对生活有许多独到的见解。她将这些独到的见解转化为清新励志的小短文，并配上可爱温馨的插画，创作出一系列励志作品。目前已翻译成中文在中国出版的作品有：《下一步，不许认输！》[①]《少就是多》[②]《相信自己就对了！每一次选择，都是最好的决定！》[③]《不要害怕说NO！幸福的起点就

① ［泰］童格拉·奈娜著：《下一步，不许认输！》，璟玟译，重庆：重庆出版社，2014年。
② ［泰］童格拉·奈娜著：《少就是多》，璟玟译，重庆：重庆出版社，2014年。
③ ［泰］童格拉·奈娜著：《相信自己就对了！每一次选择，都是最好的决定！》，璟玟译，台湾：八方出版股份有限公司，2011年。

是，勇敢去做你想做的事》①《你的人生没有不可能！勇敢改变，不要被自己打败》②《我的名字叫机会》③《其实没那么急！有一种美好，只有慢慢来，才能看见！》④《给自己一个机会（礼物盒）》⑤《永远没有准备好这回事，现在就放手去做！》⑥《又不是世界末日，困难都会过去的！》⑦《只挑简单的做，你的人生当然只能这样！》⑧《别怕！你可以的，看不到未来更要挺自己》⑨《换个角度看世界》⑩《靠自己成就精致人生》⑪《一切皆有可能》⑫等15部作品。

　　近年来，励志阅读渐成风尚，不仅在机场、车站等人员流动量大、节奏快的场合销量不俗，在各大书店的销售榜单中也名列前茅。励志阅读的盛行折射出大众在现实社会中所面临的困惑和压力。物质条件的不断改善和丰富，使人们更多地关注自身的心理健康和情绪变化。当情绪

① 　[泰]童格拉·奈娜著：《不要害怕说NO！幸福的起点就是，勇敢去做你想做的事》，璟玟译，台湾：八方出版股份有限公司，2012年。

② 　[泰]童格拉·奈娜著：《你的人生没有不可能！勇敢改变，不要被自己打败》，璟玟译，台湾：八方出版股份有限公司，2014年。

③ 　[泰]童格拉·奈娜著：《我的名字叫机会》，李月婷译，台湾：八方出版股份有限公司，2012年。　[泰]童格拉·奈娜著：《我的名字叫机会》，李巧娅译，北京：中央广播电视大学出版社，2015年。

④ 　[泰]童格拉·奈娜著：《其实没那么急！有一种美好，只有慢慢来，才能看见！》，Huang TT译，台湾：八方出版股份有限公司，2013年。

⑤ 　[泰]童格拉·奈娜：《给自己一个机会》，台湾：八方出版股份有限公司，2014年。

⑥ 　[泰]童格拉·奈娜著：《永远没有准备好这回事，现在就放手去做！》，李敏怡译，台湾：八方出版股份有限公司，2011年。

⑦ 　[泰]童格拉·奈娜著：《又不是世界末日，困难都会过去的！》，李敏怡译，台湾：八方出版股份有限公司，2011年。

⑧ 　[泰]童格拉·奈娜著：《只挑简单的做，你的人生当然只能这样！》，李敏怡译，台湾：八方出版股份有限公司，2011年。

⑨ 　[泰]童格拉·奈娜著：《别怕！你可以的，看不到未来更要挺自己》，李敏怡译，重庆：重庆出版社，2014年。

⑩ 　[泰]童格拉·奈娜：《换个角度看世界》，北京：中央广播电视大学出版社，2015年。

⑪ 　[泰]童格拉·奈娜著：《靠自己成就精致人生》，李巧娅译，北京：中央广播电视大学出版社，2015年。

⑫ 　[泰]童格拉·奈娜著：《一切皆有可能》，李巧娅译，北京：中央广播电视大学出版社，2015年。

低落，精神疲惫时，人们需要精神鼓励来调节情绪，励志书在此充当了读者自主治疗情绪的最佳"非处方药"，负责为读者提供精神指引和情绪按摩。

由于市场需求量大，出版门槛低，励志书市场乱象丛生：胡编乱造者有之，无病呻吟者有之，品质低劣者有之，往往经不住时间的考量。而国外的励志书的作者则多是学者，他们将研究成果转换为通俗易懂的大众语言，以优质的"品牌"形象打入中国市场，受到中国读者的追捧。原创的粗制滥造给"舶来品"的引进创造了天然的条件。因此，在"外国的月亮比中国圆"的心理作用下，翻译引进的"洋鸡汤"比原创出版的"土鸡汤"更容易吸引读者。童格拉·奈娜的励志系列正是在这样的背景下进军中国市场的。

从语言风格、封面设计和内页插图设计上看，童格拉·奈娜励志系列读者群的定位主要是青少年读者。由于创作风格类似，内容接近，笔者将从已经翻译为中文的15部作品中选取3本为代表进行分析，分别是《永远没有准备好这回事，现在就放手去做！》《其实没那么急！有一种美好，只有慢慢来，才能看见！》和《下一步，不许认输！》。

Always today，Always now วันนี้อยู่ในกำมือ（直译为《就是今天，就是现在。今天掌握在手中》），是激励读者不要等待，要主动追求梦想，大胆放手去做的励志书。中文版由李敏怡翻译、八方出版股份有限公司2011年出版，译名为《永远没有准备好这回事，现在就放手去做！》，下文简称《放手去做》。

Slow But Sure（直译为《慢但坚定》）是劝导读者放慢节奏，调整心情再重新出发，坚定理想和信念的同时享受沿途风景的励志书，中文版由Huang TT翻译、八方出版股份有限公司2013年出版，译名为《其时没那么急！有一种美好，只有慢慢来，才能看见！》，下文简称《慢慢来》。

Your next step! ก้าวต่อไปไม่มีคำว่าแพ้ วันข้างหน้าจะมีคำว่าหลงทาง（直

译为《你的下一步！下一步不会输，未来不会迷路》），是激励读者坚持下去，从失败中取得胜利的励志书，中文版由璟玫翻译、重庆出版社2014年出版，译名为《下一步，不许认输！》，下文简称《下一步》。

三本书的原著书名都用英文作为主标题，以凝练的英文短语突出励志主题，再配以泰文句子为副标题加以诠释。与传统文学作品命名的凝练、高度概括不同，励志书通过长标题的形式向读者传递更多的信息量，不需要读者通过书名去猜想、推测书籍内容，而是直白地把内容呈现在读者面前。而标题本身的励志色彩也奠定了整部书的基调。

三本书的中文译名都同样采用句子形式，都包含了醒目的、感情色彩强烈的感叹号，且无一例外的口号式的长题名，使读者一眼就能分辨出这是励志书。译名都采用了意译的形式，以避免直译的生硬拗口，在效果和定位上基本与原著保持一致。这样的命名方式符合励志书的定位，也以这样直白的命名吸引特定的读者群。

在封面设计上，译著封面基本沿用了原著的封面或主要元素。整体上色彩鲜艳，卡通元素可爱呆萌，很好地吸引了青少年读者群的注意力。值得一提的是中文译本较之原著在封面上加入更多的文字设计，文字中充满励志气息，并加入腰封辅助宣传和推荐。作为励志书的定位来说，此封面设计是行之有效的宣传策略。

在文字排版上，原著和译著都采取了能让读者轻松阅读的"轻排版"方式，如：更多的选择使用短句；频繁换行和划分段落；使用较大的字体；减少文字，增加图片，使得页面比较"空白"等等。"轻排版"的流行源于青少年读者厌倦传统文学的纯文字排版带来的"沉重感"。"轻排版"是为了让习惯阅读漫画的青年读者，在阅读励志书的时候能够尽量减少"字多"可能带来的厌恶感。

原著			
译著			
	放手去做	慢慢来	下一步

因此，从书名的选择、语言的使用、封面的设计和文字的排版上，处处体现出童格拉·奈娜励志书系列以青少年读者群为主体、鼓励劝导、轻松阅读的市场定位。

（二）宋邢·泰宋蓬绘本小说系列

宋邢·泰宋蓬是泰国绘本小说的开创者，文、图、音乐跨界创作艺术家。宋邢·泰宋蓬1981年出生于泰国曼谷，毕业于泰国艺术大学装饰艺术专业。他擅长以细腻的笔触和复杂的构图，勾勒出绮丽的、充满东方风情的奇幻氛围。目前在我国共译介出版了宋邢·泰宋蓬的4部绘本小说：《九命猫》①《霹雳火头与温柔豆芽历险记——在黑暗的季节》②《霹雳火头与温柔豆芽历险记—无尽疯狂的旅程》③《在很久很久以前的

① ［泰］宋邢·泰宋蓬著：《九命猫》，璟玟译，长沙：中南出版传媒集团·湖南人民出版社，2012年。

② ［泰］宋邢·泰宋蓬著：《霹雳火头与温柔豆芽历险记——在黑暗的季节》，璟玟译，湖南人民出版社，2011年。

③ ［泰］宋邢·泰宋蓬著：《霹雳火头与温柔豆芽历险记——无尽疯狂的旅程》，璟玟译，湖南人民出版社，2012年。

某一个时间》①。

绘本小说作为信息图像时代所产生的新兴文学体裁，呈现出其独特的文学性和美学性。与其他图文文本形式不同的是，绘本小说中文字与图像共同叙事不分主次，图文并茂，兼具文学性和美学性。同时绘本小说的文学性也因为图像的加入而不同于传统纯文学文本。文字与图像相互补充、诠释、共同表意，不同叙事方式的碰撞、糅合，产生了绘本小说所特有的时空并置的叙事模式，这种模式呈现出强烈的哲学与诗学相交融的美学特征。

宋邢·泰宋蓬的绘本小说系列作品散发精致的灰暗魅力，蕴涵着细致入微的思考和讽刺性的幽默。他的第一部绘本小说《Nine Lives》（直译为《九条命》）以猫为主角，通过四个神秘奇幻的故事表达了对爱情与生命意义的思考。中文译本由璟玫翻译、湖南人民出版社2011年出版，译名定为《九命猫》。

原著书名《九条命》表达了作者对曾经饲养过的猫死而复生的希望，而猫有九条命的传说也一直在东方盛行，以《九条命》命名一部以猫为主角的小说恰到好处，既含蓄又能使读者不至太费周折就能猜到故事内容。中文译本译名为《九命猫》，把猫这一主角直接摆放在书名中，好处是开门见山，直截了当，坏处是少了一点含蓄的意味。

① ［泰］宋邢·泰宋蓬著：《在很久很久以前的某一个时间》，王道明译，长沙：中南出版传媒集团·湖南人民出版社，2012年。

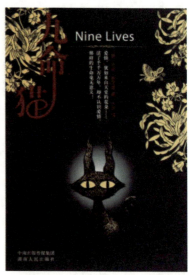

原著 原著

在封面设计上，原著和译著的封面都选取了主角黑猫作为主图。原著整体色调较柔和，以粉色为基色，突出对爱情的思考；译本以黑色为底色，黑猫的眼睛在黑暗中发出瘆人的光，金色的花饰和红色的书目共同营造了黑暗恐怖的气氛，突出对生命的思考，二者各有千秋。

宋邢·泰宋蓬的"豆芽与火头"系列包含两部作品：《Beansprout & Firehead The Winter Tales》（直译为《豆芽与火头之冬天的故事》）和《Beansprout & Firehead The Infinite Madness》（直译为《豆芽与火头之无尽疯狂的旅程》）。这个系列主要讲述了主人公火头和豆芽的历险故事。火头和豆芽都是孤儿，他们性格迥异，一个脾气乖戾深谙世事，一个性格软弱温柔。两人在旅程中历经艰险，从相互对立逐渐到相互信任、依靠，最终走向成功。湖南人民出版社于2011年和2012年分别翻译出版了"豆芽与火头"系列的两部作品，译名为《霹雳火头与温柔豆芽历险记——在黑暗的季节》和《霹雳火头与温柔豆芽历险记——无尽疯狂的旅程》。

原著书名为全英文，文字的选用突出了绘本小说的时代性与国际性。原著按英文直译为《豆芽与火头之冬天的故事》和《豆芽与火头之无尽疯狂的旅程》，以"豆芽与火头"为题既表明了故事的主人公，同时也显示出这两部作品的相关性，书名的后半部分表明该故事的主题。中文译本名为《霹雳火头与温柔豆芽历险记——在黑暗的季节》和《霹雳火头与温柔豆芽历险记——无尽疯狂的旅程》。将两个主人公的不同的性格特征冠到书名上，体现了故事的冲突性和趣味性。

原著　　　　　　　译著　　　　　　　原著　　　　　　　译著
《无尽疯狂的旅程》　《无尽疯狂的旅程》　《在黑暗的季节》　《在黑暗的季节》

在封面设计上，译著封面基本上沿用了原著封面的设计，只是在《霹雳火头与温柔豆芽历险记——在黑暗的季节》上有些许改动，但整体风格不变。封面以灰暗的色调为基色，配合两个主人公迥异乖张的形象，表现出历险的主题和强烈戏剧冲突。书名、封面设计、画风和故事内容相互呼应，整体上符合故事定位和对青年读者群的定位。

《Once Upon Sometimes》（直译为《在很久很久以前的某一个时间》）是宋邢·泰宋蓬的一部短篇故事绘本。书中共有22个短篇故事，每个故事都以诗歌或散文配图的形式呈现，或关于爱情，或关于生活，或关于真理。

原著书名《在很久很久以前的某一个时间》是一个耐人寻味的题目。"很久很久以前"是我们最熟悉不过的故事开头，第一时间抓住了读者的心；而"某一个时间"，可以是特定的时间，也可以是任何一个时间，不论是过去、现在或是在梦境里。某一个时间，甚至比真理还值得回味。所以这个书名含糊而又富有哲理，值得仔细揣摩和品味。中文译本在书名上采取直译的策略，效果与原著同。

原著　　　　　　　　　　　　译著

在封面设计上，原著的封面和译著的封面有很大的不同。原著封面以大红色为底色，红色剪影设计描绘出一个手拿烟斗的老头正对着一个小孩讲故事，明月、烟圈、野草、梅花、祥云、飞鸟，都透露出浓厚的中国色彩。古老的中国与"很久很久以前"这个时间概念似乎有着某种天然的联系。此设计饱含浓厚的异域色彩，既呼应主题，又富有特色，是一个较为成功的封面设计方案。

译著封面以黑色为底色，大量的文字占据了三分之二的版面，中心是一幅含糊不清的抽象画，看不出想要表达的意思，画的右下角是一个红色的印章，与黑白两色形成强烈的色彩对比。整体设计看起来主题不明晰，文字过多，画面意思传递不清，与原著的封面设计相比还有较大差距。

（三）《诗琳通公主诗文画集》

诗琳通公主多才多艺，不仅是优秀的文学家，同时还是出色的摄影家和画家。诗琳通公主酷爱摄影和写作，胸前一部相机，手中握着纸笔，是公主出行的"标配"。《诗琳通公主诗文画集》[①]既是公主的得意之作，也与中国有着千丝万缕的联系。

---

① ［泰］诗琳通著：《诗琳通公主诗文画集》，顾雅炯译，上海：生活·读书·新知三联书店，1993年。

诗琳通公主自青少年时代开始写作，涉猎体裁广泛，有诗歌、故事、散文和记叙文等多种类型，多数作品在泰国汇编成册出版。《诗琳通公主诗文画集》由公主的中文老师顾炯雅选译了其中的一部分作品，按照诗、文、画的顺序汇编成书，其中画的部分选自诗琳通公主的画册。

《诗琳通公主诗文画集》收录了诗琳通公主的《友谊颂》《富饶的泰国》《三访中国》《四访中国》等数十篇诗文作品，以及《睡莲》《母亲》《美人蕉》等数十幅蜡笔画、水彩画、油画作品，充分体现了诗琳通公主的才情和绘画艺术。《诗琳通公主诗文画集》内容丰富，排版美观，装帧精美，堪称佳作。但由于选译的范围较广，没有直接的原著与之相对应，在此不再展开原著译著封面的比较。

严格意义上来说《诗琳通公主诗文画集》不符合图文文学"图文并茂、图文并重"的定义，不算是图文紧密结合的图文文学作品，而只是辑诗歌、散文、记叙文和绘画成集的一部综合作品集，但因为形式上有图有文，笔者在此将它归为广义上的图文文学一类。

小　结

"一千个读者心中就有一千个哈姆雷特"，由此可见文字可以衍生出丰富的内涵和外延，而图片则通常具有相对稳定的意义。文字符号与其表意之间的任意性、抽象性，使得文字必须经过思维转换才能成为具体的艺术形象，而图像所塑造的艺术形象则能够直观地呈现在读者面前，生动形象且具体。图文文本因其具象化而影响了读者的审美和想象力，同时也折射出读者浮躁的阅读心态。

解读一部文学作品是从文字背后发掘、整合、重塑作品信息的过程。因此，一部优秀的文学作品应当充满艺术张力，能让读者在阅读的过程中不断调动自身想象力来填补作品的缝隙与空白，从而享受到创造和发现的乐趣，这才是文字的魅力。

四、纪实文学

纪实文学滥觞于20世纪60年代中期，兴盛于60、70年代的美苏文坛，自20世纪80年代起我国的纪实文学开始日渐兴盛。纪实文学的两大特点是文学性与纪实性，作者通常通过进行采访，或直接参与事从而获得丰富的一手素材，然后再经过文学修饰加工后加以报道，或是按照纪实素材编写成小说、散文。

纪实类作品既以真实的人和事为背景基础，又含有一定的虚构成分。纪实文学以内容的真实性，表现手法的多样性、文学性、艺术性，不仅具有文学审美价值，而且具有现实意义，能引导人们关注和指导现实生活，充分有效地发挥文学的社会调节功能和宣传作用。

当然，实际操作过程中"纪实"也离不开"虚构"。纪实文学经过文学的加工，或多或少的都会含有虚构的成分，只不过根据作品题材与文体的不同，各个文本虚构的程度有所不同罢了。在纪实文学创作的"纪实"和"非虚构"要求中，传记文学的非虚构要求高于纪实散文，报告文学又高于传记文学，传记文学中的学术传记要高于文学传记，报告文学中的现实题材要高于历史题材。

综上所述，纪实文学是包含报告文学、传记文学、纪实小说、纪实散文等体裁在内的总的文学概念。湖南大学纪实文学研究所所长章罗生教授归纳了广泛适用于纪实文学的"新五性"，即主体创作的庄严性、题材选择的开拓性、文体本质的非虚构性、文本内涵的学理性、文史兼容的复合性。①

笔者对照"新五性"的标准，将五部汉译泰国作品分为传记文学和纪实散文两个类型，它们分别是：传记文学 ——《泰国当代文化名

---

① 章罗生：《纪实文学的门户清理与分类标准》，《当代文坛》，2009年第1期。

人——披耶阿努曼拉查东生平及著作》①《莲花中的珍宝：阿姜查·须
跋多传》②《做一个好人：一位福布斯富豪的创业之路》③和《我是艾利
（我在海外的经历）》④；纪实散文——《巴门的行走》⑤。

（一）《泰国当代文化名人——披耶阿努曼拉查东生平及著作》

《泰国当代文化名人——披耶阿努曼拉查东生平及著作》⑥是泰国
历史文化研究专家段立生教授，辑录了四本关于披耶阿努曼拉查东生平
和主要著作的泰文原著，经过编译而成的集传记和著作于一体的综合传
记作品集。

四部原著分别是อัตชีวประวัติของพระยาอนุมานราชธน（直译为披耶阿努
曼拉查东自传）、ชีวประวัติพระยาอนุมานราชธน เก็บความจากผลงานของท่านและ
จากศิษย์ของท่าน（直译为披耶阿努曼拉查东的生平——摘自他本人及学生的
著作）、ประเพณีต่างๆของไทย（直译为泰国的风俗）和ชีวิตชาวไทยสมัยก่อน
（直译为泰人过去的生活）

披耶阿努曼拉查东（1888—1969），泰籍华人，原名李光荣，祖籍
广东潮州。披耶阿努曼拉查东是当代泰国文化名人，著名语言学家、文
学家、历史学家、民俗学家，先后在朱拉隆功大学、政法大学、艺术大
学担任教职，是泰国名校艺术大学的创办人之一。他还先后担任过海关
总署署长、艺术厅厅长、皇家学会代理会长、泰国中央学术研究委员、
暹罗学会主席等社会职务，并获泰国九世王授予"披耶·阿努曼·拉查
东"爵位。披耶阿努曼拉查东既是研究泰国民俗文化的集大成者，又是

① 《泰国当代文化名人——披耶阿努曼拉查东生平及著作》，段立生译，广州：
中山大学出版社，1987年。
② ［泰］阿姜查弟子著：《莲花中的珍宝：阿姜查·须跋多传》，捷平译，北
京：商务印书馆，2013年。
③ ［泰］邱威功著：《做一个好人：一位福布斯富豪的创业之路》，张益民译，
北京：作家出版社，2013年。
④ ［泰］塔娜达·萨湾登著：《我是艾利：我在海外的经历》，蔚然译，南昌：
百花洲文艺出版社，2011年。
⑤ ［泰］巴门·潘赞著：《巴门的行走》，王大荣译，海口：海南出版社，2012年。
⑥ 《泰国当代文化名人——披耶阿努曼拉查东生平及著作》，段立生译，广州：
中山大学出版社，1987年。

公认的"泰国文学界和语言界的权威",同时他还以笔名"沙天歌色"①写作、翻译和改写外国文学作品而闻名。

《泰国当代文化名人——披耶阿努曼拉查东生平及著作》全书包含四个部分:披耶阿努曼拉查东自传、披耶阿努曼拉查东的生平(摘自他本人及其学生的著作)、泰国的风俗、泰国过去的生活。前两个部分为其生平传记,后两个部分为其著作选译。

作为综合传记作品集,《泰国当代文化名人——披耶阿努曼拉查东生平及著作》的生平部分既有他自己撰写的自传,又有来自学生的评价,从创作视角来说既有来自自身的剖析又有来自他者的看法,既新颖有不失客观真实;作品部分翻译了披耶阿努曼拉查东的两部民俗学著作《泰国的风俗》《泰国过去的生活》,读者不仅可以通过阅读这部著作进一步了解披耶阿努曼拉查东的思想和学术研究,同时还能了解到泰国独特的风俗习惯,一举两得,物超所值。

因为是辑录编译的作品,译名自然不能根据其中的某部进行直译或意译,而必须综合全书的各个部分后重新命名。中文译名《泰国当代文化名人——披耶阿努曼拉查东生平及著作》考虑得很全面,既突出了主人公披耶阿努曼拉查东,又介绍了这本书的主要内容"生平及著作"。同时还考虑到中国读者对披耶阿努曼拉查东其人其名的陌生,在名字前冠以定语"泰国当代文化名人",使读者对披耶阿努曼拉查东的身份地位一目了然。《泰国当代文化名人——披耶阿努曼拉查东生平及著作》的译名虽然有点长,但却字字珠玑,缺一不可。

《泰国当代文化名人——披耶阿努曼拉查东生平及著作》的封面设计比较简洁,以白色为底色,上半部分是一个红底黄色的圆形象神标志。象神在泰国象征艺术和智慧,既有泰国特色,又表现了披耶阿努曼拉查东在学术和艺术领域的成就与贡献。下半部分是金色的书名,金色象征高贵庄重,最末端是译者和出版社信息。封面整体设计简洁大方,

---

① 泰国国王赐给他披耶阿努曼拉查东的姓——笔者注。

符合一部传记作品定位和应有的品位。

泰国当代名人　　自传　　生平　　泰国的风俗　泰人过去的生活

（二）《莲花中的珍宝：阿姜查·须跋多传》

อุปลมณี（直译为乌汶①的珍宝）是泰国高僧阿姜查的生平传记。2013年由商务印书馆引进翻译出版《乌汶的珍宝》的中文版，译名为《莲花中的珍宝：阿姜查·须跋多传》②。

阿姜查·须跋多（1918—1992）是泰国当代最有影响力的泰北森林高僧、南传佛教大师，公认的阿罗汉集大成者。阿姜查9岁出家为小沙弥，20岁正式受戒为比丘，28岁通过最高级别佛学课程考试，从此开始托钵行脚，寻师访道。1948年，阿姜查遇见阿姜曼，他从这位20世纪最伟大的森林禅师身上获得重要开示，开始了头陀行与禅定体验相结合的修行。1954年阿姜查回到家乡乌汶府巴蓬森林修行，名声日隆，追随者渐增，于是创立了著名的巴蓬寺。2012年阿姜查在泰国乌汶巴蓬寺圆寂，享年84岁。

《乌汶的珍宝》主要介绍了阿姜查大师的生平及其开示教导。全书通过七个章节回顾了阿姜查大师的童年往事、修行经历及晚年时光。我国近年来译介了多部阿姜查大师的作品，这本传记让中国读者更好地了解阿姜查的生平事迹，从而更容易理解其致力传播的佛学思想。

原著书名《乌汶的珍宝》简洁而富有深意：阿姜查大师祖籍泰国乌汶府，他一生致力于修禅悟道，最终成为得道高僧。将阿姜查大师誉为

① 乌汶，即现泰国东部乌汶府——笔者注。
② ［泰］阿姜查弟子著：《莲花中的珍宝：阿姜查·须跋多传》，捷平译，北京：商务印书馆，2013年。

"乌汶的珍宝"是对他佛教修为的赞誉和推崇，泰国读者一看书名就能一目了然，知道这是关于阿姜查大师的传记。

中文译名《莲花中的珍宝：阿姜查·须跋多传》看似与原著差距较大，其实也与原名息息相关。"乌汶"在泰语里本意是莲花，用作地名专名可指位于泰国东部地区的乌汶府。中国读者对泰国地名不熟悉，直接翻译成"乌汶的珍宝"会导致不知所云，而莲花与佛教有着千丝万缕的联系，以"莲花中的珍宝"为题更能让中国读者感受到这本书与佛教的关系。再加上"阿姜查·须跋多传"的副标题，就能让读者一目了然：这是一部关于佛教人士的传记。笔者认为中文译名《莲花中的珍宝：阿姜查·须跋多传》的翻译既与原著一脉相承，又贴合中国实际，还准确传达出书本信息，是一个较为理想的译名。

原著　　　　　　　　　　译著

在封面设计上，原著封面和译著封面都采取了庄重简洁的设计方案。原著封面以橘黄色为底色，配以简单的横竖条纹。橘黄色是泰国僧人僧袍的颜色，在此象征佛教，横竖条纹可引申为贝叶经书，两个元素都指向佛教。书名以金色的艺术字体书写，置于封面的右下角，显得庄重大方。

译著封面以暗红色为底色，封面顶端是一朵简笔画莲花。暗红色是中国僧人僧袍的颜色，在此与莲花一起象征佛教。书名和作者、译者信息以竖版形式排版，显得古朴庄重，整体风格肃穆简洁，与内容相呼应。

原著和译著两个不同的封面设计方案，在泰中两国两个不同的文化场内取得了同样的效果，由此可见，文化背景与封面设计关系的紧密性，也充分说明了"文学一刻也不能疏离它受众广大的接受群体"。

（三）《做一个好人：一位福布斯富豪的创业之路》

ผมจะเป็นคนดี（直译为《我要做一个好人》）是泰国富豪邱威功的自传。邱威功，泰籍华人，1953年3月17日出生于泰国北碧府，是家中的长子（家族共有23个同父异母的弟妹），1975年毕业于台湾大学机械工程系。

邱威功的血液里流淌着创造财富的基因，从小表现出对商业的浓厚兴趣，小学三年级就从姨妈手中接管炒豆生意，挣得第一个25分钱。1975年大学毕业后回国开办V&K有限责任公司，经营进出口贸易。此后陆续在泰国开发三个工业园区，在越南开发了两个工业园区，产值高达7000亿泰铢。邱威功目前担任安美德有限公司董事长和安美德基金会主席。2006年至2008年，连续被《福布斯》杂志评为泰国富豪榜前四十名，2008年获得伦敦金融时报集团下属的《外国投资》杂志亚洲年度人物奖。

邱威功五十一岁出家修行替母还愿，此后长期在曼谷郊外的泰式小屋深居简出，过着简单朴素的生活，每天花十几个小时思考和写作，将自己的人生经历倾囊相授。他的自传《我要做一个好人》以坦诚的态度、朴实的语言讲述了发生在家族和自己身上的真实故事：一个鲁莽的农村孩子历尽磨难走出国门，到台湾寒窗苦读数年，回国后独自打拼，父子因经营理念不同反目成仇。最后靠着百折不挠的精神和敏锐的市场嗅觉，最终建立起自己的商业帝国。他因曲折的成长经历而被誉为"泰国的阿信"。

2011年5月，邱威功以泰国贸易和旅游大使的身份，自己组建房车队到中国广西、云南、内蒙进行考察，以加强中泰经贸和文化交流。笔者的大学同窗姚莎在车队中担任翻译和联络员，她对大老板邱威功的评价非常之高，说他十分谦和低调，关心身边的每一个人，是一个有文化有涵养的"大儒商"。

《我要做一个好人》一经发行就引发强烈反响，多次修订再版，迄今为止已销售160万册，是泰国当代最畅销的励志书，同时被翻译成中、英、法、日等多种语言，在世界各地热销。以《我要做一个好人》改编拍摄的电视剧《永恒的火焰》也在泰国热播，并获得2010年度泰国最佳电视剧奖。

2013年作家出版社翻译出版了中文译本《做一个好人：一位福布斯富豪的创业之路》①，由前外交部部长李肇星作序《让自己的心和世界充满爱》。译者张益民是邱威功先生的忘年交，两人相识于1993年6月泰国总理川立派访华期间，并一直保持联系至今。2004年5月邱威功先生将已在泰国发行的自传《做一个好人》寄给译者，当译者提出要把此书翻译成中文时邱先生欣然应允，2013年3月中文译本得以与中国读者见面。

原著书名《我要做一个好人》中的"做一个好人"是泰国父母经常教育小孩的话，相当于中国父母经常说的"做个对社会有用的人"。一部自传以此为题，不是恶人的悔过自新，也不是浪子的回头是岸，而是经历挫折和艰辛最终成长为商业帝国王者的邱威功的初心。他从小立志拯救自己和家庭，进而用爱心和金钱援助那些更困难的人，他真的做到了。他善待身边的家人、朋友、员工乃至各种小动物，更是以个人名义捐出一亿美元成立安美德基金会回报社会。以《我要做一个好人》为

---

① ［泰］邱威功著：《做一个好人：一位福布斯富豪的创业之路》，张益民译，北京：作家出版社，2013年。

题，结合邱威功的名声和善行，能够引起泰国读者的共鸣。

中文译本译名为《做一个好人：一位福布斯富豪的创业之路》，主标题沿用了原著书名，只是将"我要"去掉，剩下"做一个好人"更简洁凝练，也有劝诫的意味。副标题加上了原著所没有的"一位福布斯富豪的创业之路"，起到了解释说明的作用，让中国读者通过书名就能了解到这是一部关于福布斯富豪的传记。一"删"一"增"都恰到好处，是个能够传情达意的好译名。

原著　　　　　　　　　　　译著

在封面设计上，原著封面和译著封面都以立传人邱威功先生的照片为封面，一目了然，符合当下传记作品的风格和定位，都比较中规中矩。

（四）《我是艾利：我在海外的经历）》

ฉันคืือเอรี่ กับประสบการณ์ข้ามแดน（直译为《我是艾利：海外经历》）是作者塔娜达·萨湾登的第一部非虚构类文学作品，2010年获得第二届泰国"丛满纳文学奖"非虚构类文学金奖。2011年百花洲文艺出版社引进翻译出版了该书，中文译名为《我是艾利：我在海外的经历》①。

　　塔娜达·萨湾登曾经的性工作经历和独特的亲历者视角使得本书一经出版就广受关注，并饱受争议。有人批判它内容的低俗猎奇、文笔的粗糙、叙事的平淡，也有人将它奉为"一部充满社会责任感的作品"。

　　塔娜达·萨湾登，艺名艾利，20世纪60年代末出生于泰国底层社会的一个贫困家庭，经济上穷困潦倒，情感上也得不到关爱和慰藉：父兄脾气暴戾，动辄对她拳脚相加。艾利幼年时就必须自己赚钱分担家用，青少年时期因与堂哥欧早恋，偷尝禁果导致意外怀孕而辍学，家人和朋友都弃她而去。此后艾丽被引诱到芭堤雅、香港、大阪、东京等地卖淫，饱受非人虐待，还曾因参与吸毒、赌博和卖淫被关进监狱，好几次还差点被遣返泰国。在《我是艾利：海外经历》一书中，塔娜达·萨湾登勇敢的以个人经历揭露了性工作者行业真实残酷一面，警醒青少年避免走上这条错误的道路。

　　由于教育背景和社会背景等多重原因，塔娜达·萨湾登的叙事语言朴实无华，甚至可以算是平铺直叙，但书中跌宕起伏的情节和她独特的视角还是吸引了众多读者。塔娜达·萨湾登作品的字里行间反映出多种社会问题：贫富差距、家庭暴力、黑社会、司法程序问题、弱势群体人权问题等。也许普通读者只能看到她不幸的遭遇，但作者却以一种积极的、当局者的视角，去发现隐藏在黑暗之下的些许美好，至纯质朴，发人深思。

　　原著书名《我是艾利：海外经历》中的"我是艾利"显示了很强的主观意识，表达了作者渴望被认识、被了解、被接纳的心理。以《我是艾利》为名掷地有声，不惧任何眼光，只为自己代言，而副标题"海外经历"则负责将题目从时间和空间上进行限定。二者相结合，给读者以强烈的冲击，书名刺激读者通过阅读去了解谁是艾利，她在海外有过怎样的经

---

① ［泰］塔娜达·萨湾登著：《我是艾利：我在海外的经历》，蔚然译，南昌：百花洲文艺出版社，2011年。

历。笔者认为，作为一部以人物特殊经历为背景的纪实散文作品，《我是艾利：海外经历》的题目简洁直白，恰到好处。中文译本《我是艾利：我在海外的经历》基本采取了直译的策略，只是将副标题"海外经历"扩充成完整的表达"我在海外的经历"，效果与原著相同。

原著　　　　　　　　　　　译著

　　在封面设计上，原著的封面以白色和紫色为底色，右上角是丛满纳文学奖的标志。封面的下半部分是一片紫色水域，一个穿着性感的女子正涉水走来，她的右手轻轻撩拨秀发，低头若有所思。整体颜色和构图表现了作品的纪实性和题材的敏感性。书名上方的一行文字"一个不得已出卖身体的泰国女人的真实痛苦经历……"揭示了故事的主要内容。封面整体颜色协调，内涵丰富，是个不错的设计。

　　译著的封面以黑白为底色，反差强烈，一个女子的侧脸剪影占据了大半个封面。她双目紧闭，脸上没有任何表情，看不出喜怒哀乐，似乎只是个平静的讲述者，将她不同寻常的经历以最平淡的方式向读者娓娓道来。下半部分是大量的文字推荐，包含故事主要内容和获奖信息。除了粉红色的中文书名外，封面正中央还有一排浅灰色的泰文原名，既增加了本书的异域色彩，另一方面也方便读者查找原著。封面整体配色和谐，简洁大方。

（五）《巴门的行走》

เดินทางสู่อิสรภาพ（直译为走向自由）是泰国清迈大学哲学教授巴门·潘赞的身心自由体验纪实散文作品。该书曾获2008年度泰国国家图书奖、杰出纪实文学奖、2007年度"七图书奖（非虚构类）"。巴门·潘赞在五十岁生日这天辞去教职，从泰国北部的清迈开始向位于南部的苏梅岛行走"回家"，历时六十六天，行程一千多公里，终于获得内心的自由。该书的中文译本由王大荣翻译、海南出版社引进出版，中文译名为《巴门的行走》①。

作者巴门·潘赞1954年生于泰国万仑府苏梅岛，先后获印度 Meerut 大学政治学、哲学、英国文学学士，Panjab 大学哲学硕士、Mysore 大学哲学博士学位，行走前曾任泰国清迈大学人文学系哲学教授。

《巴门的行走》记录了巴门教授为探寻人生真谛而从北到南徒步穿行千里，在此过程中所经历的人和事，以及自己内心深处关于行走的思考。巴门教授所讲述的每个故事都饱含朴素和挚诚的真情，折射出旅程偶遇的每个人的人性美好的一面。书中那些萍水相逢的陌生人，无偿为他提供吃住，支持他继续远行，不求回报，使作者的目标得以顺利实现，也达到了作者行走的最初目的："行走的目的不是为了减少我个人内心的恐惧感，而是为了减少社会的恐惧感。"《巴门的行走》不仅让中国读者更好地了解到泰国当今社会风貌，还从独特的视角引起读者对人性和社会的思考。

原著书名《走向自由》是一个含义广大而深刻的题目，自由是身体的解放还是心灵的超脱？如何才能走向自由？这是一个仁者见仁智者见智的开放式题目，符合泰国读者的阅读和审美习惯。

中译本书名《巴门的行走》，突出了主人公和主要事件的地位，开门见山地向读者表明此书是一个关于行走的故事。"行走"和"在路上"的提法近年来在中国很是盛行，以"行走"为题容易吸引中国读者

---

① ［泰］巴门·潘赞著：《巴门的行走》，王大荣译，海口：海南出版社，2012年。

的注意，加上"巴门"这个充满异域风情的名字的限定，使得读者更为好奇。原著与译著的书名各有所长，各自符合本文化场内的审美需求。

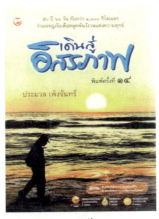
原著

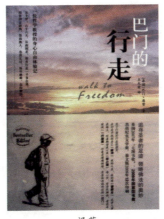
译著

　　原著和译著在封面设计的风格上非常接近，只是色调略有不同。都以海边、夕阳为背景，左下角是一个身背简单行囊的行者正迈步向前。夕阳表现了作者知天命的年纪，海边表现了最终目的地苏梅岛，而行者的形象则表现了行走的主题。三个主要元素的结合含义明晰，呼应主题，是个加分的封面设计。

小　结

　　古代中国一直奉行"杂文学"的观念，文史哲不分彼此，你中有我，我中有你。直至20世纪初，中国学界才开始接受西方"纯文学"的概念，进而在世纪之交演变成了"大文学"的概念。中国的"大文学"，是一个向其他人文学科开放的大系统，是文史哲重新回归统一、水乳交融不分你我的综合系统。

　　本节所主要论述的纪实文学即置于"大文学"系统下才能称其为"文学"。因为传统的纯文学强调"虚构"，忽略"纪实"，虽也标榜取材于生活，却又强调"来源于生活而高于生活"，将"虚构"置于"纪实"之上。由于纯文学、虚构文学在一定时期内的畸形发展，导致其渐渐疏离人类本体，脱离社会现实，跟读者群体的审美需求相悖，而此时的纪实文学便趁隙而入，迅速以关注社会现实、资料来源真实的本真审美特质，赢得读者的关注和自身的发展。

本节所讨论的五部汉译泰国纪实文学作品中，有四部属于人物传记的体裁。人物传记不管是在古代"杂文学"的观念下，还是在现代"大文学"的概念中，都被视为文学体裁，但实际上也有不同的侧重。如《泰国当代文化名人——披耶阿努曼拉查东生平及著作》侧重于学术，《莲花中的珍宝：阿姜查·须跋多传》侧重于文学，《做一个好人：一位福布斯富豪的创业之路》和《我是艾利：我在海外的经历》则侧重于历史和现实意义。

除了上述作品外，我国还出版了《暹罗王郑昭传》[①]《泰国国王普密蓬·阿杜德》[②]《坤仁.苏查达.吉拉南——泰国朱拉隆功大学校长》[③]《郑午楼传》[④]《寻找马里奥》[⑤]等泰国人物传记作品，因不在本文的研究范围内，故不详述。

五部泰国纪实文学作品中，除了《泰国当代文化名人——披耶阿努曼拉查东生平及著作》翻译于20世纪80年代末外，其他四部都译于2010年以后。这些作品所涉及的人物来自不同行业，有学者大儒，有得道高僧，有商业大亨，也有失足妇女；译者背景和翻译动机也各有不同，有专业学者，有佛教信徒，有外交部官员，也有普通文学爱好者。可谓范围广阔，兼容并包，体现了中国文化市场的开放和繁荣。

---

① ［英］朗苇吉怀根著：《暹罗王郑昭传》，许云樵译，北京：商务印书馆，1936年。

② 北京大学泰国研究所著：《泰国国王普密蓬·阿杜德》，北京：世界知识出版社，1999年。

③ 张敬婕、王文渊著：《坤仁.苏查达.吉拉南——泰国朱拉隆功大学校长》，北京：中国传媒大学出版社，2014年。

④ 段立生著：《郑午楼传》，广州：中山大学出版社，1994年。

⑤ ［泰］马里奥·毛瑞尔著：《寻找马里奥》，南京：江苏凤凰科学技术出版社，2015年。

第五章　泰国文学在中国的受融

　　文学社会学家埃斯卡皮曾说"在一本书的价值和它拥有的读者数目之间并没有直接的关系，但在一本书的存在和读者的存在之间却有着极其密切的关系"[①]。也就是说一部文学作品的价值并不取决于读者的数量，而取决于时间和空间的考验。但一部文学作品的现实存在却与读者关系密切，有读者才能有市场，有市场才能流通传播。

　　埃斯卡皮将读者群分为"文人圈子"和"大众圈子"。通常"文人圈子"中的文人被定义为接受过较好的教育，有相当的美学和文学造诣，能独立评判作品的优劣，并拥有充足的阅读时间和经济条件购买书籍的人；而"大众圈子"中的普通人，则属于所受教育仅能使他具备从直觉出发的文学趣味，缺乏独立审美和批判，工作和生存条件不利于阅读，经济条件也不允许经常购买书籍的人。

　　"文人圈子"和"大众圈子"的界定虽说不是绝对的，但也有一定的参考意义。外国文学作品由于它的异文化背景，及经过语言转换的步骤，使得读者群更多地集中于"文人圈子"。我们可以想象一个体力劳动者经过一天高强度的劳动之后，若选择书籍作为消遣，会主动选择一部背景、语言和趣味都与自己现存环境差距很大的外国文学作品么？概

[①]　[法]罗贝尔·埃斯卡皮著：《文学社会学》，王美华、余沛译，合肥：安徽文艺出版社，1987年，第97页。

率显然不会太大。

那么，外国文学在中国的传播和接受情况如何？读者群是否与推断的"文人圈子"大致吻合？哪些国家、哪些作者、哪些作品受到中国读者的喜爱？具体到泰国文学在中国的传播和接受情况又如何？

第一节　外国文学在中国的受融

自2008年起，中国社会科学院外国文学研究所针对外国文学在中国的受融，进行了一次全国范围的调研，并于2010年最终形成一份综合研究报告——《外国文学在我国社会主义精神文明建设中的地位和作用：中国社会科学院外国文学研究所国情调研综合报告》①。本节的主要内容，即基于此报告的调研数据，在"外国文学在中国的受融"框架下，结合泰国文学在中国的受融情况进行进一步分析。

此次调研，选取了全国具有代表性的部分城市和地区，如北京、哈尔滨、杭州、徐州、上海、南京、厦门、泉州、重庆、贵阳、湘潭、昆明、丽江、西安、郑州以及内蒙古、西藏、新疆和广西等地，区域覆盖全国大江南北，既有发达地区，也包含西部欠发达地区和少数民族地区，主要调查对象为受过高等教育的青年学生、国家公务人员及公司职员，调查方式有"问卷调查"和"座谈"两种形式。

此次对普通中国公民的阅读趣味及价值取向进行较为深入和全面的调研，目的是为我国社会主义精神文明建设与和谐社会建设提供数据支持和政策建议。调研的主要内容包括：外国文学在读者的价值观、世界观形成过程中所发挥的作用；不同地区、不同读者对外国文学的态度；外国文学在中国的传播方式；外国文学对中国文学的影响；中国不同时期对外国文学的接受程度。

---

① 中国社会科学院外国文学研究所编：《外国文学在我国社会主义精神文明建设中的地位和作用：中国社会科学院外国文学研究所国情调研综合报告》，南京：译林出版社，2010年。

通过对1058位调查对象（其中19~30岁的读者占90.4％，学历在本科及以上的占85.5％）的问卷分析，得出以下结论：

1.对外国文学的了解状况：大多数受访者童年时期即开始接触外国文学作品，并记忆牢固、影响深远。最开始接触的一般为儿童文学，如《安徒生童话》《格林童话》《鲁滨孙漂流记》等，除童话外接触单行本作品的前三位分别是：《钢铁是怎样炼成的》《简·爱》和《傲慢与偏见》；最熟悉的作家为经典作家有莎士比亚、海明威、托尔斯泰等，其中只有泰戈尔（印度）和川端康成、村上春树（日本）三位亚洲作家被提及；从作品来看，受访者阅读数量最多的依次是：《安徒生童话》《简·爱》《一千零一夜》和《伊索寓言》，其次的作品也多为西方经典文学；对外国文学奖项最熟悉程度的依次为：诺贝尔文学奖、斯大林文学奖和美国国家图书奖；了解相关外国文学的报纸杂志依次有：《译林》《世界文学》《外国文艺》和《俄罗斯文艺》；最喜欢的题材为小说，占90％，其次是散文和诗歌；最喜欢的题材依次为历史、推理、励志、言情、伦理、科幻、魔幻、青春校园和惊悚题材；最喜欢的流派为浪漫主义和现实主义，共占98.9％；最喜欢的国别作品依次为英国、美国、法国、俄罗斯、日本等国，其他地区和国家仅占2.6％。

2.阅读习惯：受访者所接触到的人，和能获得的资源对其了解外国文学影响很大，47.4％的受访者最初通过老师接触到外国文学；了解外国文学的方式最主要是直接阅读（64.6％），还可以通过影视、网络、文学史和报纸杂志等渠道了解外国文学；主要取向为经典名著（81.5％），此外获奖作品、报纸杂志也有一定影响；选择外国文学作品的方式主要有名著导读（60％）、亲朋好友推荐（39.6％）、书评（31％），其中学术研究评论也占到18.9％的比例；获得外国文学作品的主要方式是购买和借阅，其中网络购买占17.7％，在线阅读占21.4％，电子阅读占21.3％；受访者经常阅读外国文学作品的有29.3％，偶尔阅读的占56％，平均每周阅读在1~2小时的占62.1％；主要阅读方式是中文译本，占85.1％，同时直接阅读原著的占34.3％，还有小部分选择阅读缩写版或导读提要等，75％的受访者表示外国文学阅读占到日常阅读的10％以上；在阅读计划上，有27.5％的受访者是有计划地阅读，45.7％没有阅读计划；影视媒介对外国文学阅读有一定影响，看过改编影视作品后经常性选择阅读原著或译著的受访者占24.7％，偶尔会阅读原著或译著的占62.5％。已改编的影视作品最受欢迎的是《哈利·波特》和《傲慢与偏见》，其次是《巴黎圣母院》和《廊桥遗梦》。

3.及了解外国文化（55.8％），其次是工作学习需要（35.7％），他人影响占3.6％，追求品位的占14.1％，消磨时光的占16.3％。

4.外国文学对个人的影响：主要表现在价值观、生活方式、工作学习和语言表达上。其中较突出的价值观是欧美文学中体现的自由和独立，其次为勇敢、爱情和信仰，再次为诚实和守信，冒险、博爱和公正也有一定影响；外国文学对生活方式的影响较为直观，66.7％的人认为所阅读的外国文学作品会对自己的生活方式产生影响，主要体现在做人之道、言谈举止和交友三个方面；承认阅读外国文学对工作学习有帮助的占88.1％；在语言表达上有影响的占55.8％，主要是表达句式欧化和言谈书写夹杂外语两个方面。

5.阅读期待：82.2％的受访者关心文学的未来并对此有信心；作品体裁上受访者希望更多译介的依次是：小说、传记、历史、散文、诗歌和戏剧；国别上希望更多译介英国文学（41.8％）、美国文学（41.2％）、法国文学（36.5％）、北欧文学（28％）、德国文学（21.7％）、俄国文学（20.6％）；东方文学中对中东文学（19.8％）和日本文学（19.6％）期待较高，其次是印度文学（15.7％）与韩国文学（13.4％）；另外期待拉美文学的有15.4％，东欧文学的有9.8％，非洲文学也有1.1％；受访者认为目前翻译作品有两大问题：一是数量虽多但质量参差不齐；二是翻译地区和国别分布不均衡，还有受访者表示小语种文学作品翻译因缺乏相应人才而多数从英文转译，也是较大的缺憾；受访者还对出版社相当在意，97％以上的人关注翻译作品的出版社信息，最喜欢的出版社依次为人民文学出版社（68.2％）、上海译文出版社（56.6％）和译林出版社（27.2％），其次是浙江文艺出版社（8.2％）、花城出版社（8.1％）和漓江出版社（3.7％）；73.2％的受访者肯定了我国外国文学介绍及评论的现状，同时也有29.4％的人认为缺乏独立眼光，盲目跟风。

6.主要体现在创作主题、题材、风格和语言四个方面；46.7％的受访者认为外国文学对我国五四时期的文学创作影响最大，21.5％的受访者认为对20世纪五六十年代的创作影响最大，17.4％的受访者认为对80年代的影响最大；外国文学对我国作家的影响程度，受访者认为依次是徐志摩（71.1％）、鲁迅（38.7％）、张爱玲（31.6％）和冰心（14.3％）；在影视戏剧创作上绝大多数（97.1％）的受访者认为外国文学对中国的创作有影响。

7.对本次调研的感想：调研引起了巨大的反响，受访者反思梳理自身的外国文学知识，并就相关问题提出自己的看法，51.7％的人认为大学增设外国文学相关课程将促进对外国文学作品的了解和阅读。①

通过对以上数据进行分析，不难发现，东方文学在整个外国文学在中国的传播语境中相当势弱，经典文学作品中只有阿拉伯民间故事《一千零一夜》（71.4％）、日本古典文学名著《源氏物语》（15％）和泰戈尔的《吉檀迦利》（11.6％）被受访者熟知，其中了解《源氏物语》和《吉檀迦利》的受访者多有文史哲专业背景；现代作品中只有村上春树的《挪威的森林》和大江健三郎的《万元延年足球队》被受访者提及。东方作家也仅有印度的泰戈尔（40～50％）与日本的川端康成（20～40％）、村上春树（1.6％）三位作家被提及。

整个东方文学中，只有印度文学和日本文学是受访者稍微熟悉的，

---

① 以上数据归纳自《外国文学在我国社会主义精神文明建设中的地位和作用：中国社会科学院外国文学研究所国情调研综合报告》的第二章"问卷分析"，第5-42页。

还能列举一两位经典作家和经典作品，这与印度、日本两国文化底蕴深厚，文学传统发达，以及与我国文化交流密切不无关系。对其他东方国家，乃至我们的近邻东南亚的文学情况，受访者几乎一无所知。

虽然在20世纪五六十年代，我国曾爆发过轰轰烈烈的亚非拉国家文学翻译热潮，但时隔半个多世纪后，当代的青年人对此却知之甚少。政治意识形态虽然可以操控译介的选择，但无法操控读者的自主阅读。当文化市场进一步开放，读者的选择意愿最终还是掌握在自己手中。

具体到泰国文学的接受情况，笔者曾和身边有泰语专业背景的老师和同学们进行过探讨，大家几乎都没有了解。一者所译介的年代距离现代较远，发行量也少，译著找起来不方便；二者既有泰语背景，更多人愿意直接阅读原著。栾文华老师在给笔者的邮件中甚至悲观地表示"我没有见过非常喜欢泰国作品的非业界人士"。那么，泰国文学作品在中国的受融情况究竟如何？哪些读者会自主选择阅读泰国文学作品？他们选择阅读泰国文学作品的动因是什么？

第二节　泰国文学在中国的受融

泰国文学作品在中国的译介从翻译的数量和规模来说都称得上是"小众"文学，每部译著的发行量也不大，从五百册到六七万册不等。以笔者身边的情况来看，关注的人并不多。例如笔者及笔者的老师同学都有泰语专业背景，却鲜少关注泰国汉译文学作品，一般选择直接阅读原著。笔者在着手搜集本文资料的时候才发现汉译泰国文学作品的数量远比想象中大得多。

汉译泰国文学作品的读者群一般包括：外国文学爱好者、泰国研究者、华人华侨。他们对泰国文学感兴趣，或不能直接阅读原著，或出于研究目的需要借助译著。栾文华老师曾跟笔者透露一个有趣的现象，有一位新加坡华人专程飞到泰国购买了5本在泰国上架的《泰国文学史》①，由此可见华人对泰国文学还是比较关注的。

此外，在搜集资料的过程中，笔者发现大多译著藏于图书馆、图书室、阅览室等地。如国家图书馆、省级图书馆、市级图书馆、县级图书馆、学校图书馆、企业图书馆、社区阅览室等等，这就意味着有更多的普通市民、工人、学生能够接触到汉译泰国文学，或多或少能起到介绍泰国文化、沟通中泰交流的作用。

由于时间、精力和技术上的限制，笔者无法一一查证各个图书馆中汉译泰国文学作品的借阅情况，以及图书馆、图书室、资料室之外的译著购买和阅读情况。但笔者从旧书网上买到的译著可以大致推测情况不容乐观。笔者所购得的译著大多是原先藏于某某图书馆或资料室，如北京吉普汽车有限公司图书馆、北京市一四八中学图书室、浙江人民出版社资料室、岳阳市教育科学研究资料室、钻井二公司图书馆、广州市人民委员会直属机关图书室、太原煤电公司图书室等，图书大多为九成新，且某些封底附有借书记录显示借阅次数为0～3次不等。笔者不清楚这些译著最终流向二手旧书网的具体原因和途径，但通过分析可知其被借阅的次数并不多。既然借阅的不多，购买收藏的怕是更少了。以上是对20世纪90年代以前传统小说体裁的泰国汉译作品读者群的大致推测。

21世纪以后，泰国文学作品在中国的译介体裁有较多创新，多为吸引青少年儿童读者的青春读物，如图文文学、绘本小说、儿童读物等。这些作品并不十分强调泰国文化背景，而是现代的、普世的。这部分作品数量不少，且呈系列化倾向，读者群定位为中国普通青少年儿童。

另外佛教作品的发展也不容小觑，在中国主要以泰北高僧阿姜查的作品为主，参与出版的出版社众多，且发行的数量不少，多强调作者的泰国高僧身份。中国读者大多对泰国的宗教信仰有所了解，加上近年

① 栾文华著：《泰国文学史》，北京：社会科学文献出版社，1998年。

来持续升温的泰国旅游热，使得"黄袍佛国"深入人心。当在繁忙的工作生活之余寻求精神慰藉时，不少读者会选择宗教性、哲学性读物。因此，选择佛教文学的读者大多为生活压力较大的城市白领、佛学爱好者、追求心灵平和的中老年读者等。

上述读者群信息的归纳，来源于笔者的小范围访问和合理推测，也许并不十分确切。但可以肯定的是，泰国文学在中国的译介仍属小众，传播和影响范围都十分有限。

第三节　余论

泰国文学进入中国，既是历史的偶然，也是中泰文化交流的必然，既是政治需要，也是文化需求。在人类进化史中，人从爱自己到推己及人地去爱父母爱乡亲爱家国爱天下，进而到爱人类爱动物爱自然爱宇宙，被视为人类进化和文明演进的自然过程。同理，一个几千年以来一直以文明高度发达的天朝上国自居、以教服远夷为目标和己任的泱泱大国，当意识到应该尊重异国文化、借鉴他邦文明时，何尝不是新文明的起点、新希望的开始？

本文通过全面梳理泰国文学在中国的引入、传播、受融三大过程，译介途径、体裁、方式三大要素，译者、读者两大主体，深入详细地剖析泰国文学在中国的译介全貌，通过研究分析得出以下结论：

1.泰国文学在中国的译介概貌。三条主要途径：主动引进、主动输出和市场引进；四种出版方式：成书出版、刊登于报纸杂志、辑录于各种外国文学选集和翻译实践报告；七种体裁：小说、诗歌散文、民间故事、儿童文学、图文文学、纪实文学和佛教文学，共计278部；两大译者群体：北大学人、华人华侨。

2.泰国文学在中国的译介风向。从一开始的政治导向、学术导向逐渐转向读者导向、市场导向；从译者的"主动引进""主动输出"，逐步转向读者和市场的"主动选择""主动接收";译介数量侧面印证中泰关系的亲疏和日益友好发展的趋势。

3.泰国文学在中国的译介所面临的问题。译者断层;市场对新兴文学体裁的偏好及对传统文学体裁的忽视;译著在书名和封面设计上大多不如原著。

4.泰国文学在中国的受融情况。泰国文学作品在中国的译介仍属小众,传播和影响范围十分有限。

初入师门时业师时常告诫笔者:做研究要么材料新,要么观点新,要么方法新,三者皆占最好,最次也必须占有其一。

材料方面,笔者自信是国内外目前最新、最详尽的。不仅所有的译著、译文信息均来自第一手资料,涵盖七大体裁、四种出版方式共278部(篇)译著(文)。且笔者对多位译者和泰国文学研究专家进行过直接访谈和邮件访谈,获取大量一手信息。此外笔者能够流畅阅读泰文和英文原文,可利用语言优势搜集相关资料。

观点方面,由于所掌握的材料丰富全面,笔者在文中提出的几个观点均是首创。至于方法,那便是勤能补拙了,勤学勤问勤找资料勤下笔。

泰国文学在中国的译介始于1958年,北京大学泰语专业师生在"科学大跃进"的号召鼓舞下翻译出中国第一部泰国文学译著《泰国现代短篇小说选》,是为中国译介和研究泰国文学的开端。自此以后,泰国文学作品在中国的翻译数量稳步上升,但囿于有一段时间中泰关系的恶化、翻译人才的紧缺,20世纪80年代以前数量并不算多;80年代中泰关系升温,迎来双边关系史上最友好的时期,同时中国历经十年浩劫后爆发文化井喷,此时的泰国文学翻译数量大幅提升,译介了众多有价值的名家名作;90年代随着改革开放的深化,文化市场进一步开放,政治导向不再占据主导作用,此时新译介的泰国文学作品数量出现大幅回落,但不少外国文学作品集收录业已翻译或出版的作品,因此从总体数量上看依然呈上升趋势；进入21世纪以后，泰国文学的翻译愈发欣欣向荣，数量、体裁、题材、影响力全面提升，读者也较之前有一定的增加。

泰国文学在中国的译介历史是由北大学人开创的，半个多世纪以来也多由北大学子接力传承。在中国译介和传播泰国文学的优秀译者中，大多有北京大学泰语专业的教育背景。他们但问耕耘，不问收获，在这块注定出不了名也生不了财的自留地中甘于默默奉献。

中国开设泰语专业教学的历史不短，培养的人才也不少，为什么其他高校鲜少有愿意坐"翻译文学研究"这张冷板凳的学生？是学校定位的差距？还是课程设置、培养模式的不同？一流大学新生入学时，校长对他们说：你们是能改变世界的人；而三流大学的校长只能跟新生谈，你们若是好好学就业前景将如何如何。当这个世界越来越物化的时候，评价一个人的价值标准随之越来越单一。在这个纷繁复杂的世界中，我们是否愿意相信自己是那个可以改变世界的人？又或者我们是否愿意为了改变世界和未来做出一点努力？

如果说语言是思想的外化，那么文学则可视为作家思想和社会文化的投射。英国学者西奥·赫尔曼认为"翻译告诉我们更多的是译者的情况，而不是所译作品的情况"。言下之意，翻译文学比本土文学更值得玩味，它既有一个生身之母（作者），同时还有一个养母（译者），也许还有一个整形医生（译入语环境），三者共同操纵它的面目和灵魂。

翻译文学既反映了译者的文学和审美造诣，又体现了译入语环境读者的阅读趣味，更直接反馈的是译入国的文化和政治需求。东汉末年至唐宋时期，我国翻译了大量佛教经典，以愚其民以固其政；明清时期，翻译诸夷文字，是以服务朝贡、宣扬国威；五四时期，翻译西方思想、西方新学，是以师夷长技以制夷；新中国成立初期，翻译苏俄文学以巩固意识形态、确立政治地位；20世纪五六十年代大量翻译亚非拉文学，是以声援世界革命；20世纪七八十年代涌现译介热潮，是中国文学变革所需。凡此种种，无一没有目的。

愿此小文能对东南亚文学、东方文学，以及外国文学和中外文化交流有所裨益。

附录1

泰国文学在中国的译介（出版方式）

图　书

编号	书名	作者	译者	出版信息	备注
1	泰国当代短篇小说选	西拉·沙塔巴纳瓦等	栾文华顾庆斗	外国文学出版社1985年5月第一版 3150册	短篇
2	泰国现代短篇小说选	西亚拉帕等	北京大学东方语言系泰语专业师生集体翻译	人民文学出版社1958年1月第一版4500册	短篇
3	刑警与案犯选	凯·纳·汪内等	谦光白松	北岳文艺出版社1987年7月第一版61200册	短篇
4	断臂村	克立·巴莫	觉民春陆	中国友谊出版公司1986年1月第一版	短篇
5	克立·巴莫短篇讽刺小说选	克立·巴莫	何方	外语教学与研究出版社1981年10月第一版32000册	短篇
6	泰国作家短篇小说选	暖·尼兰隆等	沈逸文	中国友谊出版公司1986年11月第一版	短篇
7	泰国短篇小说选	马纳·曾荣等	沈牧（沈逸文）	香港/上海书局1968年1月第一版 1970年3第二版	短篇
8	泰国小说选	马纳·曾荣等	沈牧（沈逸文）	大江出版社1970年	短篇
9	崇高的荣誉	仑洛·纳那空等	杨耕（沈逸文）	香港/上海书局1970年11月第一版	短篇
10	黎明	通玛央蒂等	沈逸文	香港/万叶出版社1973年11月第一版	短篇
11	珠冠泪		沈逸文	花城出版社1988年7月第一版 540册	短篇
12	泰国小说选		沈牧	台湾/大江1970年10月第一版	短篇
13	泰国短篇小说选		沈牧（沈逸文）	台湾/大江1970年3月第一版	短篇
14	我不再有眼泪	沙拉亚等	沈逸文（沈森豪）	香港/海洋1973年1月第一版	短篇
15	在祖国土地上		沈逸文（沈森豪）	香港/大光1976年4月第一版	短篇
16	再会有期	诗武拉砲	徐翩（林光辉）	香港/维华1960年7月第一版	短篇
17	泰国名家短篇小说选		徐翩（林光辉）	香港/崇明1963年3月第一版	短篇
18	同一条河流	东西等		广西师范大学出版社，2010年版	短篇诗歌
19	诺帕蓬与姬乐蒂ข้างหลังภาพ	诗武拉珀ศรีบูรพา	徐翩（林光辉）	香港/维华1961年5月第一版	中篇

续表

编号	书名	作者	译者	出版信息	备注
20	画中情思 ข้างหลังภาพ	西巫拉帕 ศรีบูรพา	栾文华 邢慧如	外语教学与研究出版社 1982年4月第一版69000册	中篇
21	泰国中篇小说两篇		觉民 春陆	佛山作家协会出版社 1991年月第一版	中篇
22	叻耀书简	素越·哇拉里洛	陈春陆 陈小民	花城出版社	长篇 报告
23	人言可畏 คำพิพากษา	察·高吉迪 ชาติ กอบจิตติ	谦光	北岳文艺出版社 1988年1月第一版28000册	长篇
24	判决 คำพิพากษา	查·构吉迪 ชาติ กอบจิตติ	栾文华	长江文艺出版社 1988年7月第一版7200册	长篇
25	魔鬼 ปีศาจ	社尼·骚哇蓬 เสนีย์ เสาวพงศ์	徐翿 （林光辉）	香港/艺美图书 1959年5月第一版 1960年5月第二版	长篇
26	魔鬼 ปีศาจ	社尼·骚哇蓬 เสนีย์ เสาวพงศ์	陈健民 郭宣颖	外国文学出版社 1979年9月第一版10000册	长篇
27	风尘少女 หญิงคนชั่ว	高·素朗卡娘 ก.ศ.ร สรางคนางค์	李健	陕西人民出版社 1986年6月第一版27000册	长篇
28	幻灭 สร้อยทอง	尼米·普密他温 นิมิตร ภูมิถาวร	裴晓睿 任一雄	贵州人民出版社 1986年第一版2850册	长篇
29	甘医生 เขาชื่อกานต์	素婉妮·素坤泰 สุวรรณี สุคนธา	龚云宝 李自民	外语教学与研究出版社 1980年9月第一版66000册	长篇
30	向前看 แลไปข้างหน้า	西巫拉帕 ศรีบูรพา	秦森杰 袁有礼	上海文艺出版社 1959年6月第一版15000册	长篇
31	向前看（第一部 童年） แลไปข้างหน้า	西巫拉帕 ศรีบูรพา	秦森杰 袁有礼	作家出版社 1965年9月第一版	长篇
32	向前看 แลไปข้างหน้า	西巫拉帕 ศรีบูรพา	耳东 （陈建敏）等	上海译文出版社 1998年1月第一版	长篇
33	曼谷死生缘 ปูนปิดทอง	吉莎娜·阿索信 กฤษณา อโศกสิน	高树榕 房英	中国工人出版社 1991年8月第一版	长篇
34	夕阳西下 ตะวันตกดิน	吉莎娜·阿索信 กฤษณา อโศกสิน	丞民	外语教学与研究出版社 1982年1月第一版50000册	长篇
35	四朝代 สี่แผ่นดิน	蒙拉查翁克立· 巴莫 ม.ร.ว.คึกฤทธิ์ ปราโมช	谦光	山西人民出版社 1984年4月第一版24500册	长篇
36	四朝代 สี่แผ่นดิน	克立·巴莫 ม.ร.ว.คึกฤทธิ์ ปราโมช	高树榕 房英	上海译文出版社 1985年1月第一版1994年1月 第二次印刷24000册	长篇
37	南风吹梦 จดหมายจากเมืองไทย	牡丹 โบตั๋น		中国友谊出版公司 1984年10月第一版	长篇
38	克隆人 อมตะ	维蒙·赛尼暖 วิมล ไทรนิ่มนวล	高树榕 房英	上海译文出版社 2002年9月	长篇
39	出逃的公主	维蒙·诗丽帕布	杰西达邦中国影 迷会《将帅之 血》翻译组	吉林大学出版社 2015年4月第一版	长篇
40	槟榔花女（泰国民间 故事）	守木巴·帕拉依 瑙依	高树榕 房英	上海译文出版社 2000年11月第一版4200册	民间 故事
41	泰国民间寓言选		玉康	云南少年儿童出版社 1988年12月第一版3000册	民间 故事

续表

编号	书名	作者	译者	出版信息	备注
42	泰国民间故事选译		刀承华	民族出版社 2007年7第一版1500册	民间故事
43	有智慧的人	约年登丹隆	段立生 王培璇	少年儿童出版社 1983年9月第一版31000册	民间故事
44	泰国民间故事		裴晓睿	辽宁少年儿童出版社 2001年5月第一版2000册	民间故事
45	神奇的丝路民间故事：泰国民间故事		裴晓睿	安徽文艺出版社 2018年1月第一版	民间故事
46	泰国民间故事选（第一册）		徐翩 （林光辉）	香港/维华1961年月8	民间故事
47	泰国民间故事选（第		沈逸文 （沈牧）	香港/维华1962年2月	民间故事
48	小草的歌 ลำนำหญ้า	诗琳通公主	王晔 邢慧如	中国少年儿童出版社 1985年1月第一版2000册	诗歌
49	《帕罗赋》翻译与研究		裴晓睿 熊燃	北京大学出版社2013年7月	诗歌
50	顽皮透顶的盖玙 แก้วจอมแก่น	苋盖玙（诗琳通公主）著 咪尔插画	郭宣颖 张砚秋	少年儿童出版社 1983年8月第一版5000册	儿童文学
51	淘气过人的盖玙 แก้วจอมซน	苋盖玙（诗琳通公主）	郭宣颖	少年儿童出版社 1985年6月第一版5000册	儿童文学
52	小邋遢亨利 ก็อบแก็บมอมแมม （小恐龙完美成长系列行为管理）	玛妮莎著 菈抵美绘	西安曲江培豪出版传媒	西安出版社 2013年11月第一版	儿童文学
53	朱迪说抱歉 ใด๋เด๋ขอโทษ （小恐龙完美成长系列行为管理）	玛妮莎著 菈抵美绘	西安曲江培豪出版传媒	西安出版社 2013年11月第一版	儿童文学
54	温蒂最得意 แง้วแหววอวดเก่ง （小恐龙完美成长系列行为管理）	玛妮莎著 菈抵美绘	西安曲江培豪出版传媒	西安出版社 2013年11月第一版	儿童文学
55	杰克不听话 เป็บเป็บไม่มีระเบียบ （小恐龙完美成长系列行为管理）	玛妮莎著 菈抵美绘	西安曲江培豪出版传媒	西安出版社 2013年11月第一版	儿童文学
56	捣蛋鬼皮皮 ปิ้งเหน่งเกเร （小恐龙完美成长系列行为管理）	玛妮莎著 菈抵美绘	西安曲江培豪出版传媒	西安出版社 2013年11月第一版	儿童文学
57	小气鬼玲珑 นิงหน่องงี่หงัว （小恐龙完美成长系列行为管理）	玛妮莎著 菈抵美绘	西安曲江培豪出版传媒	西安出版社 2013年11月第一版	儿童文学
58	坏脾气比萨 ปิกซ่าขี้โมโห （小恐龙完美成长系列情绪管理）	玛妮莎著 菈抵美绘	西安曲江培豪出版传媒	西安出版社 2013年11月第一版	儿童文学
59	马丁太任性 บู๊บบู๊ขี้งอน （小恐龙完美成长系列情绪管理）	玛妮莎著 菈抵美绘	西安曲江培豪出版传媒	西安出版社 2013年11月第一版	儿童文学

续表

编号	书名	作者	译者	出版信息	备注
60	雪莉羞答答 หนูงหนิงขี้อาย （小恐龙完美成长系列情绪管理）	玛妮莎著 菈抵美绘	西安曲江培豪出版传媒	西安出版社 2013年11月第一版	儿童文学
61	胆小鬼尼克 เปอเหลอขี้กลัว （小恐龙完美成长系列情绪管理）	玛妮莎著 菈抵美绘	西安曲江培豪出版传媒	西安出版社 2013年11月第一版	儿童文学
62	娇气包迪迪 ดิดดีขี้แง （小恐龙完美成长系列情绪管理）	玛妮莎著 菈抵美绘	西安曲江培豪出版传媒	西安出版社 2013年11月第一版	儿童文学
63	嫉妒虫吉米 จิตจ้าดขี้อิจฉา （小恐龙完美成长系列情绪管理）	玛妮莎著 菈抵美绘	西安曲江培豪出版传媒	西安出版社 2013年11月第一版	儿童文学
64	凯蒂的幸福时光 ความสุขของกะทิ	简·藏佳吉娃		贵州人民出版社2009年	儿童文学
65	卡娣的幸福 ความสุขของกะทิ	Ngarmpun(Jane) Vejiajiva	王圣芬 魏婉琪	台湾/野人出版社2009年	儿童文学
66	爱的预习课 ความสุขของกะทิ ตามหาพระจันทร์	Ngarmpun(Jane) Vejiajiva	王圣芬 魏婉琪	台湾/野人出版社2009	儿童文学
67	我要当飞行员 （拉科鲁克大奖成长绘本第一辑）	帕塔拉温·拉萨密帕	刘艳	中国铁道出版社 2015年6月第一版	儿童文学
68	慷慨的云先生 （拉科鲁克大奖成长绘本第一辑）	纳帕松·猜玛诺翁	刘艳	中国铁道出版社 2015年6月第一版	儿童文学
69	巴姆的煎饼 （拉科鲁克大奖成长绘本第一辑）	素潘妮·南玛湾著·玉缇达·本素帕绘	刘艳	中国铁道出版社 2015年6月第一版	儿童文学
70	这是谁的钱 （拉科鲁克大奖成长绘本第一辑）	素拉萨·普拉	刘艳	中国铁道出版社 2015年6月第一版	儿童文学
71	藏宝箱 （拉科鲁克大奖成长绘本第一辑）	帕察利·密素坤著 玉尼·伊萨曼绘	刘艳	中国铁道出版社 2015年6月第一版	儿童文学
72	做最棒的我 （拉科鲁克大奖成长绘本第一辑）	塔玉瓦·菩提喇	刘艳	中国铁道出版社 2015年6月第一版	儿童文学
73	开心农场 （拉科鲁克大奖成长绘本第一辑）	缇蒂玛·长普著 吉帕臣·穆西葛农绘	刘艳	中国铁道出版社 2015年6月第一版	儿童文学
74	还需要什么呢 （拉科鲁克大奖成长绘本第一辑）	肯阿湾·舜通玉甘	刘艳	中国铁道出版社 2015年6月第一版	儿童文学
75	粑粑的用途 （拉科鲁克大奖成长绘本第二辑）	罗塔娜·科查纳特	刘艳	中国铁道出版社 2017年4月第一版	儿童文学
76	不只是第一名 （拉科鲁克大奖成长绘本第二辑）	罗塔娜·科查纳特	刘艳	中国铁道出版社 2017年4月第一版	儿童文学

续表

编号	书名	作者	译者	出版信息	备注
77	胆小的兔子 （拉科鲁克大奖成长 绘本第二辑）	纳米克 著 平平 绘	刘艳	中国铁道出版社 2017年4月第一版	儿童 文学
78	快来帮帮鲸鱼叔叔 （拉科鲁克大奖成长 绘本第二辑）	帕特查理·米苏 克 著 查娜雅·吉查丽 钗 绘	刘艳	中国铁道出版社 2017年4月第一版	儿童 文学
79	我能拯救地球 （拉科鲁克大奖成长 绘本第二辑）	希缇玛·查罗娜 蒂	刘艳	中国铁道出版社 2017年4月第一版	儿童 文学
80	谢谢你长鼻子大象 （拉科鲁克大奖成长 绘本第二辑）	安查丽·阿里翁	刘艳	中国铁道出版社 2017年4月第一版	儿童 文学
81	圆脑袋回家记 （拉科鲁克大奖成长 绘本第二辑）	帕特查理·米苏 克 著 维尼·耶萨姆 绘	刘艳	中国铁道出版社 2017年4月第一版	儿童 文学
82	走开怪物 （拉科鲁克大奖成长 绘本第二辑）	米纳珐娜·萨普 -阿尼克	刘艳	中国铁道出版社 2017年4月第一版	儿童 文学
83	微笑的国度 （家庭教育故事 绘本）	差妮达·琐帕纳 武缇昆	宋志寿	中国铁道出版社 2018年4月第一版	儿童 文学
84	聪聪的水灯节 （家庭教育故事 绘本）	琵诗达·勒达纳	宋志寿	中国铁道出版社 2018年4月第一版	儿童 文学
85	谁的骨头 （家庭教育故事 绘本）	因沙瑜·铁坤 帕妮·伊缇班隆 勒	宋志寿	中国铁道出版社 2018年4月第一版	儿童 文学
86	一年三季 （家庭教育故事 绘本）	素拉萨·鹏勒	宋志寿	中国铁道出版社 2018年4月第一版	儿童 文学
87	黑漆漆 （家庭教育故事 绘本）	因沙瑜·铁坤 帕妮·伊缇班隆 勒	宋志寿	中国铁道出版社 2018年4月第一版	儿童 文学
88	鼹鼠导游记 （家庭教育故事 绘本）	素纳塔·维拉萨 哇塔纳	宋志寿	中国铁道出版社 2018年4月第一版	儿童 文学
89	在很久很久以前的某 一个时间 Once Upon Sometimes	宋邢·泰宋蓬 ทรงศีล ทิวสมบุญ	王道明	中南出版传媒集团·湖南人 民出版社2012年5月第一版	图文 文学
90	霹雳火头与温柔豆芽· 历险记—在黑暗的 季节 Beansprout & Firehead The Winter Tales	宋邢·泰宋蓬 ทรงศีล ทิวสมบุญ	璟玫	中南出版传媒集团·湖南人 民出版社2011年10月第一版	图文 文学
91	霹雳火头与温柔豆芽 历险记—无尽疯狂的 旅程 Beansprout & Firehead In The Infinite Madness	宋邢·泰宋蓬 ทรงศีล ทิวสมบุญ	璟玫	中南出版传媒集团·湖南人 民出版社2012年3月第一版	图文 文学
92	九命猫 Nine Lives	宋邢·泰宋蓬 ทรงศีล ทิวสมบุญ	璟玫	中南出版传媒集团·湖南人 民出版社 2011年5月第一版	图文 文学

编号	书名	作者	译者	出版信息	备注
93	下一步，不许认输 Your next step! ก้าวต่อไปไม่มีคำว่าแพ้ วันข้างหน้าจะมีคำว่าหลงทาง	童格拉·奈娜 ต้นกล้า นัยนา	璟玟	重庆出版社 2014年8月第一版	图文 文学
94	少就是多 Less is More ชีวิต...ง่ายนิดเดียว	童格拉·奈娜 ต้นกล้า นัยนา	璟玟	重庆出版社 2014年8月第一版	图文 文学
95	相信自己就对了！每一次选择，都是最好的决定！ Just the way you are เป็นในสิ่งที่เธอรัก และรักในสิ่งที่เธอเป็น	童格拉·奈娜 ต้นกล้า นัยนา	璟玟	八方出版股份有限公司 2011年11月第一版	图文 文学
96	不要害怕说NO！幸福的起点就是，勇敢去做你想做的事	童格拉·奈娜 ต้นกล้า นัยนา	璟玟	八方出版股份有限公司 2014年4月第一版	图文 文学
97	你的人生没有不可能！勇敢改变，不要被自己打败 Anything is possible คิดให้ไกล ไปให้ถึง	童格拉·奈娜 ต้นกล้า นัยนา	璟玟	八方出版股份有限公司 2012年2月第一版	图文 文学
98	我的名字叫机会	童格拉·奈娜 ต้นกล้า นัยนา	李月婷	八方出版股份有限公司 2012年5月第一版	图文 文学
99	其实没那么急！有一种美好，只有慢慢来，才能看见！ Slow But Sure	童格拉·奈娜 ต้นกล้า นัยนา	Huang TT	八方出版股份有限公司 2013年11月第一版	图文 文学
100	给自己一个机会	童格拉·奈娜 ต้นกล้า นัยนา		八方出版股份有限公司 2014年2月第一版	图文 文学
101	永远没有准备好这回事，现在就放手去做！ Always today,Always now วันนี้อยู่ในกำมือ	童格拉·奈娜 ต้นกล้า นัยนา	李敏怡	八方出版股份有限公司 2011年5月第一版	图文 文学
102	又不是世界末日，困难都会过去的！	童格拉·奈娜 ต้นกล้า นัยนา	李敏怡	八方出版股份有限公司 2011年5月第一版	图文 文学
103	只挑简单的做，你的人生当然只能这样！ Stand High by Yourself ยิ่งมองสูงยิ่งเห็นไกล	童格拉·奈娜 ต้นกล้า นัยนา	李敏怡	八方出版股份有限公司 2011年6月第一版	图文 文学
104	别怕！你可以的，看不到未来更要挺自己 หัวใจก้าวเดิน（Keep Walking）	童格拉·奈娜 ต้นกล้า นัยนา	李敏怡	重庆出版社 2014年8月第一版	图文 文学
105	我的名字叫机会	童格拉·奈娜 ต้นกล้า นัยนา	李巧娅	中央广播电视大学出版社 2015年5月第一版	图文 文学
106	换个角度看世界 Winning by Positive Thinking เริ่มต้นที่ความคิด	童格拉·奈娜 ต้นกล้า นัยนา	李巧娅	中央广播电视大学出版社 2015年6月第一版	图文 文学
107	靠自己成就精致人生	童格拉·奈娜 ต้นกล้า นัยนา	李巧娅	中央广播电视大学出版社 2015年8月第一版	图文 文学

附录1

续表

编号	书名	作者	译者	出版信息	备注
108	一切皆有可能	童格拉·奈娜 ดังกล่า นัซนา	李巧娅	中央广播电视大学出版社 2015年8月第一版	图文文学
109	别烦！一天只有24小时，何必浪费在讨厌的人身上！	努姆·塔莎那 Noom Tassanai	林璟玟	重庆出版社 2013年3月第一版	图文文学
110	心小小的快乐就大大的	明娇Kawsai	陈信源	重庆出版社2014年8月第一版	图文文学
111	想飞的猪 หมูบินได้	翁雅·柴参奇普著 องอาจ ชัยชาญชีพ 素宽·阿他乍路喜绘 Sukwan Attajarusit	慈一（王道明）	华夏出版社2011年7月第一版	图文文学
112	分手所需100步	谛帕恭·年武提皮塔雅蒙空	李泽洋	东方出版社 2019年4月第一版	图文文学
113	海和你之间（共2册）	沐宁·塞布拉萨		新世纪出版社 2014年12月第一版	图文文学
114	诗琳通公主诗文画集	诗琳通公主	顾雅炯	生活·读书·新知三联书店 1993年12月第一版	图文文学
115	胡桃夹子	尼鲁特·普塔皮帕特	张木天	未来出版社 2016年12月第一版	图文文学
116	关于这颗心	阿姜查·波提央	赖隆彦	海南出版社2008年2月第一版	佛教
117	这个世界的真相	阿姜查 หลวงพ่อชา	果儒	南方出版社2010年4月第一版	佛教
118	无常	阿姜查·波提央	赖隆彦	深圳报业集团出版社 2008年8月第一版	佛教
119	证悟：阿姜查的见道历程	阿姜查 保罗·布里特	赖隆彦	深圳报业集团出版社 2009年6月第一版	佛教
120	我们真正的归宿	阿姜·查	法园编译群	商务印书馆 2013年12月第一版	佛教
121	森林里的一棵树	阿姜·查	法园编译群	商务印书馆 2013年12月第一版	佛教
122	以法为赠礼	阿姜·查	法园编译群	商务印书馆 2013年12月第一版	佛教
123	以法为赠礼	阿姜·查		北京八大处1998年	佛教
124	阿姜·查佛学文集选	阿姜·查	法园编译群	四川宗教事务局1997年	佛教
125	宁静的森林水池	阿姜·查		福建莆田广化寺1992年	佛教
126	何来阿姜·查	阿姜·查	法园编译群	法耕印经会1984年	佛教
127	阿姜·查开示录选集	阿姜·查	法园编译群		佛教
128	为何我们生于此	阿姜·查	法园编译群	灵岩寺弘法社	佛教
129	静止的流水	阿姜·查		商务印书馆 1991年	佛教
130	森林中的法语	阿姜·查	法园编译群	生活·读书·新知三联书店 2002年	佛教
131	森林里的一棵树我们真正的归宿	阿姜·查		成都文殊院	佛教

续表

编号	书名	作者	译者	出版信息	备注
132	不生气的生活	W·伐札梅谛(W年Vajiramedhi)	江翰雯	中国青年出版社2013年1月	佛教
133	不生气的生活	W·伐札梅谛(W年Vajiramedhi)	江翰雯	台湾/橡树林文化 2008年8月12日	佛教
134	我是艾利：我在海外的经历	塔娜达·萨湾登	蔚然	百花洲文艺出版社 2011年8月第一版	纪实文学
135	巴门的行走 เดินทางสู่อิสรภาพ	巴门·潘赞 ประมวล เพ็งจันทร์	王大荣	海南出版社2012年9月第一版	纪实文学
136	做一个好人——一位福布斯富豪的创业之路 ผมจะเป็นคนดี	邱威功	张益民	作家出版社2013年3	纪实文学
137	莲花中的珍宝：阿姜查·须跋多传	阿姜·查弟子	捷平	商务印书馆2013年12	纪实文学
138	泰国当代文化名人——披耶阿努曼拉查东生平及著作		段立生	中山大学出版社 1987年7第一版750册	纪实文学

期 刊

编号	篇名	作者	译者	刊物	体裁
1	断臂村	克立·巴莫	栾文华	译林1980年第4期	短篇小说
2	再见吧，过去！	欧·猜耶华拉辛	邢慧如	外国文学1980年第6期	短篇小说
3	谁之罪	伊沙拉·阿曼达功	李自珉 龚云宝	外国文学1980年第6期	短篇小说
4	克立·巴莫短篇小说两篇	克立·巴莫	何芳	外国文学1981年第3期	短篇小说
5	一九七五年的爱情	莎蕾·希拉玛娜	栾文华	外国文学1981年第6期	短篇小说
6	垃圾堆里发出的声音	矮·艾差利雅功	陈健敏	外国文学1982年第10期	短篇小说
7	画中情思	西巫拉帕	栾文华 邢慧如	外国文学1982年第12期	中篇小说
8	绝路	察·谷集	邢慧如	外国文学1984年第12期	中篇小说
9	世俗之路	蒙昭·阿卡丹庚	栾文华	国外文学1987年第4期	中篇小说
10	坟墓上的婚礼	奥·乌达冀	栾文华	国外文学1992年第1期	短篇小说
11	盛伽夫人	克里斯纳·阿所克辛	张芸 刘芊	译林双月刊1998年第5期	短篇小说
12	独臂村	克立·巴莫		课外阅读2005年第12期	短篇小说
13	猫就是猫		李自珉	外国文学1981年第5期	民间故事
14	有智慧的人		段立生 王培璐	少年文艺2008年第3期	民间故事
15	诗九首	诗灵通	李难生 张青	外国文学1984年第2期	诗歌
16	天长地久	马·初皮尼	吴圣杨	世界文学2015年第2期	中篇小说

续表

编号	篇名	作者	译者	刊物	体裁
17	"高贵"的灾难	克立·巴莫	栾文华	外国文学1982年第4期	短篇小说
18	蜗牛的道路	瑙瓦拉·蓬拍本	栾文华	世界文学1985年第3期	诗歌
19	有老虎便会有狮子	楚兰达	栾文华	花溪1987年第9期	短篇小说
20	草叶上的露珠	楚兰达	栾文华	花溪1989年第4期	短篇小说
21	在解剖室里	奥·乌恭达	栾文华	世界文学1989年第3期	短篇小说
22	洋人与管家	玛·詹荣	栾文华	世界文学1999年第1期	短篇小说
23	擦皮鞋的孩子	安萨西普	张良民	东方少年1984年05期	短篇小说
24	重返自由	马诺·他侬西	裴晓睿	国外文学1981年03期	短篇小说
25	投桃报李	察·高吉迪	谦光	世界文学 1989年04期	短篇小说

丛书、选集

编号	书名	篇目	作者	译者	出版信息	类型
1	外国文学 东方文学作品选	断臂村	克立·巴莫	栾文华	西北大学出版社	短篇
2	亚非拉文学作品选 第5册 当代文学	独臂村	克立·巴莫	栾文华	宁夏大学中文系，1982年版	短篇
3	酒神，婚礼与死亡 社会问题小说	断臂村	克立·巴莫	觉民	北京师范大学出版社，1993年版	短篇
4	世界微型小说精选简评集	独臂村	克立·巴莫	何方	广西民族出版社，1988年版	短篇
5	世界微型小说经典 亚洲卷 下	独臂村	克立·巴莫		百花洲文艺出版社，2009年版	短篇
6	外国微型小说百年经典 亚洲卷2	独臂村	克立·巴莫		百花洲文艺出版社，2013年版	短篇
7	外国微型小说名篇鉴赏	独臂村	克立·巴莫		中国人民大学出版社，1992年版	短篇
8	世界微型小说名家名作百年经典 第6卷	独臂村	克拉·巴莫		吉林出版集团有限责任公司，2010年版	短篇
9	微型小说选 4	独臂村	克立·巴莫	何方	江苏人民出版社，1984年版	短篇
10	现代世界短篇小说选 第1册	断臂村	克立·巴莫		安徽人民出版社，1981年版	短篇
11		小城轶事	差亚瓦			
12	中外微型小说美欣赏	政客的眼泪	克立·巴莫		花城出版社，1992年版	短篇
13	爱情小说	1975年的爱情	莎蕾·希拉玛娜	栾文华	中国和平出版社，1996年版	短篇
14	世界经典讽刺幽默小说金榜 下	厨房杀人犯	克立·巴莫		内蒙古人民出版社，2003年版	短篇

续表

编号	书名	篇目	作者	译者	出版信息	类型
15	讽刺幽默小说100篇	厨房杀人犯	巴莫		河北教育出版社，1996年版	短篇
16	世界短篇小说名著鉴赏辞典	厨房杀人犯	克立·巴莫		北京燕山出版社，1990年版	短篇
17	外国短篇小说百篇必读	厨房杀人犯	巴莫		人民文学出版社，2011年版	短篇
18	外国短篇小说经典100篇	厨房杀人犯	巴莫		人民文学出版社，2003年版	短篇
19	外国短篇小说百年精华 下	厨房杀人犯	巴莫		人民文学出版社，2003年版	短篇
20	幽默小说	厨房杀人犯	克立·巴莫	栾文华	中国和平出版社，1996年版	短篇
21	中外幽默小说精萃	厨房杀人犯	克立·巴莫	栾文华	百花洲文艺出版社，1998年版	短篇
22	世界幽默讽刺小说大观·亚非澳卷	厨房杀人犯	克立·巴莫	栾文华	长江文艺出版社，1998年版	短篇
23	《世界文学》三十年优秀作品选 1 小说	厨房杀人犯	克立·巴莫	栾文华	浙江文艺出版社，1983年版	短篇
24	亚非拉短篇小说集	厨房杀人犯	克立·巴莫	栾文华	中国社会科学出版社，1980年版	短篇
25		小城轶事	查查林·差亚瓦	栾文华		
26	世界文学精粹 小说卷四十年佳作	小城轶事	查查林·差亚瓦	栾文华	浙江文艺出版社，1993年版	短篇
27	20世纪百部外国小说名著赏读	画中情思	西巫拉帕	栾文华 那慧茹	辽宁大学出版社，2000年版	中篇
28		四朝代	克立·巴莫	高树榕 房英		长篇
29	外国儿童短篇小说	抢狗食	西·沙拉康	魏宾	少年儿童出版社，1979年版	短篇
30	少年儿童文学名篇鉴赏	抢狗食	西·沙拉康		漓江出版社，1991年版	短篇
31	亚洲当代儿童小说选	小诺伊的鲸鱼	威·西里章		湖南少年儿童出版社，1983年版	短篇
32	蓝色的纽扣	擦皮鞋的孩子	安莎西普	张良民	开明出版社，1991年版	短篇
33	世界儿童 第8辑	擦皮鞋的孩子	安莎西普	张良民	四川少年儿童出版社，1983年版	短篇
34	外国儿童短篇小说选 下 亚、非、美、澳洲作家作品	不同颜色的血液	宛拉扬昆	栾文华	四川少年儿童出版社，1987年版	短篇
35	当代外国儿童文学作品选 小说卷	狄台的证词	康南·翁沙阿	栾文华	明天出版社，1990年版	短篇
36	东方短篇小说选上	那种人	西巫拉帕	白东泰	中国青年出版社，1988年版	短篇
37		饮食谋杀术	蒙拉差翁·克立·巴莫	何方		

续表

编号	书名	篇目	作者	译者	出版信息	类型
38	人不如猴 讽刺幽默小说	饮食谋杀术	克立·巴莫	何方	北京师范大学出版社，1993年版	短篇
39	掌上玫瑰 世界微型小说佳作选 亚洲卷	政客的眼泪	克立·巴莫	何方	春风文艺出版社，1998年版	短篇
40		独臂村	克立·巴莫	何方		
41		警犬	克立·巴莫	何方		
42		立体伊索	克立·巴莫	何方		
43		荒岛情波	克立·巴莫	何方		
44		大艺术家	克立·巴莫	何方		
45	世界著名悬疑故事 精选合订本	令人质疑的结论	盖·来通		京华出版社，2013年版	短篇
46		刑警与罪犯	彻·松喜			
47	2006年翻译文学	脸谱	派·谭亚	李健	春风文艺出版社，2007年版	短篇
48	世界反法西斯文学书系 33 东南亚	好百姓	多迈索	栾文华	重庆出版社，1992	短篇
49	外国散文百年精华鉴赏：精华本	舞娘	阿萨西里·探马错		长江出版社，2008年版	散文
50	外国散文百年精华	舞娘	探马错		人民文学出版社，2001	散文
51	二十世纪外国散文经典	舞娘	阿萨西里·探马错		北京师范大学出版社，2004年版	散文
52	品外国散文	舞娘	阿萨西里·探马错		上海科学技术文献出版社，2010年版	散文
53	外国百年散文鉴赏 名家名篇	舞娘	阿萨西里·探马错		长江出版社，2007年版	散文
54	世界名人散文经典	诱捕虾姑	诗琳通·玛哈扎克里		延边人民出版社，1998年版	散文
55	世界散文精华 亚洲卷	舞娘	阿萨西里·探马错		江苏文艺出版社，1994年版	散文
56		堆沙塔	派吞·丹亚			
57		在桥上				
58		制砖的人	瓦·宛拉扬昆			
59	名人笔下的桂林	乘舟游漓江	干拉雅妮·瓦塔娜		新华出版社，2001年版	散文
60	外国笑话集锦 续编	泰国笑话			湖南人民出版社，1984年版	笑话
61	外国儿童幽默集	教授也答不上			湖南少年儿童出版社，1987年版	笑话
62	世界幽默艺术博览	泰国笑话		华明	上海文化出版社，1990年版	笑话
63		西特诺猜		栾文华		
64	外国诗歌百年精华	爱之因	巴雍·松通		人民文学出版社，2002年版	诗歌

编号	书名	篇目	作者	译者	出版信息	类型
65	外国诗歌鉴赏辞典	悲歌	系巴拉		上海辞书出版社，2009年版	诗歌
66		摇篮曲—哀叹调	探马铁贝			
67	外国散文.诗歌卷	小草的歌	诗琳通	王晔 刑慧茹	广西师范大学出版社，1995年版	诗歌
68	世界儿童诗名篇精选	小草的歌	诗琳通公主		辽宁少年儿童出版社，1992年版	诗歌
69	世界经典儿童文学精选 童诗精选	小草的歌	诗琳通	王晔 刑慧茹	湖北少年儿童出版社，2011年版	诗歌
70		跟随父亲的脚步	诗琳通	王晔 刑慧茹		
71		白松鼠	蓬柏本	夏月		
72	现代诗文诵读 小学二年级（上册）	小草的歌	诗琳通公主	王晔 刑慧茹	凤凰出版传媒集团 江苏教育出版社，2008年版	诗歌
73	儿童文学作品选读	小草的歌	诗琳通公主		开明出版社，1998年版	诗歌
74	外国儿童文学作品选	小草的歌	诗琳通公主	王晔 刑慧茹	山东文艺出版社，1991年版	诗歌
75	儿童诗选	小草的歌	诗琳通公主		安徽教育出版社，1986年版	诗歌
76		地花	诗琳通公主			
77	外国诗歌鉴赏辞典·现当代卷	青草回旋诗	诗琳通公主		上海辞书出版社，2010年版	诗歌
78		猫头鹰	诗琳通公主			
79		别让水面起涟漪	蓬拍汶			
80	古今短诗300首 外国	野花	诗琳通		人民文学出版社，2005年版	诗歌
81	中外现当代女诗人诗歌鉴赏辞典	困惑	诗通灵	季难生 张青	民族出版社，1992	诗歌
82	现当代诗歌名篇赏析5	困惑	诗通灵		重庆出版社，1999年版	诗歌
83	一世珍藏的诗歌200首	诗人的誓言	甘拉亚纳蓬		长江文艺出版社，2009年版	诗歌
84	二十世纪外国著名短诗101首赏析	诗人的誓言	甘拉亚纳蓬	栾文华	珠海出版社，2003年版	诗歌
85		怎能像胆小鬼那样生活	强恭			
86	外国名诗三百首	诗人的誓言	昂堪·甘拉亚纳蓬		长江文艺出版社，1988年版	诗歌
87		诗人之死	诺瓦拉·甘拉亚纳蓬			
88	世界名诗鉴赏金库	诗人的誓言	甘拉亚纳蓬		中国妇女出版社，1991年版	诗歌
89		爱之因	松通			

续表

编号	书名	篇目	作者	译者	出版信息	类型
90	世界名诗三百首	爱之因	巴雍·松通	栾文华	中国青年出版社，1992年版	诗歌
91		诗人的誓言	昂堪·甘拉亚纳蓬			
92	外国历代著名短诗欣赏·金果小枝	诗人的誓言	昂堪·甘拉亚纳蓬	栾文华	黑龙江人民出版社，1982年版	诗歌
93		怎能像胆小鬼那样生活	维特亚贯·强恭			
94	外国抒情诗赏析辞典	诗人的誓言	昂堪·甘拉亚纳蓬	栾文华	北京师范学院出版社，1991年版	诗歌
95	世界诗库 第9卷 南亚·东北亚 东南亚	帕阿派玛尼（节选）	顺吞蒲	晓荷	花城出版社，1994年版	诗歌
96		诗人的誓言	昂堪·甘拉亚纳蓬	栾文华		
97	当代外国儿童文学作品选·诗歌卷	富男孩和薄命女	瓦·宛拉扬昆	栾文华	明天出版社，1990年版	诗歌
98		妈妈的孩子	空吞·坎塔奴			
99		报复	维特亚贯·强恭			
100		儿童节感言	瓦尼·乍隆吉加阿南			
101	外国名诗选 下	东北	乃丕	栾文华	中国青年出版社，1997年版	诗歌
102		昭昆通	素吉			
103		自拟校歌	维特亚贯			
104		心中最后的话语	空吞			
105	世界经典儿童文学精选·寓言精选	象和蛇			湖北少年儿童出版社，2011年版	寓言
106	中外寓言故事100篇	泰国寓言			人民中国出版社，1999年版	寓言
107	中外智慧故事大观	炼金术			少年儿童出版社，1990年版	故事
108		二月还债				
109	东南亚民间故事选	机不可失等19则		栾文华	长江文艺出版，1982年版17400册	民间故事
110	东南亚民间故事	兔子的尾巴等17则	利昂·库默（英）	姜继	福建人民出版，1982年版14800册	民间故事

翻译实践报告

编号	篇名	作者	译者	刊物	体裁
1	泰国小说《依善大地的孩子》（节选）汉译实践和翻译报告	康鹏·本塔威	高金连	北京外国语大学2018届硕士学位论文	长篇节选
2	泰国短篇小说集《本应如何》（节选）翻译实践及翻译报告	普拉布达·云	李彧	北京外国语大学2018届硕士学位论文	短篇小说
3	泰国短篇小说《假想线》（节选）翻译实践及翻译报告	温·寥瓦林	孙雪锋	北京外国语大学2018届硕士学位论文	短篇小说
4	泰国青少年小说《男孩玛丽湾》（节选）翻译实践及翻译报告	巴帕颂·斯维谷	鲁昀菲	北京外国语大学2018届硕士学位论文	长篇节选
5	泰国短篇小说集《小公主》（节选）汉译实践及翻译报告	彬拉·三伽拉克立	曾艳	北京外国语大学2017届硕士学位论文	短篇小说

附录2：

泰国文学在中国的译介（体裁）

短篇小说

编号	书名	作者	译者	出版信息	备注
1	泰国现代短篇小说选	西巫拉帕等	北京大学东方语言系泰语专业师生集体翻译	人民文学出版社 1958年1月第一版 4500册	短篇小说
2	再会有期	诗武拉砲	徐蒯 （林光辉）	香港/维华 1960年7月第一版	短篇小说
3	泰国名家短篇小说选		徐蒯 （林光辉）	香港/崇明 1963年3月第一版	短篇小说
4	泰国短篇小说选	马纳·曾荣等	沈牧 （沈逸文）	香港/上海书局 1968年1第一版 1970年3月第二版	短篇小说
5	崇高的荣誉	仓洛·纳那空等	杨耕 （沈逸文）	香港/上海书局 1970年11月第一版	短篇小说
6	泰国小说选		沈牧 （沈逸文）	台湾/大江 1970年10月第一版	短篇小说
7	泰国短篇小说选		沈牧 （沈逸文）	台湾/大江 1970年3月第一版	短篇小说
8	我不再有眼泪	沙拉巫等	沈逸文 （沈森豪）	香港/海洋 1973年1月第一版	短篇小说
9	黎明 （泰国短篇小说选）	通玛央蒂等	沈逸文	香港/万叶出版社 1973年11月第一版	短篇小说
10	在祖国土地上		沈逸文 （沈森豪）	香港/大光 1976年4月第一版	短篇小说
11	抢狗食	西·沙拉康	魏宾	《外国儿童短篇小说》 少年儿童出版社，1979年版	短篇小说
12	厨房杀人犯	克立·巴莫	栾文华	《亚非拉短篇小说集》 中国社会科学出版社，1980年版	短篇小说
13	小城轶事	查查林·差亚瓦	栾文华		短篇小说
14	断臂村	克立·巴莫	栾文华	《译林》1980年第4期	短篇小说
15	再见吧，过去！	欧·猜耶华拉辛	邢慧如	《外国文学》1980年第6期	短篇小说
16	谁之罪	伊沙拉·阿曼达功	李自珉 龚云宝	《外国文学》1980年第6期	短篇小说
17	克立·巴莫短篇讽刺小说选	克立·巴莫	何方	外语教学与研究出版社 1981年10月第一版32000册	短篇小说
18	克立·巴莫短篇小说两篇	克立·巴莫	何芳	《外国文学》1981年第3期	短篇小说
19	一九七五年的爱情	莎蕾·希拉玛娜	栾文华	《外国文学》1981年第6期	短篇小说

续表

编号	书名	作者	译者	出版信息	备注
20	断臂村	克立·巴莫		《现代世界短篇小说选》第1册 安徽人民出版社，1981年版	短篇小说
21	小城轶事	差亚瓦			短篇小说
22	垃圾堆里发出的声音	矮·艾差利雅功	陈健敏	《外国文学》1982年第10期	短篇小说
23	独臂村	克立·巴莫	栾文华	《亚非拉文学作品选》《当代文学》 宁夏大学中文系，1982年版	短篇小说
24	厨房杀人犯	克立·巴莫	栾文华	《世界文学三十年优秀作品选·小说》 浙江文艺出版社，1983年版	短篇小说
25	小诺伊的鲸鱼	威·西里辛		《亚洲当代儿童小说选》 湖南少年儿童出版社，1983年版	短篇小说
26	擦皮鞋的孩子	安莎西普	张良民	《世界儿童》第8辑 四川少年儿童出版社，1983年版	短篇小说
27	独臂村	克立·巴莫	何方	《微型小说选》4 江苏人民出版社，1984年版	短篇小说
28	泰国当代短篇小说选	西拉·沙塔巴纳瓦等	栾文华 顾庆斗	外国文学出版社 1985年5月第一版 3150册	短篇小说
29	断臂村（克立·巴莫短篇小说选）	克立·巴莫	觉民 春陆	中国友谊出版公司 1986年1月第一版	短篇小说
30	泰国作家短篇小说选	暖·尼兰隆等	沈逸文	中国友谊出版公司 1986年11月第一版	短篇小说
31	刑警与案犯（泰国短篇小说选）	凯·纳·汪内等	谦光 白松	北岳文艺出版社 1987年7月第一版 61200册	短篇小说
32	珠冠泪		沈逸文	花城出版社 1988年7月第一版 540册	短篇小说
33	不同颜色的血液	宛拉扬昆	栾文华	《外国儿童短篇小说选·下 亚、非、美、澳洲作家作品》 四川少年儿童出版社，1987年版	短篇小说
34	独臂村	克立·巴莫	何方	《世界微型小说精选简评集》 广西民族出版社，1988年版	短篇小说
35	那种人	西巫拉帕	白东泰	《东方短篇小说选》上 中国青年出版社，1988年版	短篇小说
36	饮食谋杀术	蒙拉差翁·克立·巴莫	何方		短篇小说
37	厨房杀人犯	克立·巴莫		《世界短篇小说名著鉴赏辞典》 北京燕山出版社，1990年版	短篇小说
38	狄台的证词	康南·翁沙阿	栾文华	《当代外国儿童文学作品选·小说卷》 明天出版社，1990年版	短篇小说
39	抢狗食	西·沙拉康		《少年儿童文学名篇鉴赏》 漓江出版社，1991年版	短篇小说
40	擦皮鞋的孩子	安莎西普	张良民	《蓝色的纽扣》 开明出版社，1991年版	短篇小说

续表

编号	书名	作者	译者	出版信息	备注
41	坟墓上的婚礼	奥·乌达龚	栾文华	《国外文学》1992年第1期	短篇小说
42	好百姓	多迈索	栾文华	《世界反法西斯文学书系·东南亚》重庆出版社，1992年版	短篇小说
43	独臂村	克立·巴莫		《外国微型小说名篇鉴赏》中国人民大学出版社，1992年版	短篇小说
44	政客的眼泪	克立·巴莫		《中外微型小说美欣赏》花城出版社，1992年版	短篇小说
45	断臂村	克立·巴莫	觉民	《酒神，婚礼与死亡》北京师范大学出版社，1993年版	短篇小说
46	小城轶事	查查林·差亚瓦	栾文华	《世界文学精粹小说卷四十年佳作》浙江文艺出版社，1993年版	短篇小说
47	饮食谋杀术	克立·巴莫	何方	《人不如猴》讽刺幽默小说北京师范大学出版社，1993年版	短篇小说
48	1975年的爱情	莎蕾·希拉玛娜	栾文华	《爱情小说》中国和平出版社，1996年版	短篇小说
49	厨房杀人犯	巴莫		《讽刺幽默小说100篇》河北教育出版社，1996年版	短篇小说
50	厨房杀人犯	克立·巴莫	栾文华	《幽默小说》中国和平出版社，1996年版	短篇小说
51	盛伽夫人	克里斯纳·阿所克辛	张芸 刘芊	《译林》双月刊 1998年第5期	短篇小说
52	厨房杀人犯	克立·巴莫	栾文华	《中外幽默小说精萃》百花洲文艺出版社，1998年版	短篇小说
53	厨房杀人犯	克立·巴莫	栾文华	《世界幽默讽刺小说大观·亚非澳卷》长江文艺出版社，1998年版	短篇小说
54	政客的眼泪				短篇小说
55	独臂村				
56	警犬	克立·巴莫	何方	《掌上玫瑰世界微型小说佳作选·亚洲卷》春风文艺出版社，1998年版	短篇小说
57	立体伊索				
58	荒岛情波				
59	大艺术家				
60	厨房杀人犯	克立·巴莫		《世界经典讽刺幽默小说金榜》下 内蒙古人民出版社，2003年版	短篇小说
61	厨房杀人犯	克立·巴莫		《外国短篇小说经典100篇》人民文学出版社，2003年版	短篇小说
62	厨房杀人犯	克立·巴莫		《外国短篇小说百年精华》下 人民文学出版社，2003年版	短篇小说
63	独臂村	克立·巴莫		《课外阅读》2005年第12期	短篇小说
64	脸谱	派·谭亚	李健	《2006年翻译文学》春风文艺出版社，2007年版	短篇小说

续表

编号	书名	作者	译者	出版信息	备注
65	独臂村	克立·巴莫		《世界微型小说经典亚洲卷》下 百花洲文艺出版社，2009年版	短篇小说
66	独臂村	克立·巴莫		《世界微型小说名家名作百年经典》第6卷 吉林出版集团有限责任公司，2010年版	短篇小说
67	厨房杀人犯	克立·巴莫		《外国短篇小说百篇必读》 人民文学出版社，2011年版	短篇小说
68	独臂村	克立·巴莫		《外国微型小说百年经典·亚洲卷》2 百花洲文艺出版社，2013年版	短篇小说
69	令人质疑的结论	盖·来通		《世界著名悬疑故事》精选合订本 京华出版社，2013年版	短篇小说
70	刑警与罪犯	彻·松喜			
71	断臂村	克立·巴莫	栾文华	《外国文学东方文学作品选》 西北大学出版社×××年版	短篇小说
72	"高贵"的灾难	克立·巴莫	栾文华	《外国文学》1982年第4期	短篇小说
73	有老虎便会有狮子	楚兰达	栾文华	《花溪》1987年第9期	短篇小说
74	草叶上的露珠	楚兰达	栾文华	《花溪》1989年第4期	短篇小说
75	在解剖室里	奥·乌恭达	栾文华	《世界文学》1989年第3期	短篇小说
76	洋人与管家	玛·詹荣	栾文华	《世界文学》1999年第1期	短篇小说
77	擦皮鞋的孩子	安萨西普	张良民	《东方少年》1984年第5期	短篇小说
78	重返自由	马诺·他侬西	裴晓睿	《国外文学》1981年第3期	短篇小说
79	投桃报李	察·高吉迪	谦光	《世界文学》1989年第4期	短篇小说
80	泰国短篇小说集《本应如何》（节选）翻译实践及翻译报告	普拉布达·云	李彧	北京外国语大学 2018届硕士学位论文	短篇小说
81	泰国短篇小说《假想线》（节选）翻译实践及翻译报告	温·寥瓦林	孙雪锋	北京外国语大学 2018届硕士学位论文	短篇小说
82	泰国短篇小说集《小公主》（节选）汉译实践及翻译报告	彬拉·三伽拉克立	曾艳	北京外国语大学 2017届硕士学位论文	短篇小说

中长篇小说

编号	书名	作者	译者	出版信息	备注
1	诺帕蓬与姬乐蒂	诗武拉珀	徐嗣 （林光辉）	香港/维华1961年5月第一版	中篇
2	画中情思	西亚拉帕	栾文华 邢慧如	《外国文学》1982年12月期	中篇
3	画中情思	西亚拉帕	栾文华 邢慧如	外语教学与研究出版社 1982年4月第一版69000册	中篇
4	绝路	察·谷集	邢慧如	《外国文学》1984年第12期	中篇

续表

编号	书名	作者	译者	出版信息	备注
5	世俗之路	蒙昭·阿卡丹庚	栾文华	《国外文学》1987年第4期	中篇
6	泰国中篇小说两篇		党民 春陆	佛山作家协会出版社 1991年第一版	中篇
7	天长地久	马·初皮尼	吴圣杨	《世界文学》2015年第2期	中篇
8	画中情思	西巫拉帕	栾文华 邢慧茹	《20世纪百部外国小说名著赏读》	中篇
9	四朝代	克立·巴莫	高树榕 房英	辽宁大学出版社，2000年版	长篇
10	叻耀书简	素越·哇拉里洛	陈春陆 陈小民	花城出版社××××年版	长篇报告
11	魔鬼	社尼·骚哇蓬	徐翩 （林光辉）	香港/艺美图书 1959年5月第一版1960年5月第二版	长篇
12	向前看	西巫拉帕	秦森杰 袁有礼	上海文艺出版社 1959年6月第一版15000册	长篇
13	向前看（第一部童年）	西巫拉帕	秦森杰 袁有礼	作家出版社 1965年9月第一版	长篇
14	魔鬼	社尼·骚哇蓬	陈健民 郭宣颖	外国文学出版社 1979年9月第一版10000册	长篇
15	甘医生	素婉妮·素坤泰	龚云宝 李自珉	外语教学与研究出版社 1980年9月第一版66000册	长篇
16	夕阳西下	吉莎娜·阿索信	烝民	外语教学与研究出版社 1982年1月第一版50000册	长篇
17	四朝代	蒙拉查翁克立·巴莫	谦光	山西人民出版社 1984年4月第一版24500册	长篇
18	南风吹梦	牡丹		中国友谊出版公司 1984年10月第一版	长篇
19	四朝代	克立·巴莫	高树榕 房英	上海译文出版社1985年1月第一版1994年1月第二次印刷24000册	长篇
20	风尘少女	高·素朗卡娘	李健	陕西人民出版社 1986年6月第一版27000册	长篇
21	幻灭	尼米·普密他温	裴晓睿 任一雄	贵州人民出版社 1986年7月第一版2850册	长篇
22	人言可畏	察·高吉迪	谦光	北岳文艺出版社 1988年1月第一版28000册	长篇
23	判决	查·构吉迪	栾文华	长江文艺出版社 1988年7月第一版7200册	长篇
24	曼谷死生缘	吉莎娜·阿索信	高树榕 房英	中国工人出版社 1991年8月第一版	长篇
25	向前看	西巫拉帕	耳东 （陈建敏）等	上海译文出版社 1998年1月第一版	长篇
26	克隆人	维蒙·赛尼暖	高树榕 房英	上海译文出版社 2002年9月第一版	长篇
27	出逃的公主	维蒙·诗丽帕布	杰西达邦中国影迷会《将帅之血》翻译组	吉林大学出版社 2015年4月第一版	长篇

续表

编号	书名	作者	译者	出版信息	备注
28	泰国小说《依善大地的孩子》（节选）汉译实践和翻译报告	康鹏·本塔威	高金连	北京外国语大学2018届硕士学位论文	长篇节选
29	泰国青少年小说《男孩玛丽湾》（节选）翻译实践及翻译报告	巴帕颂·斯维谷	鲁昀菲	北京外国语大学2018届硕士学位论文	长篇节选

诗歌散文

编号	书名	作者	译者	出版信息	备注
1	诗人的誓言	昂堪·甘拉亚纳蓬	栾文华	金果小枝《外国历代著名短诗欣赏》黑龙江人民出版社，1982年版	诗歌
2	怎能像胆小鬼那样生活	维特亚贯·强恭			
3	诗九首	诗灵通	季难生 张青	《外国文学》1984年第2期	诗歌
4	小草的歌	诗琳通公主	王晔 邢慧如	中国少年儿童出版社1985年1月第一版2000册	诗歌
5	小草的歌	诗琳通公主		《儿童诗选》安徽教育出版社，1986年版	诗歌
6	地花				
7	富男孩和薄命女	瓦·宛拉扬昆	栾文华	《当代外国儿童文学作品选·诗歌卷》明天出版社，1990年版	诗歌
8	妈妈的孩子	空吞·坎塔奴			
9	报复	维特亚贯·强恭			
10	儿童节感言	瓦尼·乍隆吉加阿南			
11	诗人的誓言	昂堪·甘拉亚纳蓬	栾文华	《外国抒情诗赏析辞典》北京师范学院出版社，1991年版	诗歌
12	诗人的誓言	甘拉亚纳蓬		《世界名诗鉴赏金库》中国妇女出版社，1991年版	诗歌
13	爱之因	松通			
14	小草的歌	诗琳通公主	王晔 邢慧茹	《外国儿童文学作品选》山东文艺出版社，1991年版	诗歌
15	小草的歌	诗琳通公主		《世界儿童诗名篇精选》辽宁少年儿童出版社，1992年版	诗歌
16	困惑	诗通灵	季难生 张青	《中外现当代女诗人诗歌鉴赏辞典》民族出版社，1992年版	诗歌
17	爱之因	巴雍·松通	栾文华	《世界名诗三百首》中国青年出版社，1992年版	诗歌
18	诗人的誓言	昂堪·甘拉亚纳蓬			

续表

编号	书名	作者	译者	出版信息	备注
19	帕阿派玛尼（节选）	顺吞蒲	晓荷	《世界诗库》第9卷《南亚·东北亚 东南亚》花城出版社，1994年版	诗歌
20	诗人的誓言	昂堪·甘拉亚纳蓬	栾文华		诗歌
21	小草的歌	诗琳通	王晔 刑慧茹	《外国散文·诗歌卷》广西师范大学出版社，1995年版	诗歌
22	东北	乃丕	栾文华	《外国名诗选》 下 中国青年出版社，1997年版	诗歌
23	昭昆通	素吉			
24	自拟校歌	维特亚贯			
25	心中最后的话语	空吞			
26	小草的歌	诗琳通公主		《儿童文学作品选读》开明出版社，1998年版	诗歌
27	诗人的誓言	昂堪·甘拉亚纳蓬		《外国名诗三百首》长江文艺出版社，1988年版	诗歌
28	诗人之死	诺瓦拉·甘拉亚纳蓬			
29	困惑	诗通灵		《现当代诗歌名篇赏析》 5 重庆出版社，1999年版	诗歌
30	爱之因	巴雍·松通		《外国诗歌百年精华》人民文学出版社，2002年版	诗歌
31	诗人的誓言	甘拉亚纳蓬	栾文华	《二十世纪外国著名短诗101首赏析》珠海出版社，2003年版	诗歌
32	怎能像胆小鬼那样生活	强恭			
33	野花	诗琳通		《古今短诗300首·外国》人民文学出版社，2005年版	诗歌
34	小草的歌	诗琳通公主	王晔 刑慧茹	《现代诗文诵读》（小学二年级上册）凤凰出版传媒集团 江苏教育出版社，2008年版	诗歌
35	悲歌	系巴拉		《外国诗歌鉴赏辞典》上海辞书出版社，2009年版	诗歌
36	摇篮曲—哀叹调	探马铁贝			
37	诗人的誓言	甘拉亚纳蓬		《一世珍藏的诗歌200首》长江文艺出版社，2009年版	诗歌
38	青草回旋诗	诗琳通公主		《外国诗歌鉴赏辞典·现当代卷》上海辞书出版社，2010年版	诗歌
39	猫头鹰	诗琳通公主			
40	别让水面起涟漪	蓬拍汶			
41	同一条河流	东西等著		《中泰文学作品选》广西师范大学出版社，2010年版	短篇诗歌
42	小草的歌	诗琳通	王晔 刑慧茹	《世界经典儿童文学精选·童诗精选》湖北少年儿童出版社，2011年版	诗歌
43	跟随父亲的脚步				
44	白松鼠	蓬柏本	夏月		
45	《帕罗赋》翻译与研究		裴晓睿 熊燃	北京大学出版社2013.7	诗歌

编号	书名	作者	译者	出版信息	备注
46	蜗牛的道路	瑙瓦拉·蓬拍本	栾文华	《世界文学》1985年第3期	诗歌
47	舞娘	阿萨西里·探马错		《世界散文精华·亚洲卷》江苏文艺出版社，1994年版	散文
48	堆沙塔	派吞·丹亚			散文
49	在桥上	派吞·丹亚			散文
50	制砖的人	瓦·宛拉扬昆			散文
51	诱捕虾姑	诗琳通·玛哈扎克里		《世界名人散文经典》延边人民出版社，1998年版	散文
52	乘舟游漓江	干拉雅妮·瓦塔娜		《名人笔下的桂林》新华出版社，2001年版	散文
53	舞娘	探马错		《外国散文百年精华》人民文学出版社，2001	散文
54	舞娘	阿萨西里·探马错		《二十世纪外国散文经典》北京师范大学出版社，2004年版	散文
55	舞娘	阿萨西里·探马错		《外国百年散文鉴赏·名家名篇》长江出版社，2007年版	散文
56	舞娘	阿萨西里·探马错		《外国散文百年精华鉴赏·精华本》长江出版社，2008年版	散文
57	舞娘	阿萨西里·探马错		《品外国散文》上海科学技术文献出版社，2010年版	散文

民间文学

编号	书名	作者	译者	出版信息	备注
1	泰国民间故事选（第一册）		徐翩（林光辉）	香港/维华1961年8月	民间故事
2	泰国民间故事选（第二册）		沈逸文（沈牧）	香港/维华1962年2月	民间故事
3	猫就是猫		李自珉	《外国文学》1981年第5期	民间故事
4	机不可失等19则		栾文华	《东南亚民间故事选》长江文艺出版，1982年版 17400册	民间故事
5	兔子的尾巴等17则	利昂·库默（英）	姜继	《东南亚民间故事》福建人民出版，1982年版 14800	民间故事
6	有智慧的人	约·登丹隆	段立生 王培璇	少年儿童出版社 1983年9月第一版31000册	民间故事
7	泰国笑话			外国笑话集锦 续编 湖南人民出版社，1984年版	笑话
8	教授也答不上			外国儿童幽默集 湖南少年儿童出版社，1987年版	笑话
9	泰国民间寓言选		玉康	云南少年儿童出版社 1988年12月第一版3000册	民间故事

续表

编号	书名	作者	译者	出版信息	备注
10	泰国笑话		华明	世界幽默艺术博览 上海文化出版社，1990年版	笑话
11	西特诺猜		栾文华		
12	炼金术			中外智慧故事大观 少年儿童出版社，1990年版	
13	二月还债				
14	泰国寓言			中外寓言故事100篇 人民中国出版社，1999年版	民间故事
15	槟榔花女（泰国民间故事）	守木巴·帕拉依瑠依	高树榕 房英	上海译文出版社 2000年11月第一版 4200册	民间故事
16	泰国民间故事		裴晓睿	辽宁少年儿童出版社 2001年5月第一版2000册	民间故事
17	神奇的丝路民间故事：泰国民间故事		裴晓睿	安徽文艺出版社 2018年1月第一版	民间故事
18	泰国民间故事选译		刀承华	民族出版社 2007年7月第一版1500册	民间故事
19	有智慧的人		段立生 王培璇	《少年文艺》2008年第3期	民间故事
20	象和蛇			《世界经典儿童文学精选·寓言精选》 湖北少年儿童出版社，2011年版	民间故事

儿童文学

编号	书名	作者	译者	出版信息	备注
1	顽皮透顶的盖珥 แก้วจอมแก่น	菀盖珥（诗琳通公主）著 咪尔插画	郭宣颖 张砚秋	少年儿童出版社 1983年8月第一版5000册	儿童文学
2	淘气过人的盖珥 แก้วจอมซน	菀盖珥（诗琳通公主）	郭宣颖	少年儿童出版社 1985年6月第一版5000册	儿童文学
3	小邋遢亨利 ก้อนแก้วยอมแมม （小恐龙完美成长系列 行为管理）	玛妮莎著 菈抵美绘	西安曲江培豪出版传媒	西安出版社 2013年11月第一版	儿童文学
4	朱迪说抱歉 ใต้เด็ขอโทษ （小恐龙完美成长系列 行为管理）	玛妮莎著 菈抵美绘	西安曲江培豪出版传媒	西安出版社 2013年11月第一版	儿童文学
5	温蒂最得意 แจ๋วแหววอวดเก่ง （小恐龙完美成长系列 行为管理）	玛妮莎著 菈抵美绘	西安曲江培豪出版传媒	西安出版社 2013年11月第一版	儿童文学
6	杰克不听话 เป็นป่าบไม่มีระเบียบ （小恐龙完美成长系列 行为管理）	玛妮莎著 菈抵美绘	西安曲江培豪出版传媒	西安出版社 2013年11月第一版	儿童文学
7	捣蛋鬼皮皮 โป้งเหน่งเกเร （小恐龙完美成长系列 行为管理）	玛妮莎著 菈抵美绘	西安曲江培豪出版传媒	西安出版社 2013年11月第一版	儿童文学

续表

编号	书名	作者	译者	出版信息	备注
8	小气鬼玲珑 ขี้หน่องจี้หวง （小恐龙完美成长系列 行为管理）	玛妮莎著 菈抵美绘	西安曲江培豪出 版传媒	西安出版社 2013年11月第一版	儿童文学
9	坏脾气比萨 ขี้ฉ่าขี้ไม่ไท （小恐龙完美成长系列 情绪管理）	玛妮莎著 菈抵美绘	西安曲江培豪出 版传媒	西安出版社 2013年11月第一版	儿童文学
10	马丁太任性 ปุ๊บปั๊บขึ้งงอน （小恐龙完美成长系列 情绪管理）	玛妮莎著 菈抵美绘	西安曲江培豪出 版传媒	西安出版社 2013年11月第一版	儿童文学
11	雪莉羞答答 หนูงหนังขี้อาย （小恐龙完美成长系列 情绪管理）	玛妮莎著 菈抵美绘	西安曲江培豪出 版传媒	西安出版社 2013年11月第一版	儿童文学
12	胆小鬼尼克 เปอเหลอขี้กลัว （小恐龙完美成长系列 情绪管理）	玛妮莎著 菈抵美绘	西安曲江培豪出 版传媒	西安出版社 2013年11月第一版	儿童文学
13	娇气包迪迪 ดิดดิขี้แย （小恐龙完美成长系列 情绪管理）	玛妮莎著 菈抵美绘	西安曲江培豪出 版传媒	西安出版社 2013年11月第一版	儿童文学
14	嫉妒虫吉米 จิ๊ดจ๊าดขี้อิจฉา （小恐龙完美成长系列 情绪管理）	玛妮莎著 菈抵美绘	西安曲江培豪出 版传媒	西安出版社 2013年11月第一版	儿童文学
15	凯蒂的幸福时光 ความสุขของกะทิ	简·薇佳吉娃(Jane Vejjajiva)		贵州人民出版社2009 年版	儿童文学
16	卡娣的幸福 ความสุขของกะทิ	Ngarmpun(Jane) Vejjajiva งามพรรณ เวชชาชีวะ	王圣芬 魏婉琪	台湾/野人出版社2009 年版	儿童文学
17	爱的预习课 ความสุขของกะทิ ตามหาพระจันทร์	Ngarmpun(Jane) Vejjajiva งามพรรณ เวชชาชีวะ	王圣芬 魏婉琪	台湾/野人出版社2009 年版	儿童文学
18	我要当飞行员 （拉科鲁克大奖成长绘 本第一辑）	帕塔拉温·拉萨密 帕	刘艳	中国铁道出版社 2015年6月第一版	儿童文学
19	慷慨的云先生 （拉科鲁克大奖成长绘 本第一辑）	纳帕松·猜玛诺翁	刘艳	中国铁道出版社 2015年6月第一版	儿童文学
20	巴姆的煎饼 （拉科鲁克大奖成长绘 本第一辑）	素潘妮·南玛湾 著 玉缇达·本素 帕绘	刘艳	中国铁道出版社 2015年6月第一版	儿童文学
21	这是谁的钱 （拉科鲁克大奖成长绘 本第一辑）	素拉萨·普拉	刘艳	中国铁道出版社 2015年6月第一版	儿童文学
22	藏宝箱 （拉科鲁克大奖成长绘 本第一辑）	帕察利·密素坤 著 玉尼·伊萨曼 绘	刘艳	中国铁道出版社 2015年6月第一版	儿童文学

续表

编号	书名	作者	译者	出版信息	备注
23	做最棒的我（拉科鲁克大奖成长绘本第一辑）	塔玉瓦·菩提喇	刘艳	中国铁道出版社2015年6月第一版	儿童文学
24	开心农场（拉科鲁克大奖成长绘本第一辑）	缇蒂玛·长普 著吉帕臣·穆西葛农 绘	刘艳	中国铁道出版社2015年6月第一版	儿童文学
25	还需要什么呢（拉科鲁克大奖成长绘本第一辑）	肯阿湾·舜通玉甘	刘艳	中国铁道出版社2015年6月第一版	儿童文学
26	耙耙的用途（拉科鲁克大奖成长绘本第二辑）	罗塔娜·科查纳特	刘艳	中国铁道出版社2017年4月第一版	儿童文学
27	不只是第一名（拉科鲁克大奖成长绘本第二辑）	罗塔娜·科查纳特	刘艳	中国铁道出版社2017年4月第一版	儿童文学
28	胆小的兔子（拉科鲁克大奖成长绘本第二辑）	纳米克 著平平 绘	刘艳	中国铁道出版社2017年4月第一版	儿童文学
29	快来帮帮鲸鱼叔叔（拉科鲁克大奖成长绘本第二辑）	帕特查理·米苏克 著查娜雅·吉查丽钗 绘	刘艳	中国铁道出版社2017年4月第一版	儿童文学
30	我能拯救地球（拉科鲁克大奖成长绘本第二辑）	希缇玛·查罗娜蒂	刘艳	中国铁道出版社2017年4月第一版	儿童文学
31	谢谢你长鼻子大象（拉科鲁克大奖成长绘本第二辑）	安查丽·阿里翁	刘艳	中国铁道出版社2017年4月第一版	儿童文学
32	圆脑袋回家记（拉科鲁克大奖成长绘本第二辑）	帕特查理·米苏克 著维尼·耶萨姆 绘	刘艳	中国铁道出版社2017年4月第一版	儿童文学
33	走开怪物（拉科鲁克大奖成长绘本第二辑）	米纳珐娜·萨普—阿尼克	刘艳	中国铁道出版社2017年4月第一版	儿童文学
34	微笑的国度（家庭教育故事绘本）	姜妮达·琐帕纳武缇昆	宋志寿	中国铁道出版社2018年4月第一版	儿童文学
35	聪聪的水灯节（家庭教育故事绘本）	琵诗达·勒达纳	宋志寿	中国铁道出版社2018年4月第一版	儿童文学
36	谁的骨头（家庭教育故事绘本）	因沙瑜·铁坤帕妮·伊缇班隆勒	宋志寿	中国铁道出版社2018年4月第一版	儿童文学

编号	书名	作者	译者	出版信息	备注
37	一年三季（家庭教育故事绘本）	素拉萨·鹏勒	宋志寿	中国铁道出版社 2018年4月第一版	儿童文学
38	黑漆漆（家庭教育故事绘本）	因沙瑜·铁坤 帕妮·伊缇班隆勒	宋志寿	中国铁道出版社 2018年4月第一版	儿童文学
39	鼹鼠导游记（家庭教育故事绘本）	素纳塔·维拉萨哇塔纳	宋志寿	中国铁道出版社 2018年4月第一版	儿童文学

图文文学

编号	书名	作者	译者	出版信息	备注
1	诗琳通公主诗文画集	诗琳通公主	顾雅炯	生活·读书·新知三联书店 1993.12第一版	图文文学
2	想飞的猪	翁雅·柴参奇普著 素宽·阿他乍路喜绘	慈一（王道明）	华夏出版社2011年7月第一版	图文文学
3	永远没有准备好这回事，现在就放手去做！	童格拉·奈娜	李敏怡	八方出版股份有限公司 2011年5月第一版	图文文学
4	又不是世界末日，困难都会过去的！	童格拉·奈娜	李敏怡	八方出版股份有限公司 2011年5月第一版	图文文学
5	只挑简单的做，你的人生当然只能这样！	童格拉·奈娜	李敏怡	八方出版股份有限公司 2011年6月第一版	图文文学
6	相信自己就对了！每一次选择，都是最好的决定！	童格拉·奈娜	璟玟	八方出版股份有限公司 2011年11月第一版	图文文学
7	九命猫	宋邢·泰宋莲	璟玟	中南出版传媒集团·湖南人民出版社 2011年5月第一版	图文文学
8	霹雳火头与温柔豆芽历险记—在黑暗的季节	宋邢·泰宋莲	璟玟	中南出版传媒集团·湖南人民出版社2011年10月第一版	图文文学
9	你的人生没有不可能！勇敢改变，不要被自己打败	童格拉·奈娜	璟玟	八方出版股份有限公司 2012年2月第一版	图文文学
10	我的名字叫机会	童格拉·奈娜	李月婷	八方出版股份有限公司 2012年5月第一版	图文文学
11	在很久很久以前的某一个时间	宋邢·泰宋莲	王道明	中南出版传媒集团·湖南人民出版社2012年5月第一版	图文文学
12	霹雳火头与温柔豆芽历险记—无尽疯狂的旅程	宋邢·泰宋莲	璟玟	中南出版传媒集团·湖南人民出版社2012年3月第一版	图文文学

续表

编号	书名	作者	译者	出版信息	备注
13	其时没那么急！有一种美好，只有慢慢来，才能看见！	童格拉·奈娜	Huang TT	八方出版股份有限公司 2013年11月第一版	图文文学
14	别烦！一天只有24小时，何必浪费在讨厌的人身上！	努姆·塔莎那	林璟玟	重庆出版社 2013年3月第一版	图文文学
15	心小小的快乐就大大的	明娇Kawsai	陈信源	重庆出版社2014年8月第一版	图文文学
16	下一步，不许认输	童格拉·奈娜	璟玟	重庆出版社 2014年8月第一版	图文文学
17	少就是多	童格拉·奈娜	璟玟	重庆出版社 2014年8月第一版	图文文学
18	不要害怕说NO！幸福的起点就是，勇敢去做你想做的事	童格拉·奈娜	璟玟	八方出版股份有限公司 2014年4月第一版	图文文学
19	给自己一个机会（礼物盒）	童格拉·奈娜		八方出版股份有限公司 2014年2月第一版	图文文学
20	别怕！你可以的，看不到未来更要挺自己	童格拉·奈娜	李敏怡	重庆出版社 2014年8月第一版	图文文学
21	我的名字叫机会	童格拉·奈娜	李巧娅	中央广播电视大学出版社 2015年5月 第一版	图文文学
22	换个角度看世界	童格拉·奈娜		中央广播电视大学出版社 2015年6月第一版	图文文学
23	靠自己成就精致人生	童格拉·奈娜 ต้นกล้า ณัฐนา	李巧娅	中央广播电视大学出版社 2015年8月第一版	图文文学
24	一切皆有可能	童格拉·奈娜 ต้นกล้า ณัฐนา	李巧娅	中央广播电视大学出版社 2015年8月第一版	图文文学
25	分手所需100步	谛帕恭·武提皮塔雅蒙空	李泽洋	东方出版社 2019年4月第一版	图文文学
26	海和你之间 1-2（共2册）	沐宁·塞布拉萨		新世纪出版社 2014年12月第一版	图文文学
27	胡桃夹子	尼鲁特·普塔皮帕特	张木天	未来出版社 2016年12月第一版	图文文学

佛教文学

编号	书名	作者	译者	出版信息	备注
1	何来阿姜·查	阿姜·查	法园编译群	法耕印经会1984年	佛教
2	静止的流水	阿姜·查		商务印书馆 1991年	佛教
3	宁静的森林水池	阿姜·查		福建莆田广化寺1992年	佛教
4	阿姜·查佛学文集选	阿姜·查	法园编译群	四川宗教事务局1997年	佛教
5	以法为赠礼	阿姜·查		北京八大处1998年	佛教
6	森林中的法语	阿姜·查	法园编译群	生活·读书·新知三联书店2002年版	佛教
7	关于这颗心	阿姜查·波提央	赖隆彦	海南出版社2008年2月第一版	佛教
8	无常	阿姜查·波提央	赖隆彦	深圳报业集团出版社2008年8月第一版	佛教
9	不生气的生活	W·伐札梅谛	江翰雯	台湾/橡树林文化2008年8月12日	佛教
10	证悟：阿姜查的见道历程	阿姜查, 保罗·布里特(合著者)	赖隆彦	深圳报业集团出版社2009年6月第一版	佛教
11	这个世界的真相	阿姜·查	果儒	南方出版社2010年4月第一版	佛教
12	不生气的生活	W·伐札梅谛	江翰雯	中国青年出版社2013年1月	佛教
13	我们真正的归宿	阿姜·查	法园编译群	商务印书馆2013年12月第一版	佛教
14	森林里的一棵树	阿姜·查	法园编译群	商务印书馆2013年12月第一版	佛教
15	以法为赠礼	阿姜·查	法园编译群	商务印书馆2013年12月第一版	佛教
16	阿姜·查开示录选集	阿姜·查	法园编译群		佛教
17	为何我们生于此	阿姜·查	法园编译群	灵岩寺弘法社	佛教
18	森林里的一棵树我们真正的归宿	阿姜·查		成都文殊院	佛教

纪实文学

编号	书名	作者	译者	出版信息	备注
1	泰国当代文化名人——披耶阿努曼拉查东生平及著作		段立生	中山大学出版社1987年7月第一版750册	纪实文学
2	我是艾利：我在海外的经历	塔娜达·萨湾登	蔚然	百花洲文艺出版社2011年8月第一版	纪实文学
3	巴门的行走	巴门·潘赞	王大荣	海南出版社2012年9月第一版	纪实文学
4	做一个好人——一位福布斯富豪的创业之路	邱戚功	张益民	作家出版社2013年3月版	纪实文学
5	莲花中的珍宝：阿姜查·须跋多传	阿姜·查弟子	捷平	商务印书馆2013年12月版	纪实文学

附录3：

泰国文学在中国的译介（时代）

20世纪50年代

编号	书名	作者	译者	出版信息	备注
1	泰国现代短篇小说选	西亚拉帕等	北京大学东方语言系泰语专业师生集体翻译	人民文学出版社1958年1月第一版4500册	短篇
2	魔鬼	社尼·骚哇蓬	徐翩（林光辉）	香港/艺美图书1959年5月第一版1960年5月第二版	长篇
3	向前看	西亚拉帕	秦森杰袁有礼	上海文艺出版社1959年6月第一版15000册	长篇

20世纪60年代

编号	书名	作者	译者	出版信息	备注
1	再会有期	诗武拉砲	徐翩（林光辉）	香港/维华1960年7月第一版	短篇
2	诺帕蓬与姬乐蒂	诗武拉珀	徐翩（林光辉）	香港/维华1961年5月第一版	中篇
3	泰国民间故事选（第一册）		徐翩（林光辉）	香港/维华1961年8月	民间故事
4	泰国民间故事选（第二册）		沈逸文（沈牧）	香港/维华1962年2月	民间故事
5	泰国名家短篇小说选		徐翩（林光辉）	香港/崇明1963年3月第一版	短篇
6	向前看（第一部童年）	西亚拉帕	秦森杰袁有礼	作家出版社1965年9月第一版	长篇
7	泰国短篇小说选	马纳·曾荣等	沈牧（沈逸文）	香港/上海书局1968年1月第一版1970年3月第二版	短篇

20世纪70年代

编号	书名（篇名）	作者	译者	出版信息	备注
1	崇高的荣誉	仑洛·纳那空等	杨耕（沈逸文）	香港/上海书局1970年11月第一版	短篇
2	泰国小说选	马纳·曾荣等	沈牧（沈逸文）	台湾/大江1970年10月第一版	短篇
3	泰国短篇小说选		沈牧（沈逸文）	台湾/大江1970年3月第一版	短篇

续表

编号	书名（篇名）	作者	译者	出版信息	备注
4	（泰国现代短篇小说选）我不再有眼泪	沙拉巫等	沈逸文（沈森豪）	香港/海洋 1973年1月第一版	短篇
5	黎明（泰国短篇小说选）	通玛央蒂等	沈逸文	香港/万叶出版社 1973年11月第一版	短篇
6	在祖国土地上		沈逸文（沈森豪）	香港/大光 1976年4月第一版	短篇
7	魔鬼	社尼·骚哇蓬	陈健民 郭宣颖	外国文学出版社 1979年9月第一版 10000册	长篇
8	抢狗食	西·沙拉康	魏宾	《外国儿童短篇小说》少年儿童出版社，1979年版	短篇

20世纪80年代

编号	书名（篇名）	作者	译者	出版信息	备注
1	甘医生	素婉妮·素坤泰	龚云宝 李自珉	外语教学与研究出版社 1980年9月第一版66000册	长篇
2	厨房杀人犯	克立·巴莫	栾文华	《亚非短篇小说集》 中国社会科学出版社，1980年版	短篇
3	小城轶事	查查林·差亚瓦	栾文华		短篇
4	断臂村	克立·巴莫	栾文华	《译林》1980年第4期	短篇
5	再见吧，过去！	欧·猜耶华拉辛	邢慧如	《外国文学》1980年第6期	短篇
6	谁之罪	伊沙拉·阿曼达功	李自珉 龚云宝	《外国文学》1980年第6期	短篇
7	克立·巴莫短篇讽刺小说选	克立·巴莫	何方	外语教学与研究出版社 1981年10月第一版32000册	短篇
8	猫就是猫		李自珉	《外国文学》1981年第5期	民间故事
9	克立·巴莫短篇小说两篇	克立·巴莫	何芳	《外国文学》1981年第3期	短篇
10	一九七五年的爱情	莎蕾·希拉玛娜	栾文华	《外国文学》1981年第6期	短篇
11	断臂村	克立·巴莫		《现代世界短篇小说选》第1册 安徽人民出版社，1981年版	短篇
12	小城轶事	差亚瓦			
13	垃圾堆里发出的声音	矮·艾差利雅功	陈健敏	《外国文学》1982年第10期	短篇
14	画中情思	西巫拉帕	栾文华 邢慧如	《外国文学》1982年第12期	中篇
15	夕阳西下	吉莎娜·阿索信	烝民	外语教学与研究出版社 1982年1月第一版50000册	长篇
16	独臂村	克立·巴莫	栾文华	《亚非拉文学作品选·当代文学》 宁夏大学中文系，1982年版	短篇
17	画中情思	西巫拉帕	栾文华 邢慧如	外语教学与研究出版社 1982年4月第一版69000册	中篇

续表

编号	书名（篇名）	作者	译者	出版信息	备注
18	诗人的誓言	昂塔·甘拉亚纳蓬	栾文华	金果小枝 外国历代著名短诗欣赏 黑龙江人民出版社，1982年版	诗歌
19	怎能像胆小鬼那样生活	维特亚贯·强恭			
20	机不可失等19则		栾文华	《东南亚民间故事选》 长江文艺出版，1982年版 17400册	民间故事
21	兔子的尾巴等17则	利昂·库默（英）	姜继	《东南亚民间故事》 福建人民出版，1982年版 14800册	民间故事
22	厨房杀人犯	克立·巴莫	栾文华	《世界文学》三十年优秀作品选 1 小说 浙江文艺出版社，1983年版	短篇
23	有智慧的人	约·登丹隆	段立生 王培璐	少年儿童出版社 1983年9月第一版31000册	民间故事
24	小诺伊的鲸鱼	威·西里辛		《亚洲当代儿童小说选》 湖南少年儿童出版社，1983年版	短篇
25	擦皮鞋的孩子	安莎西普	张良民	《世界儿童》 第8辑 四川少年儿童出版社，1983年版	短篇
26	绝路	察·谷集	邢慧如	《外国文学》1984年第12期	中篇
27	顽皮透顶的盖珥	菀盖珥（诗琳通公主）著 咪尔插画	郭宣颖 张砚秋	少年儿童出版社 1983年8月第一版5000册	儿童文学
28	诗九首	诗灵通	季难生 张青	《外国文学》1984年第2期	诗歌
29	淘气过人的盖珥	菀盖珥（诗琳通公主）	郭宣颖	少年儿童出版社 1985年6月第一版5000册	儿童文学
30	四朝代	蒙拉查翁克立·巴莫	谦光	山西人民出版社 1984年4月第一版24500册	长篇
31	何来阿姜·查	阿姜·查	法园编译群	法耕印经会1984年	佛教
32	泰国笑话			《外国笑话集锦（续编）》 湖南人民出版社，1984年版	笑话
33	南风吹梦	牡丹		中国友谊出版公司 1984年10月第一版	长篇
34	独臂村	克立·巴莫	何方	《微型小说选》 4 江苏人民出版社，1984年版	短篇
35	四朝代	克立·巴莫	高树榕 房英	上海译文出版社 1985年1月第一版1994年1月第二次印刷 24000册	长篇
36	小草的歌	诗琳通公主	王晔 邢慧如	中国少年儿童出版社 1985年1月第一版2000册	诗歌
37	泰国当代短篇小说选	西拉·沙塔巴纳瓦等	栾文华 顾庆斗	外国文学出版社 1985年5月第一版3150册	短篇
38	断臂村（克立·巴莫短篇小说选）	克立·巴莫	觉民 春陆	中国友谊出版公司 1986年1月第一版	短篇
39	泰国作家短篇小说选	暖·尼兰隆等	沈逸文	中国友谊出版公司 1986年11月第一版	短篇
40	风尘少女	高·素朗卡娘	李健	陕西人民出版社 1986年6月第一版27000册	长篇

续表

编号	书名（篇名）	作者	译者	出版信息	备注
41	幻灭	尼米·普密他温	裴晓睿 任一雄	贵州人民出版社 1986年7月第一版2850册	长篇
42	小草的歌	诗琳通公主		《儿童诗选》 安徽教育出版社，1986年版	诗歌
43	地花				
44	刑警与案犯	凯·纳·汪内等	谦光 白松	北岳文艺出版社 1987年7月第一版61200册	短篇
45	教授也答不上			《外国儿童幽默集》 湖南少年儿童出版社， 1987年版	笑话
46	珠冠泪		沈逸文	花城出版社 1988年7月第一版540册	短篇
47	泰国当代文化名人 ——披耶阿努曼拉 查东生平及著作		段立生	中山大学出版社 1987年7月第一版750册	纪实文学
48	世俗之路	蒙昭·阿卡丹庚	栾文华	《国外文学》1987年第4期	中篇
49	不同颜色的血液	宛拉扬昆	栾文华	《外国儿童短篇小说选· 亚、非、美、澳洲作家作品》 四川少年儿童出版社，1987年版	短篇
50	人言可畏	察·高吉迪	谦光	北岳文艺出版社 1988年1月第一版28000册	长篇
51	判决	查·枸吉迪	栾文华	长江文艺出版社 1988年7月第一版7200册	长篇
52	泰国民间寓言选		玉康	云南少年儿童出版社 1988年12月第一版3000册	民间故事
53	独臂村	克立·巴莫	何方	《世界微型小说精选简评集》 广西民族出版社，1988年版	短篇
54	那种人	西巫拉帕	白东泰	《东方短篇小说选》上 中国青年出版社，1988年版	短篇
55	饮食谋杀术	蒙拉差翁·克立 ·巴莫	何方		
56	"高贵"的灾难	克立·巴莫	栾文华	《外国文学》1982年第4期	短篇小说
57	蜗牛的道路	瑞瓦拉·蓬拍本	栾文华	《世界文学》1985年第3期	诗歌
58	有老虎便会有狮子	楚兰达	栾文华	《花溪》1987年第9期	短篇小说
59	草叶上的露珠	楚兰达	栾文华	《花溪》1989年第4期	短篇小说
60	在解剖室里	奥·乌恭达	栾文华	《世界文学》1989年第3期	短篇小说
61	擦皮鞋的孩子	安萨西普	张良民	《东方少年》1984年第5期	短篇小说
62	重返自由	马诺·他侬西	裴晓睿	《国外文学》1981年第3期	短篇小说

续表

编号	书名（篇名）	作者	译者	出版信息	备注
63	投桃报李	察·高吉迪	谦光	《世界文学》1989年第4期	短篇小说

20世纪90年代

编号	书名	作者	译者	出版信息	备注
1	泰国笑话		华明	《世界幽默艺术博览》上海文化出版社，1990年版	笑话
2	西特诺猜		栾文华		
3	富男孩和薄命女	瓦·宛拉扬昆		《当代外国儿童文学作品选·诗歌卷》明天出版社，1990年版	诗歌
4	妈妈的孩子	空吞·坎塔奴	栾文华		
5	报复	维特亚贯·强恭			
6	儿童节感言	瓦尼·乍隆吉加阿南			
7	厨房杀人犯	克立·巴莫		《世界短篇小说名著鉴赏辞典》北京燕山出版社，1990年版	短篇
8	狄台的证词	康南·翁沙阿	栾文华	《当代外国儿童文学作品选·小说卷》明天出版社，1990年版	短篇
9	炼金术			《中外智慧故事大观》少年儿童出版社，1990年版	故事
10	二月还债				
11	抢狗食	西·沙拉康		《少年儿童文学名篇鉴赏》漓江出版社，1991年版	短篇
12	擦皮鞋的孩子	安莎西普	张良民	《蓝色的纽扣》开明出版社，1991年版	短篇
13	泰国中篇小说两篇		觉民 春陆	佛山作家协会出版社 1991年第一版	中篇
14	曼谷死生缘	吉莎娜·阿索信	高树榕 房英	中国工人出版社 1991年8月第一版	长篇
15	静止的流水	阿姜·查		商务印书馆 1991年	佛教
16	诗人的誓言	昂堪·甘拉亚纳蓬	栾文华	《外国抒情诗赏析辞典》北京师范学院出版社，1991年版	诗歌
17	诗人的誓言	甘拉亚纳蓬		《世界名诗鉴赏全库》中国妇女出版社，1991年版	诗歌
18	爱之因	松通			诗歌
19	小草的歌	诗琳通公主	王晔 刑慧茹	《外国儿童文学作品选》山东文艺出版社，1991年版	诗歌

续表

编号	书名	作者	译者	出版信息	备注
20	小草的歌	诗琳通公主		《世界儿童诗名篇精选》辽宁少年儿童出版社，1992年版	诗歌
21	困惑	诗通灵	季难生 张青	《中外现当代女诗人诗歌鉴赏辞典》民族出版社，1992年版	诗歌
22	爱之因	巴雍·松通	栾文华	《世界名诗三百首》中国青年出版社，1992年版	诗歌
23	诗人的誓言	昂堪·甘拉亚纳蓬			
24	坟墓上的婚礼	奥·乌达龚	栾文华	《国外文学》1992年第1期	短篇小说
25	好百姓	多迈索	栾文华	《世界反法西斯文学书系·东南亚》重庆出版社，1992年版	短篇
26	宁静的森林水池	阿姜·查		福建莆田广化寺1992年	佛教
27	独臂村	克立·巴莫		《外国微型小说名篇鉴赏》中国人民大学出版社，1992年版	短篇
28	政客的眼泪	克立·巴莫		《中外微型小说美欣赏》花城出版社，1992年版	短篇
29	诗琳通公主诗文画集	诗琳通公主	顾雅炯	生活·读书·新知三联书店1993年12月第一版	图文文学
30	断臂村	克立·巴莫	觉民	《酒神，婚礼与死亡》北京师范大学出版社，1993年版	短篇
31	小城轶事	查查林·差亚瓦	栾文华	《世界文学精粹小说卷·四十年佳作》浙江文艺出版社，1993年版	短篇
32	饮食谋杀术	克立·巴莫	何方	《人不如猴》北京师范大学出版社，1993年版	短篇
33	舞娘	阿萨西里·探马错		《世界散文精华·亚洲卷》江苏文艺出版社，1994年版	散文
34	堆沙塔	派吞·丹亚			
35	在桥上	派吞·丹亚			
36	制砖的人	瓦·宛拉扬昆			
37	帕阿派玛尼（节选）	顺吞蒲	晓荷	《世界诗库·南亚·东北亚东南亚》花城出版社，1994年版	诗歌
38	诗人的誓言	昂堪·甘拉亚纳蓬	栾文华		
39	小草的歌	诗琳通	王晔 邢慧茹	《外国散文·诗歌卷》广西师范大学出版社，1995年版	诗歌
40	1975年的爱情	莎蕾·希拉玛娜	栾文华	《爱情小说》中国和平出版社，1996年版	短篇
41	厨房杀人犯	巴莫		《讽刺幽默小说100篇》河北教育出版社，1996年版	短篇

编号	书名	作者	译者	出版信息	备注
42	厨房杀人犯	克立·巴莫	栾文华	《幽默小说》 中国和平出版社，1996年版	短篇
43	阿姜·查佛学文集选	阿姜·查	法园编译群	四川宗教事务局1997年	佛教
44	东北	乃丕	栾文华	《外国名诗选》（下） 中国青年出版社，1997年版	诗歌
45	昭昆通	素吉			
46	自拟校歌	维特亚贯			
47	心中最后的话语	空吞			
48	向前看	西巫拉帕	耳东 （陈建敏）等	上海译文出版社 1998年1月第一版	长篇
49	以法为赠礼	阿姜·查		北京八大处1998年	佛教
50	盛伽夫人	克里斯纳·阿所克辛	张芸 刘芊	《译林》1998年第5期	短篇
51	厨房杀人犯	克立·巴莫	栾文华	《中外幽默小说精萃》 百花洲文艺出版社，1998年版	短篇
52	厨房杀人犯	克立·巴莫	栾文华	《世界幽默讽刺小说大观·亚非澳卷》 长江文艺出版社，1998年版	短篇
53	政客的眼泪	克立·巴莫	何方	《掌上玫瑰世界微型小说佳作选·亚洲卷》 春风文艺出版社，1998年版	短篇
54	独臂村				
55	警犬				
56	立体伊索				
57	荒岛情波				
58	大艺术家				
59	诱捕虾姑	诗琳通·玛哈扎克里		《世界名人散文经典》 延边人民出版社，1998年版	散文
60	小草的歌	诗琳通公主		《儿童文学作品选读》 开明出版社，1998年版	诗歌
61	诗人的誓言	昂堪·甘拉亚纳蓬		《外国名诗三百首》 长江文艺出版社，1988年版	诗歌
62	诗人之死	诺瓦拉·甘拉亚纳蓬			诗歌
63	困惑	诗通灵		《现当代诗歌名篇赏析》（5） 重庆出版社，1999年版	诗歌
64	泰国寓言			中外寓言故事100篇 人民中国出版社，1999年版	寓言
65	洋人与管家	玛·詹荣	栾文华	世界文学1999年01期	短篇小说

21世纪

编号	书名	作者	译者	出版信息	备注
1	槟榔花女	守木巴·帕拉依瑠依	高树榕 房英	上海译文出版社 2000年11月第一版 4200册	民间故事
2	画中情思	西巫拉帕	栾文华 邢慧茹	《20世纪百部外国小说名著赏读》 辽宁大学出版社，2000年版	中篇
3	四朝代	克立·巴莫	高树榕 房英		长篇
4	泰国民间故事		裴晓睿	辽宁少年儿童出版社 2001年5月第一版2000册	民间故事
5	乘舟游湄江	干拉雅妮·瓦塔娜		《名人笔下的桂林》 新华出版社，2001年版	散文
6	舞娘	探马错		《外国散文百年精华》 人民文学出版社，2001	散文
7	爱之因	巴雍·松通		《外国诗歌百年精华》 人民文学出版社，2002年版	诗歌
8	克隆人	维蒙·赛尼暖	高树榕 房英	上海译文出版社 2002年9月第一版	长篇
9	森林中的法语	阿姜·查	法园编译群	生活·读书·新知三联书店 2002年版	佛教
10	厨房杀人犯	克立·巴莫		《世界经典讽刺幽默小说金榜》（下） 内蒙古人民出版社，2003年版	短篇
11	厨房杀人犯	巴莫		《外国短篇小说经典100篇》 人民文学出版社，2003年版	短篇
12	厨房杀人犯	巴莫		《外国短篇小说百年精华》（下） 人民文学出版社，2003年版	短篇
13	诗人的誓言	甘拉亚纳蓬	栾文华	《二十世纪外国著名短诗101首赏析》 珠海出版社，2003年版	诗歌
14	怎能像胆小鬼那样生活	强恭			
15	舞娘	阿萨西里·探马错		《二十世纪外国散文经典》 北京师范大学出版社，2004年版	散文
16	野花	诗琳通		《古今短诗300首·外国》 人民文学出版社，2005年版	诗歌
17	独臂村	克立·巴莫		《课外阅读》2005年第12期	短篇
18	脸谱	派·谭亚	李健	《2006年翻译文学》 春风文艺出版社，2007年版	短篇
19	舞娘	阿萨西里·探马错		《外国百年散文鉴赏·名家名篇》 长江出版社，2007年版	散文
20	泰国民间故事选译		刀承华	民族出版社 2007.7第一版1500册	民间故事
21	舞娘	阿萨西里·探马错		《外国散文百年精华鉴赏》（精华本） 长江出版社，2008年版	散文
22	关于这颗心	阿姜查·波提央	赖隆彦	海南出版社2008年2月第一版	佛教

续表

编号	书名	作者	译者	出版信息	备注
23	无常	阿姜查·波提央	赖隆彦	深圳报业集团出版社 2008.8 第一版	佛教
24	不生气的生活	W·伐札梅谛	江翰雯	台湾/橡树林文化 2008年8月12日	佛教
25	有智慧的人		段立生 王培璇	少年文艺2008年第3期	民间故事
26	小草的歌	诗琳通公主	王晔 刑慧茹	《现代诗文诵读》小学二年级（上册）凤凰出版传媒集团 江苏教育出版社，2008年版	诗歌
27	证悟：阿姜查的见道历程	阿姜查，保罗·布里特(合著者)	赖隆彦	深圳报业集团出版社 2009年6月第一版	佛教
28	凯蒂的幸福时光	简·薇佳吉娃		贵州人民出版社2009年版	儿童文学
29	卡娣的幸福	Ngarmpun(Jane) Vejiajiva	王圣芬 魏婉琪	台湾/野人出版社2009年版	儿童文学
30	爱的预习课	Ngarmpun(Jane) Vejiajiva	王圣芬 魏婉琪	台湾/野人出版社2009年版	儿童文学
31	悲歌	系巴拉		《外国诗歌鉴赏辞典》上海辞书出版社，2009年版	诗歌
32	摇篮曲—哀叹调	探马铁贝			
33	独臂村	克立·巴莫		《世界微型小说经典·亚洲卷》下 百花洲文艺出版社，2009年版	短篇
34	诗人的誓言	甘拉亚纳蓬		《一世珍藏的诗歌200首》长江文艺出版社，2009年版	诗歌
35	独臂村	克拉·巴莫		《世界微型小说名家名作百年经典》（第6卷）吉林出版集团有限责任公司，2010年版	短篇
36	青草回旋诗	诗琳通公主		《外国诗歌鉴赏辞典·现当代卷》上海辞书出版社，2010年版	诗歌
37	猫头鹰	诗琳通公主			
38	别让水面起涟漪	蓬拍汶			
39	舞娘	阿萨西里·探马错		《品外国散文》上海科学技术文献出版社，2010年版	散文
40	这个世界的真相	阿姜·查	果儒	南方出版社2010年4月第一版	佛教
41	同一条河流	东西等著		《中泰文学作品选》广西师范大学出版社，2010年版	短篇 诗歌

续表

编号	书名	作者	译者	出版信息	备注
42	想飞的猪	翁雅·柴参奇普著 素宽·阿他乍路喜绘	慈一（王道明）	华夏出版社2011年7月第一版	图文文学
43	象和蛇			《世界经典儿童文学精选·寓言精选》湖北少年儿童出版社，2011年版	寓言
44	小草的歌	诗琳通	王晔 刑慧茹	《世界经典儿童文学精选·童诗精选》湖北少年儿童出版社，2011年版	诗歌
45	跟随父亲的脚步				
46	白松鼠	蓬柏本	夏月		
47	厨房杀人犯	巴莫		外国短篇小说百篇必读 人民文学出版社，2011版	短篇
48	我是艾利（我在海外的经历）	塔娜达·萨湾登	蔚然	百花洲文艺出版社 2011年8月第一版	纪实文学
49	永远没有准备好这回事，现在就放手去做！	童格拉·奈娜	李敏怡	八方出版股份有限公司 2011年5月第一版	图文文学
50	又不是世界末日，困难都会过去的！	童格拉·奈娜	李敏怡	八方出版股份有限公司 2011年5月第一版	图文文学
51	只挑简单的做，你的人生当然只能这样！	童格拉·奈娜	李敏怡	八方出版股份有限公司 2011年6月第一版	图文文学
52	相信自己就对了！每一次选择，都是最好的决定！	童格拉·奈娜	璟玟	八方出版股份有限公司 2011年11月第一版	图文文学
53	九命猫	宋邢·泰宋蓬	璟玟	中南出版传媒集团·湖南人民出版社 2011年5月第一版	图文文学
54	霹雳火头与温柔豆芽历险记—在黑暗的季节	宋邢·泰宋蓬	璟玟	中南出版传媒集团·湖南人民出版社2011年10月第一版	图文文学
55	你的人生没有不可能！勇敢改变，不要被自己打败	童格拉·奈娜	璟玟	八方出版股份有限公司 2011年2月第一版	图文文学
56	巴门的行走	巴门·潘赞	王大荣	海南出版社2012年9月第一版	纪实文学
57	我的名字叫机会	童格拉·奈娜	李月婷	八方出版股份有限公司 2012年5月第一版	图文文学
58	在很久很久以前的某一个时间	宋邢·泰宋蓬	王道明	中南出版传媒集团·湖南人民出版社2012年5月第一版	图文文学
59	霹雳火头与温柔豆芽历险记—无尽疯狂的旅程	宋邢·泰宋蓬	璟玟	中南出版传媒集团·湖南人民出版社2012年3月第一版	图文文学
60	其时没那么急！有一种美好，只有慢慢来，才能看见！	童格拉·奈娜	Huang TT	八方出版股份有限公司 2013年11月第一版	图文文学

编号	书名	作者	译者	出版信息	备注
61	独臂村	克立·巴莫		《外国微型小说百年经典·亚洲卷》百花洲文艺出版社，2013版	短篇
62	令人质疑的结论	盖·来通		世界著名悬疑故事《精选合订本》京华出版社，2013年版	短篇
63	刑警与罪犯	彻·松喜			短篇
64	别烦！一天只有24小时，何必浪费在讨厌的人身上！	努姆·塔莎那	林璟玟	重庆出版社2013年3月第一版	图文文学
65	不生气的生活	W·伐札梅谛	江翰雯	中国青年出版社2013年1月	佛教
66	做一个好人——一位福布斯富豪的创业之路	邱威功	张益民	作家出版社2013年3月	纪实文学
67	莲花中的珍宝：阿姜查·须跋多传	阿姜·查弟子	捷平	商务印书馆2013年12月	纪实文学
68	我们真正的归宿	阿姜·查	法园编译群	商务印书馆2013年12月第一版	佛教
69	森林里的一棵树	阿姜·查	法园编译群	商务印书馆2013年12月第一版	佛教
70	以法为赠礼	阿姜·查	法园编译群	商务印书馆2013年12月第一版	佛教
71	《帕罗赋》翻译与研究		裴晓睿 熊然	北京大学出版社2013年7月	诗歌
72	小遢遢亨利	玛妮莎著 菈抵美绘	西安曲江培豪出版传媒	西安出版社2013年11月第一版	儿童文学
73	朱迪说抱歉	玛妮莎著 菈抵美绘	西安曲江培豪出版传媒	西安出版社2013年11月第一版	儿童文学
74	温蒂最得意	玛妮莎著 菈抵美绘	西安曲江培豪出版传媒	西安出版社2013年11月第一版	儿童文学
75	杰克不听话	玛妮莎著 菈抵美绘	西安曲江培豪出版传媒	西安出版社2013年11月第一版	儿童文学
76	捣蛋鬼皮皮	玛妮莎著 菈抵美绘	西安曲江培豪出版传媒	西安出版社2013年11月第一版	儿童文学
77	小气鬼玲珑	玛妮莎著 菈抵美绘	西安曲江培豪出版传媒	西安出版社2013年11月第一版	儿童文学
78	坏脾气比萨	玛妮莎著 菈抵美绘	西安曲江培豪出版传媒	西安出版社2013年11月第一版	儿童文学
79	马丁太任性	玛妮莎著 菈抵美绘	西安曲江培豪出版传媒	西安出版社2013年11月第一版	儿童文学
80	雪莉羞答答	玛妮莎著 菈抵美绘	西安曲江培豪出版传媒	西安出版社2013年11月第一版	儿童文学
81	胆小鬼尼克	玛妮莎著 菈抵美绘	西安曲江培豪出版传媒	西安出版社2013年11月第一版	儿童文学
82	娇气包迪迪	玛妮莎著 菈抵美绘	西安曲江培豪出版传媒	西安出版社2013年11月第一版	儿童文学

续表

编号	书名	作者	译者	出版信息	备注
83	嫉妒虫吉米	玛妮莎著 菈抵美绘	西安曲江培豪出版传媒	西安出版社 2013年11月第一版	儿童文学
84	心小小的快乐就大大的	明娇Kawsai	陈信源	重庆出版社2014年8月第一版	图文文学
85	下一步，不许认输	童格拉·奈娜	璟玟	重庆出版社 2014年8月第一版	图文文学
86	少就是多	童格拉·奈娜	璟玟	重庆出版社 2014年8月第一版	图文文学
87	不要害怕说NO! 幸福的起点就是，勇敢去做你想做的事	童格拉·奈娜	璟玟	八方出版股份有限公司 2014年4月第一版	图文文学
88	给自己一个机会（礼物盒）	童格拉·奈娜		八方出版股份有限公司 2014年2月第一版	图文文学
89	别怕！你可以的，看不到未来更要挺自己	童格拉·奈娜	李敏怡	重庆出版社 2014年8月第一版	图文文学
90	我的名字叫机会	童格拉·奈娜	李巧娅	中央广播电视大学出版社 2015年5月第一版	图文文学
91	换个角度看世界	童格拉·奈娜		中央广播电视大学出版社 2015年6月第一版	图文文学
92	天长地久	马·初皮尼	吴圣杨	世界文学 2015年第2期	中篇
93	出逃的公主	维蒙·诗丽帕布	杰西达邦中国影迷会《将帅之血》翻译组	吉林大学出版社 2015年4月第一版	长篇
94	神奇的丝路民间故事：泰国民间故事		裴晓睿	安徽文艺出版社 2018年1月第一版	民间故事
95	我要当飞行员（拉科鲁克大奖成长绘本第一辑）	帕塔拉温·拉萨密帕	刘艳	中国铁道出版社 2015年6月第一版	儿童文学
96	慷慨的云先生（拉科鲁克大奖成长绘本第一辑）	纳帕松·猜玛诺翁	刘艳	中国铁道出版社 2015年6月第一版	儿童文学
97	巴姆的煎饼（拉科鲁克大奖成长绘本第一辑）	素潘妮·南玛湾著 玉缇达·本素帕绘	刘艳	中国铁道出版社 2015年6月第一版	儿童文学
98	这是谁的钱（拉科鲁克大奖成长绘本第一辑）	素拉萨·普拉	刘艳	中国铁道出版社 2015年6月第一版	儿童文学

续表

编号	书名	作者	译者	出版信息	备注
99	藏宝箱（拉科鲁克大奖成长绘本第一辑）	帕察利·密素坤著 玉尼·伊萨曼绘	刘艳	中国铁道出版社2015年6月第一版	儿童文学
100	做最棒的我（拉科鲁克大奖成长绘本第一辑）	塔玉瓦·菩提喇	刘艳	中国铁道出版社2015年6月第一版	儿童文学
101	开心农场（拉科鲁克大奖成长绘本第一辑）	缇蒂玛·长普著 吉帕臣·穆西葛农绘	刘艳	中国铁道出版社2015年6月一版	儿童文学
102	还需要什么呢（拉科鲁克大奖成长绘本第一辑）	肯阿湾·舜通玉甘	刘艳	中国铁道出版社2015年6月第一版	儿童文学
103	耙耙的用途（拉科鲁克大奖成长绘本第二辑）	罗塔娜·科查纳特	刘艳	中国铁道出版社2017年4月第一版	儿童文学
104	不只是第一名（拉科鲁克大奖成长绘本第二辑）	罗塔娜·科查纳特	刘艳	中国铁道出版社2017年4月第一版	儿童文学
105	胆小的兔子（拉科鲁克大奖成长绘本第二辑）	纳米克著 平平绘	刘艳	中国铁道出版社2017年4月第一版	儿童文学
106	快来帮帮鲸鱼叔叔（拉科鲁克大奖成长绘本第二辑）	帕特查理·米苏克著 查娜雅·吉查丽钗绘	刘艳	中国铁道出版社2017年4月第一版	儿童文学
107	我能拯救地球（拉科鲁克大奖成长绘本第二辑）	希缇玛·查罗娜蒂	刘艳	中国铁道出版社2017年4月第一版	儿童文学
108	谢谢你长鼻子大象（拉科鲁克大奖成长绘本第二辑）	安查丽·阿里翁	刘艳	中国铁道出版社2017年4月第一版	儿童文学
109	圆脑袋回家记（拉科鲁克大奖成长绘本第二辑）	帕特查理·米苏克著 维尼·耶萨姆绘	刘艳	中国铁道出版社2017年4月第一版	儿童文学
110	走开怪物（拉科鲁克大奖成长绘本第二辑）	米纳玜娜·萨普-阿尼克	刘艳	中国铁道出版社2017年4月第一版	儿童文学
111	微笑的国度（家庭教育故事绘本）	差妮达·琐帕纳武缇昆	宋志寿	中国铁道出版社2018年4月第一版	儿童文学

续表

编号	书名	作者	译者	出版信息	备注
112	聪聪的水灯节（家庭教育故事绘本）	琵诗达·勒达纳	宋志寿	中国铁道出版社2018年4月第一版	儿童文学
113	谁的骨头（家庭教育故事绘本）	因沙瑜·铁坤帕妮·伊缇班隆勒	宋志寿	中国铁道出版社2018年4月第一版	儿童文学
114	一年三季（家庭教育故事绘本）	素拉萨·鹏勒	宋志寿	中国铁道出版社2018年4月第一版	儿童文学
115	黑漆漆（家庭教育故事绘本）	因沙瑜·铁坤帕妮·伊缇班隆勒	宋志寿	中国铁道出版社2018年4月第一版	儿童文学
116	跟鼠导游记（家庭教育故事绘本）	素纳塔·维拉萨哇塔纳	宋志寿	中国铁道出版社2018年4月第一版	儿童文学
117	靠自己成就精致人生	童格拉·奈娜 ดังกล่า นัยนา	李巧娅	中央广播电视大学出版社2015年8月第一版	图文文学
118	一切皆有可能	童格拉·奈娜 ดังกล่า นัยนา	李巧娅	中央广播电视大学出版社2015年8月第一版	图文文学
119	分手所需100步	谛帕恭·武提皮塔雅蒙空	李泽洋	东方出版社2019年04月第一版	图文文学
120	海和你之间 1-2（共2册）	沐宁·塞布拉萨		新世纪出版社2014年12月第一版	图文文学
121	胡桃夹子	尼鲁特·普塔皮帕特	张木天	未来出版社2016年12月第一版	图文文学
122	泰国小说《依善大地的孩子》（节选）汉译实践和翻译报告	康鹏·本塔威	高金连	北京外国语大学2018届硕士学位论文	长篇节选
123	泰国短篇小说集《本应如何》（节选）翻译实践及翻译报告	普拉布达·云	李彧	北京外国语大学2018届硕士学位论文	短篇小说
124	泰国短篇小说《假想线》（节选）翻译实践及翻译报告	温·寥瓦林	孙雪锋	北京外国语大学2018届硕士学位论文	短篇小说
125	泰国青少年小说《男孩玛丽湾》（节选）翻译实践及翻译报告	巴帕颂·斯维谷	鲁昀菲	北京外国语大学2018届硕士学位论文	长篇节选
126	泰国短篇小说集《小公主》（节选）汉译实践及翻译报告	彬拉·三伽拉克立	曾艳	北京外国语大学2017届硕士学位论文	短篇小说

无法确定出版时间

编号	书名	作者	译者	出版信息	备注
1	断臂村	克立·巴莫	栾文华	《外国文学东方文学作品选》西北大学出版社×××年版	短篇
2	阿姜·查开示录选集	阿姜·查	法园编译群		佛教
3	为何我们生于此	阿姜·查	法园编译群	灵岩寺弘法社××年	佛教
4	森林里的一棵树我们真正的归宿	阿姜·查		成都文殊院××年	佛教
5	叻耀书简	素越·哇拉里洛	陈春陆陈小民	花城出版社××年	长篇报告

附录4：

重复收录的短篇小说

编号	书名	篇目	作者	译者	出版信息	类型
1	外国文学，东方文学作品选	断臂村	克立·巴莫	栾文华	西北大学出版社	短篇
2	亚非拉文学作品选·当代文学	独臂村	克立·巴莫	栾文华	宁夏大学中文系，1982年版	短篇
3	酒神，婚礼与死亡《社会问题小说》	断臂村	克立·巴莫	觉民	北京师范大学出版社，1993年版	短篇
4	世界微型小说精选简评集	独臂村	克立·巴莫	何方	广西民族出版社，1988年版	短篇
5	世界微型小说经典·亚洲卷（下）	独臂村	克立·巴莫		百花洲文艺出版社，2009年版	短篇
6	外国微型小说百年经典·亚洲卷（2）	独臂村	克立·巴莫		百花洲文艺出版社，2013年版	短篇
7	外国微型小说名篇鉴赏	独臂村	克立·巴莫		中国人民大学出版社，1992年版	短篇
8	世界微型小说名家名作百年经典（第6卷）	独臂村	克拉·巴莫		吉林出版集团有限责任公司，2010年版	短篇
9	微型小说选（4）	独臂村	克立·巴莫	何方	江苏人民出版社，1984年版	短篇
10	现代世界短篇小说选（第1册）	断臂村	克立·巴莫		安徽人民出版社，1981年版	短篇
11		小城轶事	差亚瓦			
12	中外微型小说美欣赏	政客的眼泪	克立·巴莫		花城出版社，1992年版	短篇
13	爱情小说	1975年的爱情	莎蕾·希拉玛娜	栾文华	中国和平出版社，1996年版	短篇
14	世界经典讽刺幽默小说金榜 下	厨房杀人犯	克立·巴莫		内蒙古人民出版社，2003年版	短篇
15	讽刺幽默小说100篇	厨房杀人犯	巴莫		河北教育出版社，1996年版	短篇
16	世界短篇小说名著鉴赏辞典	厨房杀人犯	克立·巴莫		北京燕山出版社，1990年版	短篇
17	外国短篇小说百篇必读	厨房杀人犯	巴莫		人民文学出版社，2011年版	短篇
18	外国短篇小说经典100篇	厨房杀人犯	巴莫		人民文学出版社，2003年版	短篇
19	外国短篇小说百年精华（下）	厨房杀人犯	巴莫		人民文学出版社，2003年版	短篇
20	幽默小说	厨房杀人犯	克立·巴莫	栾文华	中国和平出版社，1996年版	短篇
21	中外幽默小说精萃	厨房杀人犯	克立·巴莫	栾文华	百花洲文艺出版社，1998年版	短篇
22	世界幽默讽刺小说大观·亚非澳卷	厨房杀人犯	克立·巴莫	栾文华	长江文艺出版社，1998年版	短篇

编号	书名	篇目	作者	译者	出版信息	类型
23	《世界文学》三十年优秀作品选·小说	厨房杀人犯	克立·巴莫	栾文华	浙江文艺出版社，1983年版	短篇
24	亚非拉短篇小说集	厨房杀人犯	克立·巴莫	栾文华	中国社会科学出版社，1980年版	短篇
25		小城轶事	查查林·差亚瓦	栾文华		
26	世界文学精粹·小说卷·四十年佳作	小城轶事	查查林·差亚瓦	栾文华	浙江文艺出版社，1993年版	短篇
27	外国儿童短篇小说	抢狗食	西·沙拉康	魏宾	少年儿童出版社，1979年版	短篇
28	少年儿童文学名篇鉴赏	抢狗食	西·沙拉康		漓江出版社，1991年版	短篇
29	亚洲当代儿童小说选	小诺伊的鲸鱼	威·西里辛		湖南少年儿童出版社，1983年版	短篇
30	蓝色的纽扣	擦皮鞋的孩子	安莎西普	张良民	开明出版社，1991年版	短篇
31	世界儿童 第8辑	擦皮鞋的孩子	安莎西普	张良民	四川少年儿童出版社，1983年版	短篇
32	外国儿童短篇小说选 下 亚、非、美、澳洲作家作品	不同颜色的血液	宛拉扬昆	栾文华	四川少年儿童出版社，1987年版	短篇
33	当代外国儿童文学作品选 小说卷	狄台的证词	康南·翁沙阿	栾文华	明天出版社，1990年版	短篇
34	东方短篇小说选 上	那种人	西亚拉帕	白东泰	中国青年出版社，1988年版	短篇
35		饮食谋杀术	蒙拉差翁·克立·巴莫	何方		
36	人不如猴 讽刺幽默小说	饮食谋杀术	克立·巴莫	何方	北京师范大学出版社，1993年版	短篇
37	掌上玫瑰 世界微型小说佳作选 亚洲卷	政客的眼泪	克立·巴莫	何方	春风文艺出版社，1998年版	短篇
38		独臂村	克立·巴莫	何方		
39		警犬	克立·巴莫	何方		
40		立体伊索	克立·巴莫	何方		
41		荒岛情波	克立·巴莫	何方		
42		大艺术家	克立·巴莫	何方		
43	世界著名悬疑故事精选合订本	令人质疑的结论	盖·来通		京华出版社，2013年版	短篇
44		刑警与罪犯	彻·松喜			
45	2006年翻译文学	脸谱	派·谭亚	李健	春风文艺出版社，2007年版	短篇
46	世界反法西斯文学书系 33 东南亚	好百姓	多迈索	栾文华	重庆出版社，1992	短篇

附录5：

外国文学选集中辑录的诗歌作品

编号	书名	篇目	作者	译者	出版信息	类型
1	外国诗歌百年精华	爱之因	巴雍·松通		人民文学出版社，2002年版	诗歌
2	外国诗歌鉴赏辞典	悲歌	系巴拉		上海辞书出版社，2009年版	诗歌
3		摇篮曲—哀叹调	探马铁贝			
4	外国散文·诗歌卷	小草的歌	诗琳通	王晔 邢慧茹	广西师范大学出版社，1995年版	诗歌
5	世界儿童诗名篇精选	小草的歌	诗琳通公主		辽宁少年儿童出版社，1992年版	诗歌
6	世界经典儿童文学精选·童诗精选	小草的歌	诗琳通	王晔 邢慧茹	湖北少年儿童出版社，2011年版	诗歌
7		跟随父亲的脚步	诗琳通	王晔 邢慧茹		
8		白松鼠	蓬柏本	夏月		
9	现代诗文诵读（小学二年级上册）	小草的歌	诗琳通公主	王晔 邢慧茹	凤凰出版传媒集团 江苏教育出版社，2008年版	诗歌
10	儿童文学作品选读	小草的歌	诗琳通公主		开明出版社，1998年版	诗歌
11	外国儿童文学作品选	小草的歌	诗琳通公主	王晔 邢慧茹	山东文艺出版社，1991年版	诗歌
12	儿童诗选	小草的歌	诗琳通公主		安徽教育出版社，1986年版	诗歌
13		地花	诗琳通公主			
14	外国诗歌鉴赏辞典·现当代卷	青草回旋诗	诗琳通公主		上海辞书出版社，2010年版	诗歌
15		猫头鹰	诗琳通公主			
16		别让水面起涟漪	蓬拍汶			
17	古今短诗300首·外国	野花	诗琳通		人民文学出版社，2005年版	诗歌
18	中外现当代女诗人诗歌鉴赏辞典	困惑	诗通灵	季难生 张青	民族出版社，1992年版	诗歌
19	现当代诗歌名篇赏析 5	困惑	诗通灵		重庆出版社，1999年版	诗歌
20	一世珍藏的诗歌200首	诗人的誓言	甘拉亚纳蓬		长江文艺出版社，2009年版	诗歌
21	二十世纪外国著名短诗101首赏析	诗人的誓言	甘拉亚纳蓬	栾文华	珠海出版社，2003年版	诗歌
22		怎能像胆小鬼那样生活	强恭			
23	外国名诗三百首	诗人的誓言	昂堪·甘拉亚纳蓬		长江文艺出版社，1988年版	诗歌
24		诗人之死	诺瓦拉·甘拉亚纳蓬			

续表

编号	书名	篇目	作者	译者	出版信息	类型
25	世界名诗鉴赏金库	诗人的誓言	甘拉亚纳蓬		中国妇女出版社，1991年版	诗歌
26		爱之因	松通			
27	世界名诗三百首	爱之因	巴雍·松通	栾文华	中国青年出版社，1992年版	诗歌
28		诗人的誓言	昂堪·甘拉亚纳蓬			
29	金果小枝 外国历代著名短诗欣赏	诗人的誓言	昂堪·甘拉亚纳蓬	栾文华	黑龙江人民出版社，1982年版	诗歌
30		怎能像胆小鬼那样生活	维特亚贯·强恭			
31	外国抒情诗赏析辞典	诗人的誓言	昂堪·甘拉亚纳蓬	栾文华	北京师范学院出版社，1991年版	诗歌
32	世界诗库 第9卷 南亚·东北亚 东南亚	帕阿派玛尼（节选）	顺吞蒲	晓荷	花城出版社，1994年版	诗歌
33		诗人的誓言	昂堪·甘拉亚纳蓬	栾文华		
34	当代外国儿童文学作品选 诗歌卷	富男孩和薄命女	瓦·宛拉扬昆	栾文华	明天出版社，1990年版	诗歌
35		妈妈的孩子	空吞·坎塔奴			
36		报复	维特亚贯·强恭			
37		儿童节感言	瓦尼·乍隆吉加阿南			
38	外国名诗选 下	东北	乃丕	栾文华	中国青年出版社，1997年版	诗歌
39		昭昆通	素吉			
40		自拟校歌	维特亚贯			
41		心中最后的话语	空吞			

参考文献

中文专著：

[1]安建设：《周恩来的最后岁月（1966—1976）》[M]，中央文献出版社，1995年版。

[2]北京大学泰国研究所：《泰国国王普密蓬·阿杜德》[M]，世界知识出版社，1999年版。

[3]陈福康：《中国译学史》[M]，上海外语教育出版社，2013年版。

[4]段立生：《泰国文化艺术史》[M]，商务印书馆，2005年版。

[5]段立生：《泰国通史》[M]，上海社会科学出版社，2014年版。

[6]段立生：《郑午楼传》[M]，中山大学出版社，1994年版。

[7]范景中：《插图中的世界名著》[M]，上海古籍出版社，2002年版。

[8]高永：《三语石的鸣响 东方边缘诸国与中国文学关系研究》[M]，北京理工大学出版社，2013年版。

[9]河北教育学院图书馆、上海教育学院图书馆：《外国文学研究论文资料索引 1978-1985》[M]，上海社会科学院出版社，1986年版。

[10]何乃英主编：《东方文学概论》[M]，中国人民大学出版社，1999年版。

[11]贺圣达：《东南亚文化发展史》[M]，云南人民出版社，2010年版。

[12]洪湛侯：《中国文献学新编》[M]，浙江大学出版社，2012年版。

[13]季美林主编：《东方文学辞典》[M]，吉林教育出版社，1992年版。

[14]季美林主编：《东方文学史》[M]，吉林教育出版社，1995年版。

[15]季美林主编：《简明东方文学史》[M]，北京大学出版社，1987年版。

[16]李健：《泰国文学沉思录》[M]，世界图书出版公司，2007年版。

[17]李晶：《当代中国翻译考察(1966--1976)》[M]，南开大学出版社，2008年版。

[18]梁潮、麦永雄、卢铁澎：《新东方文学史（古代·中古部分）》[M]，广西师范大学出版社，1990年版。

[19]梁志明等著：《古代东南亚历史与文化研究》[M]，昆仑出版社，2007年版。

[20]梁志明等主编：《东南亚古代史》[M]，北京大学出版社，2013年版。

[21]刘志强：《占婆与马来世界的文化交流》[M]，社会科学文献出版社，2013年版。

[22]刘志强：《中越文化交流史论》[M]，商务印书馆，2013年版。

[23]栾文华：《泰国文学史》[M]，社会科学文献出版社，1998年版。

[24]栾文华：《泰国现代文学史》[M]，社会科学文献出版社，2014年版。

[25]马里奥·毛瑞尔：《寻找马里奥》[M]，江苏凤凰科学技术出版社，2015年版。

[26]马祖毅：《中国翻译简史—"五四"运动以前部分》[M]，中国对外翻译出版公司，1984年版。

[27]马毅祖等著：《中国翻译通史》[M]，湖北教育出版社，2006年版。

[28]孟昭毅：《东方文学交流史》[M]，天津人民出版社，2001年版。

[29]孟昭毅等著：《20世纪东方文学与中国文学》[M]，中国社会科学出版社，2011年版。

[30]孟昭毅等著：《中国东方文学翻译史》[M]，昆仑出版社，2014年版。

[31]穆睿清：《亚非文学参考资料》[M]，时代文艺出版社，1986年版。

[32]庞希云主编：《东南亚文学简史》[M]，人民出版社，2011年版。

[33]裴晓睿编著：《泰语语法新编》[M]，北京大学出版社，2001年版。

[34]彭端智、郭振乾、诸葛蔚东：《东方文学史话》[M]，湖北教育出版社，1986年版。

[35]覃德清主编：《东盟文学》[M]，广西师范大学出版社，2012年版。

[36]邱苏伦、裴晓睿、白淳主编：《当代外国文学纪事 1980-2000泰国卷》[M]，商务印书馆，2015年版。

[37]饶芃子主编：《中国文学在东南亚》[M]，暨南大学出版社，1999年版。

[38]宋炳辉：《弱势民族文学在中国》[M]，南京大学出版社，2007年版。

[39]陶德臻主编：《东方文学简史》[M]，北京出版社，1989年版。

[40]王邦维主编：《东方文学经典：翻译与研究》[M]，北岳文艺出版社，2008年版。

[41]王秉钦、王颉：《20世纪中国翻译思想史》[M]，南开大学出版社，2009年版。

[42]王介南：《中国与东南亚文化交流志》[M]，上海人民出版社，1998年版。

[43]王进编：《邓小平理论与中国特色市场经济》[M]，中央文献出版社，2008年版。

[44]王向远：《东方各国文学在中国—译介与研究史述论》[M]，江西教育出版社，2005年版。

[45]王向远：《东方文学史通论》[M]，上海文艺出版社，1997年版。

[46]王向远：《中国比较文学百年史》[M]，中国社会科学出版社，2013年版。

[47]王向远：《中国比较文学研究二十年》[M]，江西教育出版社，2003年版 。

[48]谢天振：《译介学（增订本）》[M]，译林出版社，2013年版。

[49]谢天振：《比较文学与翻译研究》[M]，复旦大学出版社，2011

年版。

[50]许钧、穆雷主编：《翻译学概论》[M]，译林出版社，2009年版。

[51]徐慎贵、耿强：《中国文学对外译介的国家实践——原中国文学出版社中文部编审徐慎贵先生访谈录》，《东方翻译》[M]，2010年版。

[52]尹湘玲编：《东南亚文学史概论》[M]，世界图书西安出版公司，2011年版。

[53]余定邦、陈树森：《中泰关系史》[M]，中华书局，2009年版。

[54]余定邦、喻常森：《近代中国与东南亚关系史》[M]，中山大学出版社，1999年版。

[55]乐黛云：《比较文学简明教程》[M]，北京大学出版社，2003年版。

[56]查明建、谢天振：《中国20世纪外国文学翻译史》[M]，湖北教育出版社，2007年版。

[57]张朝柯主编：《亚非文学简史》[M]，辽宁大学出版社，1991年版。

[58]张光军主编：《亚洲人百科论丛 语言·文学》[M]，军事谊文出版社，2000年版。

[59]张敬婕、王文渊：《坤仁.苏查达.吉拉南-泰国朱拉隆功大学校长》[M]，中国传媒大学出版社，2014年版。

[60]张清民：《学术研究方法与规范》[M]，中华书局，2013年版。

[61]张旭东：《东南亚的中国形象》[M]，人民出版社，2010年版。

[62]张玉安、裴晓睿：《印度的罗摩故事与东南亚文学》[M]，昆仑出版社，2005年版。

[63]中国版本图书馆编：《1980-1986翻译出版 外国文学著作目录和提要》[M]，重庆出版社1999年版。

[64]中国社会科学院外国文学研究所编：《外国文学在我国社会主义精神文明建设中的地位和作用：中国社会科学院外国文学研究所国情调研综合报告》[M]，译林出版社，2010年版。

[65]中华人民共和国文化部对外文化联络局编：《中国对外文化交

流概览 1949-1991》[M]，光明日报出版社，1993年版。

[66]周发祥、李岫主编：《中外文学交流史》[M]，湖南教育出版社，1999年版。

[67]朱维之等主编：《外国文学简编 亚非部分》[M]，中国人民大学出版社，1983年版。

[68] [德]阿尔方斯·西尔伯曼著，魏育青、于汛译：《文学社会学引论》[M]，安徽文艺出版社，1988年版。

[69] [法]克劳婷·苏尔梦编著，颜保等译：《中国传统小说在亚洲》[M]，国际文化出版公司，1989年版。

[70] [法]吕西安·戈德曼著，段毅、牛宏宝译：《文学社会学方法论》[M]，工人出版社，1989年版。

[71] [法]罗贝尔·埃斯卡皮著，王美华、余沛译：《文学社会学》[M]，安徽文艺出版社，1987年版。

[72] [法]马·法·基亚著，颜保译：《比较文学》[M]，北京大学出版社，1983年版。

[73] [法]伊夫·谢弗勒著，王炳东译：《比较文学》[M]，商务印书馆，2007年版。

[74] [美]爱德华·W·萨义德著，王宇根译：《东方学》[M]，生活·读书·新知三联书店，2009年版。

[75] [苏]柯尔捏夫著，高长荣译：《泰国文学简史》[M]，外国文学出版社，1981年版。

[76] [泰]披耶阿努曼拉查东著，马宁译：《泰国传统文化与民俗》[M]，中山大学出版社，1987年版。

[77] [英]朗苇吉怀根著，许云樵译：《暹罗王郑昭传》[M]，商务印书馆，1936年版。

学位论文：

[1]陈鸣：《操控理论视角观照下当代中国的外国文学翻译研究（1949-2008）》[D].山东大学，2009。

[2]邓玉兰（WILASINEE PIBOONSATE）：《泰王国玛哈扎克里·诗琳通公主的王室外交研究》[D].云南大学，2015。

[3]蒋慧：《亚非拉文学与中国"十七年"文学》[D].河南大学，2011.

[4]沈倩倩：《中华书局外国文学译著出版研究（1914~1949）》[D].南京大学，2012。

[5]宋炳辉：《弱小民族文学的译介与20世纪中国文学的民族意识》[D].复旦大学，2004。

[6]唐旭阳：《翻译美学视角下泰国小说〈画中情思〉中译本研究》[D].广东外语外贸大学，2014。

[7]王莎莎：《阿拉伯文学在中国》[D].天津师范大学，2014。

[8]徐佩玲（Pairin Srisinthon）：《中国现代文学对泰国影响之研究》[D].山东大学，2014。

期刊论文：

[1]刀承华：泰国民间故事与民俗的互渗相成关系[J].云南民族大学学报(哲学社会科学版)，2007年第5期。

[2]范春明：《玉品金心一公主—泰王国诗琳通公主北大学习二三事》[J]，《世界博览》，2002年第1期。

[3]金勇：《〈三国演义〉与泰国的文学变革》[J].《内蒙古师范大学学报(哲学社会科学版)》，2010年第3期。

[4]李欧：《泰国小说发展历程及其特征》[J]，《当代外国文学》，2013年第1期。

[5]李欧、黄丽莎：《泰国现当代小说发展述评》[J]，《外国文学研

究》，2001年第1期。

[6]李羽丰：《有个诗人 他叫北岛》[J].《安徽文学(下半月)》，2011年第6期。

[7]刘安武：《亚洲外国文学在中国》[J].中国翻译，1996年第1期。

[8]彭展、黄梅：《他叫"梁三多"》[J].《中国石油石化》，2015年第Z1期7。

[9]戚盛中：《中国文学在泰国》[J].《东南亚》，1990年第2期。

[10]桑吉扎西：《泰国诗琳通公主向北京灵光寺赠送素可泰金身佛像》[J].《法音》，2011年第4期。

[11]王俊彦：《中泰建交岁月里的中国巨人》[J].《中华儿女(海外版)》，1995年第1期。

[12]谢园：《他叫陈凯歌》[J].《当代电影》，1993年第1期。

[13]徐佩玲：《中国文学在泰国传播与发展概况》[J].《大众文艺》，2012年第1期。

[14]章罗生：《纪实文学的门户清理与分类标准》[J]，《当代文坛》，2009年第1期。

[15]张锡镇：《中泰关系四十年》[J]，《东南亚研究》，1990年第2期。

知道自己不知道

　　这本小册子脱胎于我的硕士毕业论文《泰国文学在中国的译介研究（1958—2016）》，增补了近年的新材料后加以修订完善，是国内首部专门介绍泰国文学在中国译介情况的著作，全面梳理了泰国文学在中国的引入、传播、受融三大主体，详细剖析了泰国文学在中国译介的全貌。资料翔实是本书最为突出的学术价值，笔者花费了大量时间和精力，搜集、整理译著和译者资料，提出了一些有价值的意见和看法，对今后泰国文学作品的译介有一定参考价值。但本书的不足之处仍十分显见，首先是对港澳台相关译介情况及部分译者的了解还不够全面；其次，对时代背景的交代、分析、论述还有待斟酌，对文学体裁的甄别和划分尚值得商榷。

　　现下，每每回想起当年写论文时的雄心壮志、废寝忘食依然感慨不已。犹忆开题时，诸位老师皆觉选题过大，非硕士阶段可以驾驭，但彼时的我"不知道自己不知道"，执意而为，洋洋洒洒写就十余万字。我从"不知道自己不知道"到"知道自己不知道"用了五年的时间，但我仍然感激当初那个初生牛犊不怕虎的自己，若在今日，我万不敢再选此题。

　　此书由父亲大人亲笔题写书名，业师刘志强教授作序，二位皆是我此生敬重、爱戴之人。吾父勤谨一世，仰不愧于天，俯不愧于地，是我为人处世之楷模；吾师心智之聪慧、治学之严谨、识人知事之敏锐令我钦佩。这本小书冥冥之中连结家父之期待、业师之教诲及吾之至诚，虽不尽善却是我初步学路的叩门砖，于我而言意义非凡。

　　成书之际，特别感谢业师刘志强教授对我的学术启迪、知识结构重塑和为人处世的言传身教；感谢导师覃秀红副教授的传业授道解惑；

感谢栾文华研究员、段立生教授、裴晓睿教授对我的热忱关怀和无私帮助；感谢曹阿林博士、李扬博士、凌彩庆老师、百色学院学科发展中心对本书出版的大力支持。

　　庄子云："不精不诚，不能动人。"学术研究本曲高和寡，我等初出茅庐之辈战战兢兢、诚惶诚恐，唯有"精诚"二字敢说不负。望翻阅此书之人能感受到笔者的精诚。天下事无所为而成者极少，有所贪、有所利而成者居其半，有所激、有所逼而成者居其半。两者皆占，焉能不成？

刘俊彤

庚子年金秋于相思湖畔